10:28:10

さて、本日のご依頼は?

されど罪人は竜と踊る VI

追憶の欠片

相変わらず最低の依頼ばかりだ——

11月02日
さぁ、もいっちょ人格変換!

されど罪人は竜と踊るⅥ

追憶の欠片《かけら》

浅井ラボ

角川文庫 13625

口絵・本文イラスト　宮城
口絵・本文デザイン　中デザイン事務所

追憶の欠片

されど罪人は竜と踊る Ⅵ

目次

H_2C-ONO_2
$HC-ONO_2$
H_2C-ONO_2

ニトログリセリン

皇宮ギネクンコンから離《はな》れた、オージェス家の離宮《りきゅう》。芝生《しばふ》と樹木の緑と、白大理石の石畳《いしだたみ》や石造像との対比が、目にも鮮《あざ》やかだった。

龍皇《りゅうおう》家の重鎮《じゅうちん》にして、枢機卿《すうきけい》長でもあるモルディーン・オージェス・ギュネイが庭の白大理石の椅子《いす》に座っていた。モルディーンの左手は優雅《ゆうが》に酒杯《しゅはい》を、右手は賭《か》け札を握《にぎ》っている。

「ふむ、さすが大賢者《だいけんじゃ》。普段《ふだん》は何に役立っているのか不明だけど、とりあえず遊戯《ゆうぎ》は強いね」

「たかが遊戯だ。それで、ティリエンヌ独立領のハンラッサ港の返還交渉《へんかんこうしょう》はどうなった？」

向かいの椅子に座るのは大賢者ヨーカーン。虹色《にじいろ》に揺《ゆ》らめく瞳《ひとみ》で手札を確かめ、場に札を捨てていく。向かいあって座る二人の間で、遊戯の賭け札が軽《かろ》やかに行き交《か》っていた。

「あの港は、元々が我が龍皇国の領土。ティリエンヌ伯爵《はくしゃく》が紛争《ふんそう》と各国間の事情を利用し、勝手に漂泊公主と名乗って居座っていただけだよ。春先の会談でラペトデス七都市同盟とは話がついたし、ティリエンヌ公主を処刑《しょけい》しようとは思わなかったのか？」大賢者の試《ため》すような目。

「ティリエンヌ老人としては返還《へんかん》を認めるしかないだろうね」

「さすがにそれは龍皇国の評判が下がる。ま、諸国への公式発表と認証《にんしょう》を、三日後の昼直前にしたから後腐《あとくさ》れはないよ」

「相変わらず意地が悪い。よりにもよってその瞬間《しゅんかん》に吸収合意を発表するとはな」

「現公主が三日後の昼に事故死し、自国寄りの第一公子に継承《けいしょう》させるという計画をバッハルバ大光国が立てているらしいからね。同時かその直前に正式発表をするのが最適だよ」

モルディーンの札が場を制していき、機嫌《きげん》よく言葉が続けられる。

「難癖《なんくせ》をつけたくても、『どうして、この時期に継承権が移動すると思ったのですか？　まさか、あらかじめ公主が事故死する時期を知っていたとでも？』と返されたくはない」

「それでも、港の使用権を大光国に半分譲《ゆず》るべきだな。凶悪《きようあく》な、公主ティリエンヌを排除《はいじよ》する汚《よご》れ仕事をしてくれたし、神聖イージェス教国以外に仇敵《きゆうてき》を作る必要も余裕《よゆう》もない」

「あの港は我々には無価値だけど、大光国には重要で一つ貸しを作れる。それに港以外の価値がない領土と無能な次期公主をも抱《かか》えて、厄介窮《やつかいきわ》まる大光国が動けなくなる。充分《じゆうぶん》だよ」

モルディーンが優《やさ》しく微笑《ほほえ》む。対する大賢者が手札を探る。

「外交とは左手で相手と握手《あくしゆ》をしつつ、右手で相手の懐《ふところ》を探るものだというが、汝《なんじ》の場合は、懐というより相手の心臓を握っているな。次はどんな悪戯《いたずら》を考えているのやら」

言いつつ華麗《かれい》な動作で札を捨てるヨーカーン。遊戯は大賢者が優位に立っていく。

「ヨーカーン君のほうこそ、いろいろと悪戯しているようだけどね」

「汝がジェノンにやらせていることより可愛《かわい》い悪戯だ。それでゲイナードを引退させ、和平交渉《こうしよう》に移る。あ、ヨーカーン君、今捨てたのが私の当たり札だ」

「あれはもう終了《しゆうりよう》しているよ。明日、側近たちがゲイナード紛争はどうする」

モルディーンが札を取りあげ、遊戯は拮抗《きつこう》状態に戻《もど》る。枢機卿長は言葉を継《つ》ぎたした。

「そうだキュラソー君、今の路線で進めておいてくれ」

「猊下《げいか》、お遊びで国政の決断をされては困ります」モルディーンの傍《かたわ》らに立っていたのは黒背広の秘書。キュラソーと呼ばれた秘書の切れ長の瞳に険が宿り、渋面《じゅうめん》を作っていた。

「キュラソー君は真面目《まじめ》すぎるよ。よく遊ぶのは良いことだ。見たまえ、私の意を体現している良い子があそこにいるよ」

「見て見て猊下〜。可愛いでしょー？」

少年のような朗《ほが》らかな声に、枢機卿長が眼差《まなざ》しで応《こた》える。

声の主はベルドリト。彼の乗る装甲竜《そうこうりゅう》が庭園を跳《は》ねまわっていた。全身を鋼《はがね》の装甲と槍《やり》の棘《とげ》に覆《おお》われた装甲竜。その鋼の巨体《きょたい》が疾走《しっそう》すると、戦車の突進《とっしん》としか見えない。足元で芝生が蹴《け》立《た》てられ、庭石が粉砕《ふんさい》されていく。

「可愛いところを、もっと近くで見てみる〜？」

驀進《ばくしん》する巨体の先には、席に座るモルディーン一行。背後に控《ひか》えていた隻眼《せきがん》の武人が酒杯を投げ捨て、構える。それは磐石《ばんじゃく》の構え。

耳をつんざく轟音《ごうおん》。イェスパーが渾身《こんしん》の力で突進を受けとめ、踵《かかと》が芝生を深く抉《えぐ》っていく。脛《すね》まで埋《う》まって、ようやく突撃《とつげき》が阻止《そし》された。

「猊下に危険な獣《けもの》を近づけるな」無愛想な表情のイェスパーの胸元《むなもと》で、装甲竜が荒《あら》い鼻息を吐《は》き出すが、進みも退《さ》がりもできない。装甲竜の上で、ベルドリトが歓声《かんせい》をあげる。

「わー兄貴って凄《すご》ーい。ンニョニルニルの突進を受けとめても、兄貴って死なないんだ♪」

「死ぬ可能性があってなお俺に突進したか。……ときどきおまえの正気を疑いたくなる」

それでも無表情にイェスパーがつぶやく。姿勢を正してモルディーンに一礼し、左手で竜を押していくイェスパー。武人の右手が弟の襟足《えりあし》を掴《つか》み、引きずっていった。引きずられながらも、愉快《ゆかい》そうに両手を振《ふ》るベルドリト。

椅子に座るモルディーンも片手を振りかえしていた。傍らのキュラソーの黒瞳《こくどう》は、モルディーンの横顔を見据《みす》えていた。

「そうですか、お屋形様はあれを遊んでいると定義しますか。拙者《せっしゃ》はいつになったらこの大陸の習俗《しゅうぞく》に慣れるのでしょうかね」

「サナダ君を見習えばいいのさ。あ、キュラソー君、おかわりをいただけるかな?」

振られる空の硝子杯《ガラスはい》。騒動《そうどう》の最中にも、モルディーンは酒杯を空けていたようだ。剛毅《ごうき》さか部下への信頼《しんらい》か、よく分からない主人にキュラソーは再度の呆《あき》れ顔を浮《う》かべるしかない。

「お屋形様、あまり飲みすぎてはなりません」

「厳しいねぇ。君の漬物《つけもの》が美味《おい》しいから、お酒も進むというのに」

「ええ、今回のは自信作で……」すぐに気づくキュラソー。「おだてても注ぎません」

「では、我から」大賢者《けんじゃ》の手が振られると、まるで手品のように酒瓶《さかびん》が出現していた。モルディーンの目が、瓶のなかの透《す》き通った液体に注がれる。

「シャリオンドの白、好事家《こうずか》垂涎《すいぜん》の八六年ものか。幻《まぼろし》の銘酒《めいしゅ》ですら簡単に手に入れているとは、まさに大賢者の偉業《いぎょう》」

「先ほどから思うのだが、汝は、どういう基準で我を大賢者だと認識《にんしき》しているのだ？」

ヨーカーンが苦笑し、モルディーンが掲《かか》げる杯《はい》に瓶を傾《かたむ》ける。清流のような液体が杯を満たし、馥郁《ふくいく》たる香《かお》りが立ちのぼる。酒杯の向こうに、苦々しげなキュラソーの顔があった。

「一回でも拙者の意見を取り入れてほしいものですね」

「キュラソー君、世界とは複雑で不条理なものなのだよ」

重々しい口調で述べるモルディーンの顔は、明らかに真剣《しんけん》ではなかった。しかし、いつしか瞳《ひとみ》の色が哀調《あいちょう》を帯び、何かを問うような面持《おもも》ちになっていった。

「世界は残酷《ざんこく》で醜悪《しゅうあく》だ。なれど、ときどき美しく装《よそお》って我らを惑《まど》わせる」

「血を分けたものたちが争い、竜が哀《かな》しい唄《うた》を叫《さけ》び、人形も我が身を嘆《なげ》く。神ですら沈黙《ちんもく》する世界であろうな」

ヨーカーンが謎《なぞ》めいた応えを零《こぼ》す。モルディーンが薄《うす》い微笑みを唇《くちびる》に含《ふく》んでいた。

「まるで見てきたような台詞《せりふ》だね」

「我には、この世の果てまで見た者などという噂《うわさ》があるからな」

大賢者の眼差しが枢機卿《すうきけい》長に据えられる。

「我らは世界という物語の途中《とちゅう》で立ちつくす。劇中人物には、物語は見通せないのだろう」

モルディーンは空を眺《なが》めていた。蒼穹《そうきゅう》はどこまでも遠く、澄《す》んでいた。

忌まわしいと思っていた故郷も、失って始めてかけがえのないものと知る。
結婚詐欺師を追う伝説の咒式士が、老いてなお執着する思いが戦いを呼ぶ。
その戦いの果てにガユスとギギナに待つものは

されど罪人は竜と踊る

朱の誓約

エリダナの街に、憂鬱《ゆううつ》な初夏の陽射しが降りそそぐ。

愛車のバルコムMKⅥ型の車体、塗装《とそう》の剝《は》げた地金の上に、俺は背を預けていた。相棒のギギナを女のマンションまで迎《むか》えに来ていたのだ。

しかし、女が別れの名残《なごり》を惜《お》しんでいるのか、延長戦なのか、あのドラッケンはいっこうに出てこない。

ヒマつぶしに、次に生まれてくる時の資産運用予定を立てていると、途中《とちゅう》で破産した。

自分の悲観性に狼狽《ろうばい》しながら、もう一度やり直していると、携帯咒信機《けいたいじゅしんき》が無機的な着信音を奏《かな》でる。計算を続けながら、番号も確かめずに出る。

「こちらは宇宙大統領の執務室《しつむしつ》。悪戯《いたずら》の場合、ただちに逆探知して宇宙的に殺し……」

「ガユスか？　相変わらずつまらん返事だな」

久方ぶりに聞く、低く落ちついた声に、俺の心拍数《しんぱくすう》が跳《は》ねあがる。

「ガユス？　聞こえているのか？」

「あ、ああ、聞こえていますです、ディーティアス兄貴……」

返事をする俺の脳裏《のうり》に、深い皺《しわ》をいつも眉間《みけん》に刻んだ顔、長兄《ちょうけい》ディーティアスの顔が浮《う》かぶ。

「ええと、どうしてこの番号が分かったのございましょうか？」

「おまえが番号を変えたから、わざわざ私が学院から咒式協会《じゅしき》までたどって調べたのだ。どうだ、元気にしているのか？」

「え、いや、それはもう、元気だともっぱらの噂《うわさ》ではなかろうか？」

俺は兄貴のディーティアスが苦手だ。

放蕩者《ほうとうもの》の親父《おやじ》の不始末を一手に引きうけ、破産した実家を立てなおし、今どき無価値な子爵《ししゃく》位《い》を継《つ》いだ兄貴。立派すぎて何を話していいのか分からない。

妹のアレシエルの死が、俺とディーティアスとユシス兄貴、家族との溝《みぞ》となっているのだ。

「今では、エリウス郡で攻性咒式士《こうせいじゅしきし》をやっているとも聞いたが？」

「ええ、まあその辺りですね」

「ガユス、今日の仕事は何だ？」

ビルから出てきたギギナが冷たい声を投げかけてくる。

「あ、仕事の相棒が来たから切りますです。ではまた今度っ！」

俺は急いで兄貴との通話を切る。全身に粘液質《ねんえき》の汗《あせ》を掻《か》いていた。急いで携帯の設定変更《へんこう》。

兄貴からの電話はすべて留守電になるようにした。

「いやに顔色が悪いが、断食《だんじき》減量か？　それとも単に貧乏《びんぼう》か？」

自らにまとわりついた女の匂《にお》いを手で払《はら》いながら、ギギナが俺の前に立っていた。

「ギギナの後ろにいる、血塗《ちまみ》れの女の霊《れい》が見えただけだ」

皮肉げに口の端《はし》を歪《ゆが》め、ギギナは車の反対側へと向かう。俺はギギナの後ろ姿に投げかけた。

「今日だけは、ギギナのお邪魔《じゃま》癖《へき》に感謝するよ」

返答はない。額の汗を拭《ぬぐ》いながら、俺はヴァンに乗りこむ。右扉《みぎとびら》からギギナが乗りこみ、大型単車並みの体重で車体が軋《きし》む。

「それで、今日の仕事は何だ？」

「ギギナの道徳心の捜索《そうさく》。人類未発見だが、俺はがんばって発掘《はっくつ》するよ」

「地下になど心は埋《う》めない。今日は結婚詐欺師《けっこんさぎし》の捜索だったろうが」

「知っているなら聞くな」

俺と相棒を乗せたヴァンが、エリダナの街角へと疾駆《しっく》しだす。

「交代でギギナの嫌《いや》なところ探し♪　まずは生きているところ。次はギギナの番で♪」

「それに私が参加する理屈《りくつ》があるのか？」

相変わらずのムダ会話をしつつ、俺とギギナは、バー〈青い煉獄《れんごく》〉へ続くコンクリ階段を下っていく。

樫扉《かしとびら》を抜《ぬ》けると、入り口近くには、目に険があるやつらが陣取《じんど》っていた。

顔を見たことないので、流れの攻性呪式士《こうせいじゅしきし》か呪式士《じゅしきし》崩《くず》れ。

俺には胡乱《うろん》な視線を投げかけてきたが、隣《となり》のギギナに気づくと慌《あわ》てて顔ごと逸《そ》らす。ここでギギナに喧嘩《けんか》を売ったバカが、例外なく片腕《かたうで》や片足を無くしているのを、知らないわけでもないらしい。

やがる。
遠くの席で様子を見ていたらしいラルゴンキン事務所の咒式士《じゅしきし》が、酒杯《しゅはい》を掲《かか》げて挨拶《あいさつ》してき

適当に無視し、俺たちは奥へと向かう。

例の事件以来、妙《みょう》な親近感を持たれて困る。そういうのを恥《は》ずかしいと思う程度には、俺も慎《つつし》み深い。まぁ、修道女以下、発情期の駄犬《だけん》以上といった程度の慎みだろうが。

店の奥のカウンター席に座り、老バーテンへといつものダイクン酒を注文する。ギギナもいつもどおり。酒類を無視し、品書き一列の料理の注文。

背後からは何かが争う音があがり、誰《だれ》かが倒《たお》れた音が続き、すぐに静かになる。攻性咒式士《こうせいじゅしきし》相手のバーでは、喧嘩や争いごとは日常茶飯事《さはんじ》。俺もギギナも時間のムダなので振《ふ》り返らない。

それにしても争いの始まりから、終わりまでがあまりに速い。名のある咒式士かと思い、振り返ろうとすると、老バーテンがダイクン酒と炙《あぶ》った鶏肉《とりにく》を差しだしてくる。今は食欲優先。

俺は肉叉《フォーク》で鶏肉を刺《さ》し、口へと放《ほう》りこむ。鶏肉にふってある塩の中の、塩化マグネシウムや硫《りゅう》酸《さん》マグネシウムの苦みが先に溶《と》け、まろやかな味わいが口内に広がる。続いて冷えたダイクン酒を喉《のど》へと流しこみ、長い息を吐《は》く。さて、現実へと戻《もど》るか。

俺は懐《ふところ》から取りだした立体写真を確認《かくにん》する。長身に甘く整った顔、口の端には翳《かげ》りのある笑《え》みがへばりついている男の映像。

女を食い物にする腐《くさ》れ男の典型顔だ。

「自宅に隠《かく》れ家に女の家。ワイマートはどこに行ったものやら」

俺とギギナは、ワイマートというショボい詐欺師を探していた。

そいつは女を籠絡《ろうらく》、結婚話をほのめかしては「実は俺には借金があるから、あなたとは結婚できないんだ」と囁《ささや》く。

そして同情した女のほうから金を献上《けんじょう》してくるように仕向けるという、神話時代の手口が得意らしい。

小者中の小者だが、市から賞金が掛《か》かっており、人並みには貨幣蒐集癖《かへいしゅうしゅうへき》がある俺たちも追っている。

俺は再び重い息を吐く。

「女たちを使ってかうまく潜《もぐ》っていやがる。ヴィネルに調べてもらったほうが確実だな」

「賞金の何割かは持っていかれるがな」

子豚《こぶた》の股肉《ももにく》を優雅《ゆうが》に齧《かじ》るギギナの指摘《してき》に、俺の気分も沈《しず》む。傾《かたむ》けるダイクン酒も、いつの間にか苦みを増していた。

「その話、私にも聞かせて欲しいね」

視線を右へと移動させると、小さな姿が隣の席に腰掛《こしか》けるところだった。

一世代前の旧式魔杖剣《まじょうけん》を腰に差し、小柄《こがら》な体を包んだ戦闘用外套《せんとうようがいとう》。細い首の上、深い皺《しわ》に覆《おお》われた老婆《ろうば》の顔と白髪《しらが》が乗っていた。

老婆が酒杯を傾け、喉を灼《や》く琥珀色《こはくいろ》の液体を、一気に喉へと流しこんでいく。

「ええと、年季の入った淑女《しゅくじょ》が、俺になんの御用《ごよう》で？」

酒気とともに吐きだされる老婆の笑い。

「無礼な若造だ。ま、私をババアと呼ばないだけ、さっきの咒式士《じゅしきし》どもよりはマシか」

視線をたどると、肩《かた》を支えあって出ていく咒式士崩れどもの姿があった。

どうやら先ほどの騒《さわ》ぎと鮮《あざ》やかな終幕は、この婆《ばあ》さんが音源だったらしい。

「私はメーデンだ。まぁ、よろしく」

「メーデン？　黙約《もくやく》のメーデンか？」

隣のギギナの声で、俺の記憶《きおく》が蘇《よみがえ》っていく。

「その気恥《きは》ずかしい異名の方が、通りはいいわな。バーテン、酒をもう一杯」

老婆の苦笑《くしょう》交じりの注文に、老バーテンが酒樽《さかだる》から硝子《ガラス》杯へと酒を注ぐ。

たしかメーデンと言えば、かつてはエリウス郡辺境に、その人ありと言われた電磁系咒式士《でんじけいじゅしきし》だと聞いたことがある。

嘘《うそ》くさいのだが、たった一人で五百歳級の竜《りゅう》を倒した凄腕《すごうで》の咒式士だったとか。

「かなり前に引退したと聞いたが？」

ギギナが顔と同時に向けてきた言葉通り、確か九年ほど前に、老化からの衰《おとろ》えと病気で隠棲《いんせい》したとも聞いていた。

今現在も、病院に直行するのをつつしんで勧《すす》めたいほど血色の悪い顔色だ。

「これはこれは、男前だね」

ギギナに気づいた老婆の双眸《そうぼう》に、枯《か》れたはずの女が覗《のぞ》く。続いて眼差《まなざ》しに分析《ぶんせき》の光が宿る。

「銀の髪《かみ》と瞳《ひとみ》に顔の刺青《いれずみ》、そして巨大《きよだい》な屠竜刀《とりゆうとう》。そうかそうか、あんたが噂《うわさ》に名高い剣舞士《けんまいし》、ギギナか」

反応もせずギギナは料理を喉へ流しこんでいた。メーデンの顔が俺へと水平移動。

「とすると、残りのこちらがガユスだね」

「不愉快《ふゆかい》な消去法だな。変更《へんこう》を要求する」

「とにかく光栄だ。今売り出し中の若手咒式士《じゆしきし》たちに会えるとはね」

血色の悪い老婆の顔が綻《ほころ》び、そして少しだけ真剣味を帯びた。

「それで最初の話の続きだが、あんたらワイマートを探しているんだろ？　私も、ちいとばかりあいつに用があってね」

「失礼ながら、どういった関係と用件で？　まさかとは思うが、被害者《ひがいしや》の一人とか？」

「ハッ、そんなわけないっての。用件も何も、ワイマート・マヘッソは私の曾孫《ひまご》だよ」

メーデンの話に、俺は真剣に耳を傾けるべく体を向ける。

「何年も前に家を出ていった曾孫のワイマートが、去年の暮れに急に帰ってきてね。そしてまたすぐに出ていった。しかし、今年になって抵当権《ていとうけん》の委譲の通知が来て、初めて曾孫の盗《ぬす》みに気づいたという、なんともマヌケな話だ」

「女相手の詐欺師《さぎし》が最初に騙《だま》したのが、実の曾祖母《そうそぼ》か。底抜《そこぬ》けの愚《おろ》か者だな」

ギギナの霜《しも》のような言葉。自嘲《じちょう》するようなメーデンの告白が続く。

「それで老骨に鞭《むち》打ってエリダナに探しに出てきたんだが、何とも不始末な噂ばかり聞こえてきてね。良かったら、糞《くそ》ったれ曾孫のワイマート探しに、私も同行させてもらえないかね？」

老婆が片目を閉じてみせた。

俺とギギナは顔を見合わせた。互《たが》いの顔に浮《う》かぶ、まったく同じ意見を確認《かくにん》。

「いや、それは丁重《ていちょう》にお断りした……」

老婆は急に咳《せ》きこみだした。

「可哀相《かわいそう》な老婆の願いを断るのかい？　近ごろの攻性呪式士《こうせいじゅしきし》も地に落ちたものだ。その昔、私が現役時代の攻性呪式士といえば〈異貌のものども〉と戦い、悪徳呪式士《じゅしきし》と戦い、そして主に老人に親切にしたものだよ」

周囲の視線が集まりだし、俺とギギナは顔を再び見合わせた。ギギナの瞳に映る、自らの諦《てい》念《ねん》の表情。ギギナの表情も同様。

どうやら諦《あきら》めたほうがよさそうだ。

「エリダナも変わったのう。昔はもう少し街並みも綺麗《きれい》だったし、繁華街《はんかがい》にこんないかがわしいビルもなかったが……」

薄汚《うすよご》れたコンクリ階段を登りながら、メーデンが感想を漏《も》らす。

メーデンとともにワイマート捜索《そうさく》に向かうことになったのだが、この婆さんが喋《しゃべ》る喋る。しかも、ギギナの腕に摑《つか》まって離《はな》れないので、勇猛《ゆうもう》なドラッケン族も苦々しい顔をしている。ギギナが離そうとすれば、派手に咳きこんで「美男の近くにいないと死ぬ病」とか言いだすので始末が悪い。医者を呼べ、脳の。

「昔の攻性咒式士《こうせいじゅしきし》といえば、ラルゴンキンやヤークトーみたいな洟垂《はなた》れ小僧《こぞう》や未熟者しかいなかったものだが、最近の攻性咒式士はいい男だねぇ。今の時代は顔も基準なのかい？」

ギギナの顔を見上げるメーデンの皺《しわ》深い顔。少女のように陶然《とうぜん》としている。

「ラルゴンキンが洟垂れ小僧か……」

あの威厳《いげん》あるラルゴンキンや老ヤークトーが、洟垂れ小僧や未熟者と呼ばれる時代を何とか想像してみた。

ダメだ。二人が鼻の下に骨を飾《かざ》って、背景に恐竜《きょうりゅう》がいるような、間違《まちが》った太古の風景しか想像できない。

「というか、メーデン婆さんはいったい何歳なんだ？」

「さあ？　百から先を数えるのは面倒臭《めんどうくさ》くて止《や》めたからねぇ。それで、腐《くさ》れワイマートはここにいるのかい？」

俺は答えず、眼前の扉《とびら》を開けた。

そこは寂《さび》れた雑居ビルの二階。薄暗い室内には紫煙《しえん》が立ちのぼっていた。

入り口のカウンターの店番が、片方の目を向けて俺を睨《にら》む。すぐに興味を無くしたらしく、手元の醜聞《しゅうぶん》雑誌へと視線を落とす。

カウンターの向こうの店内には、札遊びや撞球《どうきゅう》の卓《たく》。陰気《いんき》臭い男たちがそれぞれの卓を囲んでいた。

金を賭《か》けているわりには盛りあがっておらず、乾《かわ》いた笑声《しょうせい》や忌々《いまいま》しげな舌打ちだけが聞こえてくる。

「ワイマートはここにはいない。しかし詐欺の手引き役、相棒のズイクがいるとの情報があってな。ああいた、あれだろう」

俺とギギナ、喋る荷物のメーデンの一行が、冴《さ》えない男たちの間を抜け、店の奥へと進む。

緑の羅紗《ラシャ》が張られた撞球台、その縁《ふち》に顎《あご》を載《の》せ、球を眺《なが》めている男がいた。

中年男は近づく俺たちへと視線を上げた。情報屋ヴィネルの知らせたとおり、平和と幸福に一生縁《えん》のなさそうな悪相だ。

「おまえがズイクか。ワイマートについて少し聞きたい」

「ワイマートはどこだ？」

恫喝《どうかつ》するように、ズイクが魔杖短剣《まじようたんけん》を引きぬく。澱《よど》んだ陽光が、刀身の先端《せんたん》に宿った。

雑居ビルに左右を挟《はさ》まれた峡谷《きようこく》の底。紙屑《かみくず》やら空き瓶《びん》などが散乱している路地で、俺たちとズイクが対峙《たいじ》していた。

「それは俺が聞いているんだが、まずは話しあいから始めないか？　それともお友達になることから始めたほうがいいかな？」

「ワイマートはどこだっ！」

ズイクは口角に泡《あわ》を飛ばして怒声《どせい》をあげる。俺が呆《あき》れた瞬間《しゆんかん》、ズイクは魔杖短剣の先端に化《か》学鋼成系咒式第二階位《がくこうせいけいじゆしき》〈矛槍射《ベリン》〉を展開。

空を裂《さ》いて飛翔《ひしよう》する数条の鋼《はがね》の槍《やり》。高速の凶器《きようき》が、最前列のギギナへ殺到《さつとう》。

銀の光が煌《きら》めき、鋼の槍の群れは揃《そろ》って二つに切断。煉瓦《れんが》が敷《し》きつめられた路地の上で、澄《す》んだ音を立てて転がる。

美の彫像《ちようぞう》と化し、屠竜刀《とりゆうとう》を片手にギギナが立っていた。横顔を窺《のぞ》くと、口許《くちもと》に鋼の槍を銜《くわ》えていた。

俺を横目で一瞥《いちべつ》したギギナは、獰猛《どうもう》な笑《え》みとともに槍を犬歯で折ってみせた。

ズイクは痴呆《ちほう》のような顔を晒《さら》していた。何が起こったのか理解できていないのだろう。

剣舞士《けんまいし》は、屠竜刀で高速飛翔する槍を抜き打ちで迎撃《げいげき》。左手を動かすことすら値《あたい》しなかったのか、肩口への攻撃を犬歯で止めたのだ。

ズイクが悲鳴をあげながら再度の〈矛槍射〉を連発するが、鋼の投槍は、軽やかに進むギギナの刃の旋回《せんかい》に叩《たた》き落とされていく。

遠距離呪式《えんきょりじゅしき》を覚えると、自分が無敵になったと勘違《かんちが》いしてしまう呪式士《じゅしきし》がいる。だがしかし、狭《せま》い街中、呪式展開時間を取れない近接戦闘《せんとう》では、前衛役の反射や移動の速度と防御力《ぼうぎょりょく》に対して後衛は無力なのだ。

大昔の俺がそうだったように。

下手な前戯《ぜんぎ》に飽《あ》きたのか、ギギナが一息で間合いを削《けず》る。次の瞬間には、ギギナの屠竜刀、その刃先がズイクの魔杖短剣の峰《みね》を押さえていた。

「ドラッケン族に刃を向ける愚《おろ》かさは救いがたいが、命一つで許してやろう」

不吉《ふきつ》すぎるギギナの言葉に、後退しようとしたズイク。一瞬の遅滞《ちたい》なく屠竜刀が鋼の毒蛇《どくじゃ》となって跳《は》ねあがり、轟音《ごうおん》とともに空中で停止した。

ガナサイト重呪合金《じゅうじゅ》の刃は、ズイクの眼前に突《つ》き出た、鉄色の金属の筒《つつ》の半ばまで食いこんでいた。

「メーデン、邪魔《じゃま》をするな」

振《ふ》り返ったギギナの表情は、不愉快《ふゆかい》から敵意、殺意にまでに移行寸前。反比例したかのようなメーデンの余裕《よゆう》の笑みが迎《むか》える。

「そいつを殺しては何も聞けないさね」

鈍色《にびいろ》の筒は、横の壁《かべ》を貫通《かんつう》して生えていた。

確認《かくにん》した途端《とたん》、その筒を覆《おお》う掘削機《くっさくき》のような刃が回転。屠竜刀が弾《はじ》かれギギナが後退。漆喰《しっくい》に亀裂《きれつ》が入り、爆発《ばくはつ》と轟音が撒《ま》き散らされた。

濛々《もうもう》と煙《けむ》る粉塵《ふんじん》が晴れていき、路地に現れていく巨像《きょぞう》。それは左右から筒を生やした巨大な黒鉄色の球体。

「私もこいつも、まだまだ現役でいけるね」

メーデンの不敵な笑みを合図に、球体の表面に複雑な線が疾《はし》った。線に沿って割れていき、変形していく鉄球。

複雑な工程で金属の腕《うで》が伸《の》び、胴体《どうたい》が展開、足が生えて立ちあがる。

それは不細工な人形だった。

目も鼻もない、幾何学《きかがく》的な造形の頭部が、巨人の異様さを強調していた。

メーデンが魔杖剣を振り、鈍色の巨人が一歩を踏《ふ》みだす。巨大な質量に煉瓦舗装《れんがほそう》の地面が砕《くだ》け、足首まで沈《しず》む。

言語にならない悲鳴をあげ、ズイクが尻《しり》を路地に落とした。

前衛もいないメーデンが、一人で竜《りゅう》を倒《たお》せるとは信じられず、話半分だろうと思っていたが、こいつがあれば可能だろう。

メーデンの使用する、電磁《でんじ》電波《でんぱ》系呪式《けいじゅしき》第四階位〈傀儡操波絲《エメ・ス》〉の磁力によって、磁性流体たる四酸化三鉄を含《ふく》んだ油脂《ゆし》を封入《ふうにゅう》された巨人、いわゆる〈操機兵《メログ》〉が操作されているのだ。〈操機兵〉の内部は液体であり、斬撃《ざんげき》や刺突《しとつ》、低位の攻性呪式《こうせいじゅしき》で傷ついても、動作に支障がない。つまり、完全破壊《はかい》するまで動く不死の巨人。擬人《ぎじん》技術の発達した現代では、その不器用さゆえにあまり好まれないが、メーデンの使う〈操機兵〉は通常のものより二倍は大きい。〈操機兵〉が前衛の壁として徹《てっ》してしまえば、相手は攻《せ》めようがない。

どの呪式《じゅしき》と戦術ならこいつを倒せるか。俺はそんな攻性呪式士《こうせいじゅしきし》特有の思考に気づき、恥《は》じた。呆れ声を出して内心を誤魔化す。

「こんな骨董品《こっとうひん》をどこに隠《かく》していたんだ？」

「道だよ。乗り物にもなる便利なヤツさ」

メーデンの得意そうな笑みが、少し真剣なものに変わった。

「それよりガユス、その呪式の選択《せんたく》は悪くはないが、良くもない」

「ご忠告をどうも」

俺は魔杖剣ヨルガの先端《せんたん》に紡《つむ》いでいた、化学練成系呪式《かがくれんせいけいじゅしき》第二階位〈固凝糊《ガーチ》〉を解除した。

この呪式で合成される2－シアノアクリル酸エステルは、水分や微《び》アルカリが重合反応する強力な瞬間接着剤《せっちゃくざい》。しかしギギナの動きを一瞬だけ阻害《そがい》する程度の接着力しかない。しかも疾《しっ》走《そう》の前に発動しなければならなかった。

対してメーデン婆《ばあ》さんは、到達者級《とうたつしゃ》たる俺より早く操機兵を発動させた。やはり並の攻性呪《こうせいじゅ》式士《しきし》ではない。

路地にはズイクが腰《こし》を抜《ぬ》かしたままだった。ギギナの前を通りすぎ、メーデンが小さな身を屈《かが》めた。老呪式士が男の引きつった顔を覗きこむ。

「聞かれたことだけに答えな。ワイマートは私たちが探してやる。分かったかい？」

物理的圧力すら感じさせるメーデンの声。ズイクは怯《おび》えた顔で顎《あご》を上下させるしかなかった。

「ワイマートはあるときまではいいヤツだったよ。自分の力を驕《おご》るようなところもあったが、それでも憎《にく》めない愛嬌《あいきょう》があった。その愛嬌と甘い顔に、女も参ってしまうんだろうがな……」

路地の木箱に腰を下ろしたズイク。巨人の姿が目に入らないような位置に座り、背中を小さくした男が語りはじめていた。

「俺が女の車を壊《こわ》して、通りすがりを装《よそお》ったあいつが助ける。そんないつもの手口で、ワイマートをミケテアに出会わせた」

鉄色の巨人をギギナが眺《なが》め、その傍《かたわ》らの俺とメーデンが耳を傾《かたむ》けている。

「ミケテアは会社を経営している金回りのいい女で、なかなかの美人だった」

「いい女ほどつまらぬ男に引っかかるからな」

ギギナの視線に俺は閉口する。ジヴと俺は……いや、確かに不釣《ふつ》りあいだな。

「だが、そいつがいけなかった。ミケテアがノイエ党の幹部の情婦で、裏金洗浄役《せんじょうやく》だと知った時には遅《おそ》かった。ワイマートに入れこんだミケテアは、自分の金どころか、組織の裏金からも貢《みつ》いでいやがったんだ」

ノイエ党といえば、ゴーゼス地区を支配する黒社会三大組織の一つ。〈狂教授〉メレギエが率いる陰惨極《いんさんきわ》まりないヤツらだ。

その幹部の女が騙《だま》され、組織から裏金を引きだしたのだ。ノイエ党も、その面子《メンツ》にかけてワイマートを追っているだろう。

傍らのメーデンも不快そうに眼《め》を細め、唇《くちびる》を引きむすんでいた。

「頭が悪いというか、詐欺師《さぎし》にあるまじき調査不足というか。それで、ワイマートがそこまでして大金を欲しがった動機は？」

俺が疑問を投げると、ズイクは太い首を左右に振《ふ》る。

「知らねえ。嘘《うそ》か本当か、ヤツはもともとは攻性呪式士《こうせいじゆしきし》とかで、事務所を開くとか何とか言っていたが……」

「詐欺師が呪式士事務所か。笑い話だな」

ギギナが肉食獣《にくしよくじゆう》のように喉《のど》を鳴らして笑う。たしかに笑い話だった。

「ワイマートを探してくれ。あいつが俺の分け前まで持ち逃げしちまったから、ノイエ党に詫《わ》びも入れられねぇ」男の顔には一面の恐怖《きようふ》が貼《は》りついていた。「幹部の情婦のミケテアですら容赦《ようしゃ》なく顔を焼かれ、手足を切られて殺され、オリエラル大河に浮《う》かんだんだ。あいつを見つけて差しださないと、手伝っただけの俺まで殺されるっ！」

「女を騙すようなヤツが、男は裏切らないとでも思ったのかよ？　脳内でどういう論理体系を構築しているんだ？」

俺の心底からの呆《あき》れ声に、ズイクの顔が醜《みにく》く歪《ゆが》んだ。現状の運勢を暗喩《あんゆ》するかのように、自らの足元へと視線を落とす。

横目で俺は傍らを伺《うかが》ってみた。メーデンの顔は蒼白《そうはく》となり、曾孫《ひまご》の卑劣《ひれつ》さへの苦渋《くじゅう》が表れていた。


車窓の外にはエリダナの背景が流れ、道路の下に乱雑な下町が広がっていく。

建物の中二階のような道路が行き交《か》って奇観《きかん》を造っているが、エリダナには珍《めずら》しくもない風景だ。

その昔、区画変更《へんこう》で川の流れを変え、川底に石畳《いしだたみ》が敷《し》かれた。それに便乗するように旧市街の街並みが建てられていったそうだ。

結果、橋や道が上下に交差する、幻想《げんそう》の迷宮のような光景が発生することになったというわけだ。

下り道を示す道路標識を探して視線を上げる。後ろ見の鏡が、メーデンの沈痛《ちんつう》な表情を映していた。

心労が体調まで悪くさせたのか、メーデンが軽く咳《せ》きこんだ。白い眉根《まゆね》を歪めて不愉快《ふゆかい》そうだった。

その時、ヴィネルからの通信が届いてきた。注意を戻《もど》し、立体的に表示される情報を読みあげていく。

「ワイマート・マヘッソ。攻性呪式士《こうせいじゅしきし》として皇暦四九六年四月に、ソムコル呪式《じゅしき》事務所に入社。同九月、辺境での百歳級の〈竜《りゅう》〉との戦闘《せんとう》で負傷。会計係にまわったが、今年一月、事務所の金を横領していたことが発覚。事務所も世間体が悪いので起訴《きそ》はせず、横領した金を退職金という形にして解雇《かいこ》」

操縦環《ハンドル》を握《にぎ》る俺の説明が、車内に虚《うつ》ろに響《ひび》いた。坂を下っていき、露店《ろてん》の幌《ほろ》の庇《ひさし》が並ぶ道へとヴァンを進める。

「それからは人生急転落。甘い顔と口先、元攻性呪式士の経歴を利用し、女に寄生しては食いつくす詐欺師にまで堕《お》ちた。ようするに軟弱版《なんじやく》ギギナだな」

俺が吐《は》き捨てると、ギギナの口許《くちもと》に薄《うす》ら笑《わら》いが浮かんだ。

「女から寄ってくるだけで、私が嘘をつく必要はなにもない。それに貴様では女を騙せないだろうな」

「ようやく俺の善良さに気づいたのか?」

「違《ちが》うな。単に需要《じゅよう》と供給に関係のない、荒野《こうや》の珍獣《ちんじゅう》だからだ」

「俺の魅力《みりょく》に気づかない、世間の視力の低下が問題だね。病める現代社会の犠牲者《ぎせいしゃ》だ」

「そうだな、貴様は外見と内面、能力と知性、地位と財産以外は特に問題はない。内臓は美形らしいがな」

女の話題でギギナと舌戦をすると分が悪い。俺は強がった笑《え》みを返しておく。

「とにかく、だ。市とノイエ党、ワイマートの首に高値を付けてくれるほうに売り飛ばせばいいだけ。婆《ばあ》さんはその時に権利書を奪《うば》いかえす。こんな所でどうだ？」

うなずくメーデンだが、咳《せき》が強くなっていた。

「さっきから咳をしているが大丈夫《だいじょうぶ》か？　病院と葬儀屋《そうぎや》とどっちが必要な感じだ？」

俺の揶揄《やゆ》に、メーデンが剛毅《ごうき》な笑みを返してくる。

「私にそんな口を利《き》く、おまえのほうこそ必要になるさね」

元気そうで俺は内心で胸を撫《な》で下ろす。こういう場合、下手に心配すると老人ほど怒《おこ》ってくる。

「脳細胞《のうさいぼう》不足のズイクの情報によると、この辺りに情婦の一人が……」

ヴァンを徐行《じょこう》させていると、道の前方に露天商に向かって怒鳴《どな》る男が見えた。

黒髪《くろかみ》とメーデン似の横顔、背恰好《せかっこう》から、男がワイマート・マヘッソ本人だと確認《かくにん》。

耳を澄《す》ますと、林檎《りんご》の値段に文句をつけている安い怒《いか》りだった。むしろ傍《かたわ》らに連れている女のほうが身の置きどころに困っていた。

「なぜ女と一緒《いっしょ》に外に出ている？　食料の調達にしても、女に行かせるはずだが？」

「女一人で外に出すと、自分を売られるかもしれないと思っているんだろ」

「小者すぎるな」

ギギナの感想は、俺の感想でもあった。

俺とギギナは魔杖剣《まじょうけん》の柄《つか》に手をかけながら車から降りる。メーデンが後ろに続き、人込みを抜《ぬ》け、静かに密《ひそ》やかに距離《きょり》を詰《つ》めていく。

女連れの男を左右から挟《はさ》み、その背中に声をかける。

「ワイマート、逃亡者《とうぼうしゃ》ごっこは終わりだ」

逃亡者は黒髪と肩《かた》を跳《は》ねあげた。

ここまで接近されても気づかないようでは、攻性咒式士《こうせいじゅしきし》としては四流以下だったのも当然だ。

ワイマートが緩慢《かんまん》な動作で顔を向けてくる。

立体写真にあった甘い顔が見る影《かげ》もなかった。ワイマートの顔は、アドレナリンが臭《にお》ってきそうなほどの焦燥感《しょうそうかん》に塗《ぬ》りつぶされていた。

凶暴《きょうぼう》そうに見えて、必死に虚勢《きょせい》を張っているだけなのがみえみえ。それは追われる者特有の怯《おび》えた小動物の顔。

恐怖《きょうふ》で広がった瞳孔《どうこう》が俺とギギナへと向けられ、次にメーデンの姿を捉《とら》え、憤怒《ふんぬ》を宿す。

「てめえ、ババアがこんな所まで何しに来やがったっ⁉」

持っていた林檎を石畳《いしだたみ》へと叩《たた》きつけ、女と露天商の悲鳴があがる。

メーデンの双眸《そうぼう》に凄絶《せいぜつ》な焔《ほのお》が灯《とも》る。

だが、瞳《ひとみ》の焔《ほのお》は徐々《じょじょ》に消えていき、憐憫《れんびん》めいた翳《かげ》りへと代わっていった。

「ワイマート、私は怒りに来たんじゃないんだ。だから田舎《いなか》に帰ろう。後のことは、このメーデン婆が何とかしてやるから……」

「権利書の話はどうなったんだ？」

メーデンの態度の豹変《ひょうへん》に戸惑《とまど》い、俺は確認を取ろうとする。だが、メーデンの心には俺の質問が入る余地がなかった。

「俺はてめえには頼《たよ》らない」

脅《おび》えと羞恥《しゅうち》を糊塗《こと》しようとしてか、ワイマートの声は強張《こわば》っていた。

「どうしてしまったんだ。あんなに優《やさ》しかったおまえが、どうしてこんなことに？」

メーデンの沈《しず》む声に、ワイマートは激しい怒りを吐き出す。

「てめえが俺の咒式士《じゅしきし》としての人生を邪魔《じゃま》したからだろうが！　俺はソムコルが喋《しゃべ》っているのを聞いたんだっ！」

「それは、おまえを心配して……」

「ハッ、てめえのことだ、俺が親父《おやじ》のようになって、メーデンの名声を汚《けが》されるとでも思ったんだろうがっ！」

曾孫《ひまご》の言葉にメーデンの横顔が苦渋《くじゅう》に歪《ゆが》む。

「今までも俺の才覚で乗りきってきた。今回も上手《うま》くやってやる。誰《だれ》にも頼らず、俺が本当の攻性呪式士《こうせいじゅしきし》だということを証明してやる！」

「素材のまま低能をめしあがれ、だな」

半笑いの俺の一言に、ワイマートが睨《にら》みつけてくる。それこそお笑いだ。

「俺にもできる、できたんだ。そう言ってるヤツが何かを成したのを見たことがない。やはり、ケチくさい犯罪程度がおまえにはお似合いだ」

腹腔《ふくこう》に湧《わ》きあがる不快さが、そのまま俺の唇《くちびる》から噴《ふ》きこぼれる。

「おまえはここで俺たちに捕《つか》まる。そして牢獄《ろうごく》かノイエ党の処刑場《しょけいじょう》へと一直線。安っぽい夢や文句は、そこで語ってろ」

魔杖剣を抜刀《ばっとう》し、俺が一歩を踏《ふ》みだすと、身をひるがえしてワイマートが逃《に》げだす。

煙幕《えんまく》代わりに露店《ろてん》の商品棚《だな》を転がし、上に載《の》っていた果物《くだもの》や野菜がブチ撒《ま》けられるが、予想していた俺は軽《かろ》やかに飛び越《こ》える。

追跡《ついせき》しようとする俺に、横合いから衝突《しょうとつ》してくる影。

「逃げてワイマート！」

木箱を破砕《はさい》しながら俺は倒《たお》れこみ、果物や野菜に塗《まみ》れる。

石畳に打ちつけた鼻や膝《ひざ》の痛みよりも、そんな状態でも俺の体にしがみつく女の根性《こんじょう》と必死の形相に驚《おどろ》いた。格闘《かくとう》している間にもワイマートは逃走、女を振り返ることなく、建物の角へと消えていくところだった。

健気《けなげ》な女を傷つけるわけにもいかず、隣《となり》のギギナへと視線を疾《はし》らせる。

だが、頼りのギギナは、発作《ほっさ》を起こしたメーデンが倒れこむのを抱《かか》えていた。

「ワイマート、まだあの時のことを……」

老呪式士《じゅしきし》は曾孫の名前を寂《さび》しげにつぶやき、激しく咳《せ》きこみつづける。

「メーデン婆《ばあ》さん、大丈夫《だいじょうぶ》か！」

俺が声をかけても、苦しげな咳《せき》は収まらず、血痰《けったん》混じりの咳を吐《は》くメーデン。老婆《ろうば》の顔は墓土のような灰色になっていた。

ギギナが老婆の保護、俺は追跡に回ると瞬時《しゅんじ》に役割分担。

魔杖剣ヨルガの先に、化学練成系呪式《かがくれんせいけいじゅしき》第一階位〈窒息《ノキシ》〉を発動。通常の大気で約二〇％の酸素濃度《のうど》を五％にまで低下させることで、酸素分圧を四五ｍｍＨｇにまで下げる。肺でのガス交《こう》換《かん》が逆転し、血液中の酸素が逆に肺から空気中へと吸いだされ、動脈血中の酸素分圧がわずか二呼吸の間に二〇ｍｍＨｇにまで低下。

急激な酸素欠乏症《けつぼうしょう》によって、眼前の女のように瞬時に昏倒《こんとう》する。この状態が続くと死亡する危険が高いが、呪式《じゅしき》で合成したわずかな空気は瞬時に拡散。三呼吸目には通常の空気に戻《もど》るので問題はない。

何とか無力化した女を引き剝《は》がし、建物の石壁《いしかべ》を曲がると、石畳の上には通行人が行き交《か》うばかり。すでにワイマートの姿はなかった。この逃げ足の速さでは、さすがのノイエ党もいまだに捕《と》らえられないはずだ。

急いで戻ると、ギギナの膝上で身を折り曲げているメーデン。激しい発作が収まっていったようだ。

「……捕まえ、られなかっ、たのかい？」

喘鳴《ぜんめい》に喘《あえ》ぐメーデンのつぶやき。長外套についた果物やら野菜の屑《くず》を払《はら》いながら、俺は憮然《ぶぜん》とした表情を浮《う》かべているだろう。

「メーデン、本気でお迎《むか》えが近そうだから、準備しておけよ」

「……若造に、い、言われなく、ても抜《ぬ》かり、なく生命保険に入っておる、わ」

俺の軽口に、メーデンの皮肉げな笑《え》みが返され、そして倒れた。

皺《しわ》が深く刻まれた額は干上《ひあ》がった大地。唇は引きむすばれ、瞼《まぶた》が閉じられていた。丸めた紙のように皺の寄った手が掛布の端《はし》から覗《のぞ》く。折れそうに細い手首につながれた点滴《てんてき》の管が、薬液を送りこんでいる。

中央病院の一室。白い寝台《しんだい》に横たわるメーデンを、傍《かたわ》らの椅子《いす》に座った俺が眺《なが》めていた。

老婆の瞳が天井《てんじょう》を見ていた。次に俺の姿を捉《とら》え、力なく窓の外の夕日へと逃《のが》れた。

「……そうか、倒れたか。歳《とし》には勝てないね」

意識が戻ったメーデンの第一声。俺は曖昧《あいまい》な笑みを返すだけだった。

「すまないね。嘘《うそ》の権利書問題も、曾孫《ひまご》の悪口を言ったのも、一番有望そうな追手のあんたに接近するためだったんだ」

俺は無言でうなずいた。天井へと双眸《そうぼう》を向けたワイマート。老婆が決意を口にする。

「私が、もう一度ワイマートを説得する」

「無理だよ。あれは典型的なダメ男だ」

思わず正直に述べてしまった。

「……違《ちが》う、あの子は私が、私が捻《ね》じ曲げた」

誰に聞かせるようでもなく、メーデンが言葉を紡《つむ》いでいった。

「黙約《もくやく》のメーデンの後継者《こうけいしゃ》たる一人息子《むすこ》を病気で亡《な》くした私は、一粒種《ひとつぶだね》の孫を、あの子の父親を立派な攻性呪式士《こうせいじゅしきし》にしようとした。だが、父親は初めて見た〈竜《りゅう》〉に怯《おび》え、逃げたところを竜に殺されてしまった」静かな独白は続いていった。

「私はワイマートが攻性呪式士になることを禁じた。曾孫まで、マヘッソ家の最後の一人、あの子まで失うのが怖《こわ》かったんだ」

老婆の目は天井を見据《みす》えていた。代ごとに一人しか血族がいないとは、寂しい家系だ。

「孫はワイマートにとっていい父親だった。優《やさ》しく、繊細《せんさい》な孫に似すぎているからこそ、曾孫のあの子も攻性呪式士《こうせいじゆしきし》に向いていない。命の取りあいができる子じゃないんだよ」

老婆の言葉に、俺は沈黙《ちんもく》のままに耳を傾《かたむ》けつづけた。

「父親の汚名《おめい》をすすぐためか、ワイマートは私の反対を押しきって攻性呪式士《こうせいじゆしきし》になった。そして父親と同じように逃《に》げたことで、屈折《くっせつ》してしまった」

俺には分かる気がする。期待されないことが、逆に無形の重圧となったのだろう。誰《だれ》にも省《かえり》みられないことに耐《た》えられない人間は、たとえ愚行《ぐこう》であっても振《ふ》り向かせたいのだ。

老婆の言葉は叫《さけ》びとなっていた。

「私はよかれと思って会計係に就《つ》けるよう裏から手をまわした。会計係も立派な呪式士《じゆしきし》だし、あの子の自尊心も傷つかないと思って。だが、あの子自身が言ったとおり、私の勝手さが歪《ゆが》ませたんだ」

家族とは、この世で最初に接する不条理だ。

親は子供を選べないし、子供は親を選べず、運命という偶然《ぐうぜん》で決まってしまう。それは互《たが》いに選択《せんたく》の自由が存在しない関係。

家族という不条理劇で、親は親の配役を拒否《きよひ》できず、子は子の配役を拒否できない。法的に縁《えん》を切っても、遺伝子や血縁の事実までは消せないという重い束縛《そくばく》。

くだらない思考から戻ると、メーデンが柔和《にゅうわ》な眼差《まなざ》しを向けてきていた。

「……家族のことを思い出していたのかい？」

不自然な俺の沈黙。メーデンの瞳《ひとみ》は、俺の過去まで見通すような光を宿していた。

「あまり幸福な家族ではなかったようだね。私たちと同じか、それ以上に……」

メーデンの述懐《じゅっかい》が空虚《くうきょ》に響《ひび》いたきり、病室のそこかしこに硬質《こうしつ》の静謐《せいひつ》が舞《ま》い降りた。

重苦しさを振りはらうように、ようやくメーデンが口を開いた。

「私の間違いは私が背負う。それだけさね」

「違う。すべては本人の責だ」

ワイマートや俺のように転落していく原因は、自分自身の弱さと愚《おろ》かさ以外には存在しない。

しかし、通りすがりの誰かの悪意より、身近なものの善意のほうが人を深く傷つける。

もっとも凡庸《ぼんよう》な悲劇が、家族という監獄《かんごく》から生みだされるのだ。

それを俺は知っている。

メーデンがワイマートを追いつめた以上に、俺はアレシエルを傷つけたのだ。

「どんな酷《ひど》い家庭、酷い目にあっても、それでも真っ当に生きるのが人の義務だ」何かが俺の口を借りて言わせていた。「人間の資質や性向という初期設定の半分は遺伝子、半分は仲間環《かん》境《きょう》で決められているという。だとしても、そうであることと、そうなるべきことは明確に違う。なにを成すかは本人の責だ」

言葉は拡散し、どこかへと消えていった。長い長い無言の後に、メーデンは力なく微笑《ほほえ》んだ。

「意外に優しい子だね。だが嘘つきだ」

老咒式士《じゅしきし》は正確に俺の欺瞞《ぎまん》をついた。重い吐息《といき》とともに言いはなった。

「すべてを背負うことはワイマートのためにならないし、自己満足かもしれない。でも、それしかしてやれることがないんだ」

「……どうしてそこまでワイマートのためにできる？　家族というだけでどうして？」

疑問が俺の口を衝《つ》いて出た。

「進化論的には、愛情とは自己の遺伝子の保存のためだと言うね。だとすると、ワイマートを救うのは、自分を救うためなのかもしれないね」

メーデンは自嘲《じちょう》ぎみに笑った。侘《わび》しく乾《かわ》いた笑《え》み。老婆《ろうば》のそんな笑みを見たくはなかった。

「……ワイマートは、俺たちが何とかするよ」

ひどく優しい声を出している自分に気づいた。

なぜかは分からないが、不実な誓《ちか》いをしてでも、この老人を悲しませたくなかった。

「じゃあ俺は行くよ」

メーデンが静かにうなずく。俺は自分の言葉、嘘と約束の狭間《はざま》から逃げるように病室を後にした。

病人の咳《せき》や、怪我人《けがにん》の抑《おさ》えた苦鳴ばかりが響く廊下《ろうか》。扉《とびら》の横の壁《かべ》に凭《もた》れた長軀《ちょうく》。相棒のギギナが待っていた。

「ガユス、いつから敬老の精神に目覚めた？」

感傷的になっていた自分が急に恥《は》ずかしくなり、俺はギギナの前を素通《すどお》りしようとした。

「情報が二つ入った」

歩みだそうとした俺に、ギギナの硬質の声が追いかけてきた。足を止めて顔を戻《もど》すと、鋼《はがね》の瞳が迎《むか》える。

「一つは、ズイクの死体が川に浮《う》かんだ」

予想していた以上にノイェ党の手は長い。急がないとワイマートも同様の道を辿《たど》るということか。

「二つには、先ほど医師から話があった。メーデンはもう長くない」

ギギナの宣告に、俺は無言でうなずくしかなかった。

病と老いに本人も自らの死期を悟《さと》り、曾孫《ひまご》だけでも何とか助けたかったのだろう。

だが、おそらくそれは果たせない。

俺とギギナが互いに続く言葉を喪失《そうしつ》していると、重なる足音が廊下に響いた。

「これはこれはお二人さん。お元気そうで何よりですな」

振り返るまでもなく、その正体が推測できた。

「おまえが死ねば、より元気になるよ。ついでにエリダナの夜も三分の一は静かになる」

俺の皮肉の先には、屈強《くっきょう》な男が二人。その護衛に挟《はさ》まれ、痩《や》せて小柄《こがら》な老人が立っていた。

「相変わらず面白《おもしろ》いかたですな」

老人が白髪《はくはつ》を揺《ゆ》らして笑う。痩身《そうしん》を長外套で包み、知性的な風貌《ふうぼう》に好々爺《こうこうや》然とした雰囲気《ふんいき》をまとう老人。表情を裏切るように、片眼鏡の奥の目には獰悪《どうあく》な光。

この老人こそ、ゴーゼス三大組織の一つ、ノイエ党の党主こと〈狂教授〉メレギエ。

もともとノイエ党はエリダナの一政治組織で、過激な社会変革を掲《かか》げていた。しかし、五〇年代に内部批判という名の粛清《しゅくせい》が開始され、暴力的傾向《けいこう》だけが極度に発展。ついには黒社会の一角を占《し》めるまでに堕落《だらく》してしまったのだ。

ノイエ党の実権を握《にぎ》るため、闘争《とうそう》を煽《あお》り、同志すら殺してきたその当人が眼前に立っていたのだ。

「それで〈狂教授〉御《ご》本人がメーデンに何の用だ？　それともグィネル事件での俺たちへの意《い》趣返《しゅ》しか？」

ギギナの無機質の声。老人が喉《のど》の奥で嗄《しわが》れた声で笑う。

「まさか。黙約《もくやく》のメーデンや、あなたがたと本気で対決する気なら、ノイエ党の全攻性咒式士《こうせいじゅしきし》を揃《そろ》えてきますよ」爬虫類《はちゅう》のようなメレギエの目が、俺たちを凝視《ぎょうし》する。「あなたも分かっているはずだ。私の用は、ノイエ党を愚弄《ぐろう》したワイマートの首だけだと」

「メーデンですらワイマートを追っていて居場所は知らない。ここに来るのは情報不足で見当違《ちが》いだ」

「あの詐欺師《さぎし》が肉親に頼《たよ》ったり、その苦難に駆《か》けつけるような殊勝《しゆしよう》な人間だとは、最初から思っていませんよ」

メレギエの険しい瞳《ひとみ》。メレギエと俺たちの間、空気が緊迫《きんぱく》していく。

「我らはワイマートを追っている。しかし、あやつの逃《に》げ足の速さと協力者の女の多さには、我らノイエ党も手を焼いていましてな。そこで何らかの情報があればと推参しました。ついでに追手になっていただける咒式士《じゆしきし》たちに声をかけてもいるのですよ。あなたがたと、そしてよろしければメーデン老にもね」

「自分たちの糞塗《くそまみ》れの尻《しり》を、自分たちで拭《ふ》けないとはね。ゴーゼスの夜の裁判官と謡《うた》われたノイエ党も落ちたものだ」

俺の皮肉に、二人の護衛が同時に体を硬《かた》くする。メレギエだけが無音の笑声《しようせい》をあげている。

「ガユス氏は相変わらずお人が悪い。ご存じのとおり、我らノイエ党を含《ふく》む、ゴーゼス地区の三大組織は休戦中でね。下手に区外に戦闘《せんとう》人員を動かすと、協定違反《いはん》で抗争《こうそう》となる」

嫌悪《けんお》感が滴《したた》るようなメレギエの口調。メレギエは俺が先刻承知だと誤解しているが、どうやらゴーゼス地区も不穏《ふおん》な情勢らしい。

一方でギギナの目が輝《かがや》いているのが胃に痛い。

火種の予感に喜ぶ戦闘愛好症《しよう》が、俺の相棒という事実はなるべく直視したくない。

複雑な俺の胸中を無視するように、メレギエが続ける。

「もちろん我らに協力するなど、あなたたちの攻性呪式士《こうせいじゅしきし》としての矜持《きょうじ》が許しますまい。しかし、もしワイマートを捕《と》らえられましたら、市に渡《わた》す前に、メーデン老には内緒《ないしょ》で我らに売ってもらえないでしょうか？　市の賞金の二割増しで買いますよ？」

「……残念だが、メーデンとは曾孫を助ける約束をしていてね」

苦いものを俺は喉の奥に感じた。メレギエの口角に、笑《え》みに似た皺《しわ》が寄る。

「ワイマートは、市の賞金首名簿《めいぼ》に載《の》り、我らノイエ党にも追われている。彼はもう首に縄《なわ》のかかった死人に過ぎませんよ」

「メーデンに聞こえる。声を下げろ」

俺の静かな怒声《どせい》に、メレギエが嫌味《いやみ》なまでに丁寧《ていねい》に頭を下げる。

狂教授の宣告どおり、ノイエ党から逃げきれるものではない。昼に会ったズイクも、夕方にはオリエラル大河に浮かんでいたのだ。市に捕《つか》まっても、刑務所《けいむしょ》一日目の夜にノイエ党の息のかかった受刑者に、事故に見せかけて殺されるだけ。どっちみちワイマートには暗黒の死しか待っていない。

唯一《ゆいいつ》助かる方法は、ノイエ党から奪《うば》った以上の大金を積んで詫《わ》びを入れるしかない。

だが、そんな大金がどこからか湧《わ》いてくるなら、地上の苦労は存在しないのだ。

老婆《ろうば》との約束は果たせない。いや、最初からそうと知っていて、俺は約束したのかもしれない。

「お二人には現状を知ってほしいという、老人の繰《く》り言ですよ。他《ほか》の攻性呪式士《こうせいじゅしきし》にも声をかけますので、これで失礼」

メレギエが裾《すそ》を翻《ひるがえ》して背を向けた。

去っていく後姿に曳航《えいこう》されるように、護衛二人が続いていった。


エリダナの夏の夜空。狂える女の横顔のような月が、声もなく哄笑《こうしょう》していた。

石畳《いしだたみ》は月光と闇《やみ》で塗《ぬ》り分けられ、汚《よご》れた壁《かべ》や建物が錯綜《さくそう》している。建物の間には、元は橋だった道路が石造りの脚《あし》を下ろしていた。

下町の道の上空。取りこむのを忘れられた洗濯物《せんたくもの》が、微《び》風《ふう》に揺らめいている。近くの埠《ふ》頭《とう》からの潮風が鼻先を掠《かす》めた。

停車しているヴァンの内部。俺は操縦環《ハンドル》に顎《あご》を載せ、何時間も変わらない情景を眺《なが》めていた。

ヴィネルの情報で、ワイマートの最新の女の家を監視《かんし》しているのだが、なんの動きもないいま深夜になっているという状況《じょうきょう》だ。

灯《あかり》も空調装置も消しての張りこみは退屈《たいくつ》だ。助手席のギギナは、瞑目《めいもく》したまま微動《びどう》だにせず、監視役を代わる気も皆無《かいむ》らしい。

何度目かのヴィネルからの通信が入る。文章を目で追っていく。

「ワイマートの転落の最初の一歩が出てきたが、聞くか?」

相棒の返事はないが、他にやることもない。独白めいた報告をしていく。

「ワイマートは、当時の女の借金の保証人になっていたようだ。その肩代《かたが》わりをするために横領したみたいだな」

「その女はどうした?」

目を閉じたままのギギナの興味成分無添加《むてんか》な声。俺は頁《ページ》を送って読みあげる。

「その女はワイマートが金を渡した直後に逃げたみたいだな。前もって計画したように鮮《あざ》やかな手口で。男に残ったのは、女の負債《ふさい》と横領の二重の借金だけだとさ」

「女に騙《だま》されたから、今度は女を騙す側に回るか。的外れな報復だな」

ギギナの静かな慨嘆《がいたん》。続く情報に俺は小さく叫《さけ》んだ。

「クソっ、メーデン婆《ばあ》さんが病院から消えただと!?」

ズイクの結末やメレギエとの会話を聞いてしまい、老人はすべてを察して動いたのだ。ワイマートの監視を続けるか、メーデンを保護しに向かうか、どっちがよりマシな判断なのか。危険と利益の天秤《てんびん》は、常に決断を迫《せま》る。

ギギナの瞼《まぶた》が開かれ、凍《い》てつく冬の月の瞳が現れる。

「再度の対面は間にあわないようだな」

俺たちの車の先、灯が消えていたマンションの扉《とびら》が開いた。周囲を警戒《けいかい》しながら出てきたのは、帽子《ぼうし》を深く被《かぶ》り襟《えり》を立てた人影《ひとかげ》。

弱々しい月光に照らされた影が、石畳に伸《の》びる。低い階段を降り、影はワイマートの女の車へと近づいていく。

ワイマートらしき影が車に乗りこんだ瞬間《しゅんかん》、俺は加速板《アクセル》を踏《ふ》み、ヴァンを急発進させる。

一拍遅《いっぱくおく》れて、いくつもの照明が照射され、魔杖剣《まじょうけん》を抱《かか》えた影たちが周囲の建物から飛びでてくる。

「同業者か！」

ヴィネルめ、ノイエ党に煽《あお》られた攻性呪式士《こうせいじゅしきし》たちにも情報を流しやがったな！

逃《に》げようとするワイマートの車を呪式士《じゅしきし》たちが囲んだ刹那《せつな》、閃光《せんこう》が夜を切り裂《さ》いた。

緋《ひ》と橙《だいだい》と臙脂色《えんじいろ》の炎《ほのお》が噴《ふ》きあがり、轟音《ごうおん》と衝撃波《しょうげきは》が街角を吹《ふ》きぬけた。操縦環を切って、後輪を滑《すべ》らせながらヴァンを急停止。

ヴァンから飛びでた俺とギギナの眼前。車は炎上《えんじょう》しつづけ、焦《こ》げくさい熱風が頰《ほお》を叩《たた》く。

火の粉を散らして舞《ま》い踊《おど》る炎の柱のなか、車の骨格と人間の影が揺《ゆ》らめいていた。

「殺《や》ったバカは誰《だれ》だ！　殺してどうするっ！」

俺の叫びにも、周囲の呪式士たちは呆然《ぼうぜん》とした顔を並べているだけだった。

呪式《じゅしき》の発生は感知できなかったから、車内の人間も含《ふく》めて、誰の仕業《しわざ》でもない。単に車に爆《ばく》発物《はつぶつ》が仕掛《しか》けられていたのだろう。ノイエ党なら、見せしめに時間をかけて殺すはず。だとすると、ワイマートが騙してきた女の復讐《ふくしゅう》なのかもしれない。

「ワイマートが生きていると思うか？」

「あの業火《ごうか》の中で、生身の人類が生きていられるなら、辞書から焼死という単語が消えるな」

ギギナがつぶやき、俺は退屈な感想を返すしかなかった。二人そろって、炎の照り返しで顔を血色に染めていた。

炎の音と臭気《しゅうき》に、付近の住民が集まりだしていた。離《はな》れようとする人間と衝突《しょうとつ》している野次馬も見えた。

くだらない追跡劇《ついせきげき》は、わけの分からない幕切れで終わった。

暗澹《あんたん》とした気持ちを抱えつつ、俺たちは現場を後にする。

夜の街の谷底を、バルコムＭＫⅥが走りぬけていく。車内の俺とギギナに交《か》わす言葉はなかった。

帰還《きかん》の途中《とちゅう》、鐘《かね》の音とともに走る消防車とすれ違《ちが》う。耳障《みみざわ》りな鐘の音が、遠くなるにつれ低音に変化していく。

メーデン婆さんを探しだし、曾孫《ひまご》のワイマートの死を報告するのは気が重い。

目元を揉《も》みながら、どう伝えたらメーデンがより傷つかないかと考えていた。

春先の枢機卿長《すうきけいちょう》事件でのヘロデルの死に重なってしまい、無惨《むざん》な死の光景が俺の脳裏《のうり》から離

れなかった。

車輪を軋《きし》ませながら、車を急停止。分かっていたが、操縦環《ハンドル》に顔をぶつけそうになる。

「どうした移動式眼鏡《めがね》置き場？　運転を忘れたのなら、刃《やいば》で思い出させてやるが？」

ギギナの怒気《どき》を含んだ声も気にならず、再度の急発進。車体を反対車線にまで旋回《せんかい》させ、来た道を戻《もど》っていく。

ギギナの怪訝《けげん》な眼差《まなざ》しが、頬に突《つ》き刺《さ》さる。

しかし俺の思考は、先ほどの光景の不自然な点に引っかかっていた。疑念が明確な形をとっていく。

「ギギナ、ワイマートは生きているかもしれないぞ！」

「人類にも分かるように説明しろ」

「思い出せギギナ。車が炎上して住民が集まってきた。気になるのが普通《ふつう》だからだ」

俺の言葉にも、ギギナの瞳《ひとみ》は眠《ねむ》たげだった。

「しかし、そこから去る人影があったのは不自然だ。逃げた人影が向かったのは、埠頭《ふとう》の方向というのは出来すぎじゃないか？」

「貴様のくだらない記憶力《きおくりょく》が役に立つことがあるとはな。追って損はないだろうな」

軽い口調だが、ギギナの顔には厳しい感情が浮《う》かんでいた。

俺の推測が正しいなら、ワイマートに変装していたのはおそらくヤツの女だ。ワイマートの変装をして逃げ、追手を引きつけろとでも女は言われたのだろう。

だが、己《おのれ》のために必死に変装し囮《おとり》となった女を、ワイマートは車に仕掛けた爆発物で殺し、自分が死んだように見せた。

自らに迫《せま》る包囲網《ほういもう》を破るのと逃げる時間を稼《かせ》ぐためだけに、残酷《ざんこく》な生き餌《え》としたのだ。

内燃機関と俺の怒《いか》りを沸騰《ふっとう》させ、ヴァンは石畳《いしだたみ》の上を跳《は》ねるように疾走《しっそう》していく。猥雑《わいざつ》な下町を抜《ぬ》けて、坂道を下り、海沿いの公道のアスファルトへと飛びだす。

前方灯が、こんな夜中に埠頭に向かって走る、ただ一台の小型車を照らしだす。

俺たちの追跡《ついせき》に気づいたらしく、助手席の女と運転手が振《ふ》り返った。

「どうやら正解のようだ。ご丁寧《ていねい》に別の本命らしき女まで連れている」ギギナの視覚強化呪式《しかくきょうかじゅしき》〈鷹瞳《ル・コン》〉が、運転手の顔を本物のワイマートと確認《かくにん》する。

「てめえだけは絶対に逃《に》がさねぇっ！」

加速板を限界まで踏み、さらに急加速。風を突きぬけて逃走車《とうそうしゃ》に急速接近していく。

バルコムMKⅥの後輪を滑らせ、ビルの角を左折しようとする逃走車へと、右側面を衝突させる。

金属質の悲鳴と火花の尾《お》を引いて、二つの車体は絡《から》みあうように左折。

ギギナの肩越《かたご》しに、向こうの車の操縦環に齧《かじ》りつくワイマートの姿が見えた。

脅《おび》えに心臓まで摑《つか》まれた横顔。

車体が離れて左折が終わった瞬間、眼前に壁《かべ》が広がる。咄嗟《とっさ》に左の歩道へと逃《に》げたが、違法《いほう》駐車《ちゅうしゃ》された車の後部に、ヴァンの側面が激突。車体が半回転し、ギギナ側に振られ、逆方向へと直下型地震《じしん》に見舞《みま》われたかのような衝撃《しょうげき》。

激しく揺《ゆ》れ、さらに大きな衝撃。

左の窓の外、歩道と擦《す》れるヴァンの左側面が、百人の魔女《まじょ》の悲鳴をあげつづける。

運動慣性に摩擦《まさつ》が打ち勝ち、ようやく停止。

ヴァンは左側面を下に横転《す》していた。

俺は身体調査を開始。軽微《けいび》な脳震盪《のうしんとう》と打撲《だぼく》はあるが、骨折も内臓損傷もなし。

「……生きてるって素晴《すば》らしい、かな？」

「追うぞ」横転し天井《てんじょう》になった歪《ゆが》んだ右扉《みぎとびら》に、ギギナが屠竜刀《とりゅうとう》を突き立てる。強靭《きょうじん》な手首の捻《ひね》りだけで金属板を穿孔《せんこう》。拳《こぶし》を突きあげて扉をブチ抜く。

扉がアスファルトに落下音を立てると同時に、ギギナがヴァンの外へと出ていった。座席を踏《ふ》みつつ俺も登っていき、横転した車体の上に出る。

肩《かた》の痛みを摩《さす》りながら見下ろすと、側面の傷や大きく歪んだ車体が確認できた。

「修理代を考えると、大急ぎで死にたくなってきたよ」

「ワイマートを捕《と》らえてからなら、遠慮《えんりょ》なくするがいい」

車体から飛び降りるギギナの後姿。

逞《たくま》しい肩の向こうに、海からの靄《もや》に沈《しず》むエリダナ第七埠頭が広がっていた。

夜明けを待つ埠頭。輸送船の壁に左右を挟《はさ》まれた桟橋《さんばし》。打ち捨てられた木箱やコンテナが並び、峡谷《きようこく》の底を一組の男女が逃げていた。

荒《あら》い呼吸音と、埠頭を叩《たた》く男女の足音が夜気に響《ひび》いていく。俺の足音が混じっていたのに気づき、ワイマートが振り返った。

恐怖《きようふ》の表情を振りきるように、すぐに前へと向きなおり、さらに逃走していく。

俺の傍《かたわ》らをギギナが颶風《ぐふう》のように走りぬけていく。

甲殻鎧《こうかくよろい》に包まれた狩猟者《しゆりようしや》の五指が、ワイマートの襟首《えりくび》に伸《の》びた。だが、ギギナが急停止、踵《かかと》で地を蹴《け》って後方へと跳躍《ちようやく》。

直前にギギナが占《し》めていた空間を薙《な》ぎ払《はら》った塊《かたまり》が、コンクリ床《ゆか》に激突《げきとつ》。夜気を鳴動させる。

後退したギギナが俺の隣《となり》に着地。鋼《はがね》の視線の先には、ワイマートと情婦が立ちつくしていた。

そして二人を庇《かば》うように、落下してきた巨人《きよじん》の威容《いよう》がそびえていた。

コンクリの地面を穿《うが》ったのは、巨猿《きよえん》のような巨大で長い腕《うで》。金属の柱のような腕の陰《かげ》から現れたのは、小柄《こがら》な姿。

「メーデン、なぜだ？」

俺の問いかけにも、老咒式士《じゆしきし》は皺《しわ》深い顔に寂《さび》しげな翳《かげ》りを浮《う》かべただけだった。

「婆《ばあ》さん、が俺を捕《つか》まえに……？」

　ワイマートが不安の表情を浮かべる。

「どこまでもバカな曾孫《ひまご》だね。喋《しゃべ》っている間にさっさとお逃げっ！」

　老婆《ろうば》の怒声《どせい》に、ワイマートの肩が感電したように跳ねる。老呪式士《じゆしきし》の険しい視線が俺たちを捕捉《ほそく》し、ワイマートを追跡することを許さない。

「……ま、まあいい、とにかく後は任せたぜ！」

　ワイマートは情婦の手を取って、コンクリの埠頭《ふとう》から桟橋の先へと逃げていく。

「やっと私を頼《たよ》ってくれたね」

　背後を振り返りもせずに、老メーデンが苦いつぶやきを漏《も》らした。

「メーデン、退《ど》いてくれ。俺はあなたとは戦いたくはない！」

　魔杖剣の柄《つか》から手を離《はな》し、俺は話しあいを呼びかける。

「俺たちにはワイマートを殺したり、ノイエ党に売る気はない。市に引き渡すだけだ」

「残念だけれど、私はそんな嘘にはつきあえない。刑務所《けいむしょ》のなかでノイエ党の手先に殺されるだけだよ」

　俺は戦いを回避《かいひ》する言葉を必死に探した。

「そうだ、市当局と証人保護の取引をすればいい。ノイエ党の裏金を引きだしたんだ、それを証言すれば……」

俺の説得。老人は細い首を水平に振るだけだった。

「優《やさ》しい嘘《うそ》も虚《むな》しいよ。あの子は自分が逃げる時間を稼《かせ》ぐためだけに、女を焼き殺した。凶悪《きょうあく》な殺人犯と司法が取引する可能性は低い」

メーデンの顔面に重苦しい疲労《ひろう》と老いが刻まれていた。

俺たちが見逃《みのが》しても、他《ほか》の誰《だれ》かがワイマートを捕らえる。もう逃げ道はないのだ。

「ワイマートを捕らえれば、俺が司法と交渉《こうしょう》する。してみせる。だから……！」

「……あの子は証人保護で一生隠《かく》れるような生活には耐《た》えられない。あまりに弱い、弱すぎる子なんだ」

目に涙《なみだ》を溜《た》め、老婆が懇願《こんがん》する。

「頼《たの》む、見逃してやってくれ。あんたは曾孫を助けると約束したじゃないか？」

何も言えず、俺は唇《くちびる》を噛《か》みしめた。安い約束が俺の心を軋《きし》ませる。

「下がれガユス。互《たが》いに譲《ゆず》れないなら言葉は無意味、刃《やいば》で意志を押しとおす。それが我ら攻性《こうせい》咒式士《じゅしきし》の流儀《りゅうぎ》だ」

屠竜刀《とりゅうとう》を肩口に掲《かか》げ、ギギナが腰《こし》を深く落とす。完全に臨戦体勢。

ギギナの面持《おもも》ちは、すでに闘争《とうそう》に猛《たけ》るドラッケンの戦士の顔へと変貌《へんぼう》していた。

「なにより私は戦ってみたい。一人の攻性咒式士として、メーデンという熟練の攻性咒式士とな」

俺が制止の声をあげようとした瞬間《しゅんかん》、メーデンが〈雷霆鞭《フル・フー》〉を放ち、傍らの木箱が破砕《はさい》される。微細《びさい》な木片《もくへん》が散り、俺は横転して破片を躱《かわ》していた。

乾《かわ》いた轟音《ごうおん》を開幕の合図とし、不条理な戦闘が始まっていた。

ギギナが跳躍し、メーデンとの間合いを瞬時に詰《つ》めるが、金属の巨人がドラッケンの飛翔斬《ひしょうぎ》りの軌道《きどう》に割りこむ。

屠竜刀と操機兵の掲げた右腕が激突！　ガナサイト重咒合金《じゅうじゅ》の刃と、掘削機《くっさくき》のごとき回転刃が噛みあう。

星屑《ほしくず》の火花と轟音を撒《ま》き散らし、双方《そうほう》の刃が弾《はじ》かれる。

巨人の膝《ひざ》に片足を着地させたギギナが、体ごと刃を旋回《せんかい》。巨人の頭部に水平斬撃《ざんげき》が叩きこまれる！

頭部を半ば以上に切断される、生物なら即死《そくし》の一撃。だがしかし、操機兵は平然として左の剛腕《ごうわん》を放つ。

旋風をまとって巨腕が薙《な》ぎ払われるが、後方へ飛んでギギナが逃《のが》れる。巨人と老婆が追撃の前進。

空中のギギナの下を駆《か》けぬける俺は、化学練成系咒式《かがくれんせいけいじゅしき》第四階位〈瀑轟蹂躙舞《アミ・イー》〉を展開、放射。

トリメチレントリニトロアミンの爆裂《ばくれつ》の刃が、両者へ殺到《さっとう》。埠頭に爆風が吹《ふ》き荒《あ》れる。

鳴り止《や》まない反響音《はんきょうおん》と爆煙《ばくえん》を破り、鋼《はがね》の五指が突《つ》き出される。操機兵の直拳《ちょっけん》。

魔杖剣《まじょうけん》ヨルガの側面を左手で支え、俺は拳《こぶし》の直撃を防ぐ。衝撃《しょうげき》を減殺しきれずに、刀身が胸に激突。凄《すさ》まじい打撃《だげき》で肋骨《ろっこつ》が三本折れ、後方に吹き飛ぶ。

空中に舞《ま》う俺をギギナの左腕《ひだりうで》が掴《つか》み、即座《そくざ》に横転。俺の上着の裾《すそ》を、メーデンの〈雷霆鞭《フユル・フー》〉の雷撃《らいげき》が貫通《かんつう》していく。

爆煙が晴れ、威容《いよう》を現した巨人《きょじん》。爆裂咒式《ばくれつじゅしき》では、重装甲《じゅうそうこう》を貫通できなかったようだ。

足元のコンクリを破砕する重戦車のような巨人の突進が開始され、援護《えんご》するメーデンの〈雷霆鞭〉の弾幕《だんまく》に押され、俺たちは後退するしかない。

「なぜだ、なぜ俺と婆さんが戦う！」

「愉快《ゆかい》だなガユス、メーデンは強いぞ！」

俺の疑問とギギナの微笑《びしょう》が疾走《しっそう》、飛翔して後退していく。

左右の船に挟《はさ》まれた埠頭。振り返りざまの俺の爆裂咒式を巨人が防ぎ、その隙《すき》にメーデンが遠慮《えんりょ》のない雷撃咒式《らいげきじゅしき》を放つ。

物体や生物を操《あやつ》る〈支配者《ヘルシャア》〉職たる咒式士《じゅしきし》の、老獪極《ろうかいきわ》まりない戦術だ。こうなると俺たちの数の優位は崩《くず》れ、五分になる。

全盛期《ぜんせいき》をとうに過ぎているはずのメーデンに、到達者《とうたつしゃ》級の攻性咒式士《こうせいじゅしきし》二人が完璧《かんぺき》に無力化され、ワイマートの逃走《とうそう》時間を着々と稼がれている。

メーデン婆《ばあ》さんを傷つけるわけにはいかない。ならば、相手の最大戦力の操機兵を潰《つぶ》すしかない！

傍《かたわ》らを並走《へいそう》するギギナに視線を送り、相棒の目も同じ結論に達したらしいと確認《かくにん》。

俺はコンテナの角に手をかけ、ギギナはコンクリ床《ゆか》に刃を突き立て急停止し、反転。メーデンと巨人に向かって攻勢《こうせい》に移る。

ずっと紡《つむ》いでいた〈固凝糊《ガーチ》〉の咒式《じゅしき》を放つ。発生した2－シアノアクリル酸エステルが、巨人の足裏の金属表面で重合反応を起こし、コンクリ床と凝固《ぎょうこ》していく。

慣性を殺せない上半身が前のめりになる巨人。巨大な腕の殺傷範囲《はんい》の懐《ふところ》へ、一刀を提《さ》げたギギナが疾走していた。唸《うな》る剛腕に左肩《ひだりかた》を破砕されながらも、猛きドラッケンはさらに踏《ふ》みこむ。

彗星《すいせい》となった屠竜刀の刺突《しとつ》が、巨人の胸へと放たれ、厚い装甲を突き破《やぶ》る。ギギナの全身の剛力により、刃《やいば》が斜《なな》め上方へと疾《はし》る。金属の絶叫《ぜっきょう》とともに多重装甲が切断されていく。

天へと駆けた屠竜刀。刃が飛燕《ひえん》のごとくひるがえり、巨人の装甲を斬り下げた。

勢いあまってコンクリ床に激突した屠竜刀が、小さな火花をあげる。必殺の打撃を終えたドラッケンの戦士が、即座に地を蹴《け》って右へ跳《は》ねる。

ギギナを追おうと、巨人が右へと手を伸《の》ばす。それは相棒が作った絶対の好機。

俺は化学練成系咒式第三階位《かがくれんせいけいじゅしき》〈皇瑞灼流《フォーカロル》〉を発動。沸騰《ふっとう》するクロロ硫酸《りゅうさん》や過塩素酸の激流が、巨人の無防備な胸板《むないた》に殺到。交差した刀傷へ激突し、内部へ浸入《しんにゅう》！

途端《とたん》に、巨人の動作が緩慢《かんまん》になり、停止。一種悠然《ゆうぜん》とした速度で傾斜《けいしゃ》していった。

地響《じひび》きをたてて地に伏《ふ》す、鋼の巨人。横たわる巨人越《ご》しに、驚愕《きょうがく》したメーデンの顔が覗《のぞ》いた。俺の呪式《じゅしき》によるクロロ硫酸と過塩素酸が、巨人内部の磁性流体たる四酸化三鉄と反応。硫酸鉄や塩化鉄に変える。その化学変化により流体の磁性が失われたため、磁力によるメーデンの遠隔《えんかく》操作を遮断《しゃだん》したのだ。

操機兵の無力化を悟《さと》ったメーデンは、後退しながら呪式を放射し、ギギナの突進を防ごうとする。空を灼《や》く、幾条《いくじょう》もの雷《いかずち》の帯。そのすべてをギギナが幾何学《きかがく》的に動いて回避《かいひ》。

ドラッケンは夜を照らす雷霆《らいてい》の群れの上空を跳躍《ちょうやく》、一気に間合いを削《けず》る。

メーデンの雷撃はギギナの甲殻鎧《こうかくよろい》を砕《くだ》いて肉を灼き、いくつかは屠竜刀《とりゅうとう》のフレグンの宝珠《ほうじゅ》に無効化される。

老呪式士《じゅしきし》はギギナを負傷させても、接近を防げないと判断。空を舞う戦鬼《せんき》へ向かって、電磁《でんじ》電波《でんぱ》系呪式《けいじゅしき》第四階位〈赫濤灼沸怒《フルフーレ》〉を展開。マイクロ波で瞬時《しゅんじ》に体液を沸騰させようとした。

強大な呪式の迎撃《げいげき》を予想していたギギナは、生体変化《せいたいへんか》系呪式《けいじゅしき》第二階位〈空輪龜《ゲメイラ》〉を発動。左体側に発生した噴射口《ふんしゃこう》から高圧空気を放出し、直角に空中移動。メーデンの必殺のマイクロ波は、夜気の水分を振動《しんどう》させ、蒸発させるだけだった。

ギギナは右の輸送船の側壁《そくへき》に着地、即座に再飛翔し、メーデンへと斬撃を仕掛《しか》ける。

メーデンが魔杖剣を掲《かか》げるのと同時に、再度の〈空輪龜《ゲメイラ》〉の呪式が発動。背中から放出された高圧空気が、コンクリ床へと叩《たた》きつけるようにギギナを急降下させる。

天へと魔杖剣を振《ふ》りあげたメーデンは脇《わき》が空き、一方のギギナは床に四肢《しし》をついた猛獣《もうじゅう》の姿勢。ドラッケンは必殺の間合いに捉《とら》えていた。

凍《こご》えた永劫《えいごう》の瞬間を、刃《やいば》が切り裂《さ》く。

メーデンは左手で腰《こし》の後ろから魔杖短剣《まじょうたんけん》を引きぬき、ギギナの重い刺突を受ける。屠竜刀の超衝撃《ちょうしょうげき》を斜めに受けながし、魔杖短剣が砕けるのを防ぐ熟達の剣技。

そのままメーデンが咒式《じゅしき》を放ち、ギギナが感電し間合いが離《はな》れる。あとは再度の持久戦に持ちこめばメーデンの思惑《おもわく》どおり。

その当然の一手は放たれなかった。

唇《くちびる》から咳《せき》と鮮血《せんけつ》が噴《ふ》きだし、メーデンが身を折り曲げていたのだ。

「ギギナ、止《や》めっ……！」

一瞬《いっしゅん》の遅滞《ちたい》を見逃《みのが》さず、ギギナの巨刃《きょじん》が旋回《せんかい》。枯《か》れ木のような老婆《ろうば》の右胴《どう》を、水平の斬光《ざんこう》が疾りぬける。

時の凍結《とうけつ》。そして解放。右脇腹《みぎわきばら》から鮮血と内臓を零《こぼ》し、メーデンの上半身が揺《ゆ》れた。苦鳴とともにメーデンが両膝《りょうひざ》をついた。星霜《せいそう》の重みに折れる老木のように、その場へ崩《くず》れ落ちていった。

「てめえギギナっ！」

思わず俺はギギナへと詰《つ》めよった。魔杖剣《まじょうけん》を握《にぎ》る手が痛いほど、俺は憤《いきどお》っていた。

「刃の他《ほか》に、メーデンを止める手段があったとでも？」

肩《かた》を砕かれ、雷撃《らいげき》に灼かれたギギナが吐《は》き捨てた。たしかにメーデンは行動不能になるまで立ち向かってくるだろう。

俺はなにも言い返せずに唇を噛《か》みしめ、倒《たお》れたメーデンへと向かう。抱《かか》えあげた老婆の顔は蒼白《そうはく》で、口許《くちもと》から胸まで黒血に濡《ぬ》れていた。

老咒式士《じゅしきし》の病の発作《ほっさ》、体力の限界が来なければ、果たして俺たちが勝てたかどうか。

「急所は外した。死にはしない」

ギギナが咒式《じゅしき》を発動し、自らと俺、さらにメーデンの傷を塞《ふさ》いでいく。老婆の出血が止まり、俺の口から漏《も》れる安堵《あんど》の吐息《といき》。埠頭《ふとう》にあった網《あみ》に、メーデンの体を安置する。

「ガユスの意見を尊重したわけではない。ただ、ここで貴様と争う時間が無駄《むだ》だ」

「ワイマートは!?」

視線を上げて標的を捜《さが》し、発見。桟橋《さんばし》を曲がった端《はし》で、ワイマートが快速艇《てい》に乗りこもうとしていたのが見えた。

ギギナが俺を抱えて疾走《しっそう》、ルルガナ内海へと跳躍。海面に激突する寸前で〈空輪龜《ゲメイラ》〉を発動し、滑空距離《かっくうきょり》を稼《かせ》ぐ。そして直線で桟橋の端へと翔破《しょうは》した。

船の操舵輪《そうだりん》を握っていたワイマートの驚愕の表情。威圧《いあつ》するように、俺たちは時間をかけて接近していく。

ていった。

「諦《あきら》めろ。動けば咒式《じゅしき》で拘束《こうそく》する」

ワイマートが悔《くや》しげな表情を浮《う》かべ、傍《かたわ》らの情婦と目を交《か》わした。逡巡《しゅんじゅん》の時間が無為《むい》に流れ

ていった。

やがて肩を落とし、膝《ひざ》が崩れ、ついには座りこむワイマート。俺も魔杖剣を収めた。コンクリの突端《とったん》から快速艇へと乗りこもうとした、俺の体に衝撃。

体勢を崩しながらも振り返ると、顔面蒼白のメーデンが、俺とギギナの体に縋《すが》りついていた。

老咒式士《じゅしきし》のつくった隙《すき》に乗じて、ワイマートの快速艇が発進していた。しかし、体を捩《ねじ》って振りほどこうとしても、メーデンは離れない。

「追わせん、追わせるものかっ！」

密着して魔杖剣を使わせないようにする、老婆の徹底《てってい》した拘束体術。口から血反吐《ちへど》を吐くその形相は、壮絶《そうぜつ》な幽鬼《ゆうき》のものだった。

ワイマートと女を乗せた快速艇は、見る間に遠くなっていった。船ごと破壊《はかい》する攻性咒式《こうせいじゅしき》もあるが、殺してしまっては仕事にならない。

「お逃《に》げなさいワイマート！　私という血の鎖《くさり》が届かない場所まで、どこまでもお逃げっ！」

夜明けの海の黒点となった船に向かって、メーデンが絶叫《ぜっきょう》した。叫《さけ》びは遠く近く、海と埠頭に谺《こだま》した。

それは誰《だれ》へと向けた言葉だったのか。

「分かった、分かったよ婆《ばあ》さん」

重い溜《た》め息を吐いて両手を挙げ、俺はメーデンに降参する。メーデンがやっと俺への束縛《そくばく》を緩《ゆる》め、そして倒れていった。

慌《あわ》てて老婆を抱えると、先ほどよりもさらに軽い体に気づいてしまった。塞いだ脇腹《わきばら》の傷は大きく破れ、出血していた。

口からの吐血《とけつ》がひどく、胸元《むなもと》を朱《しゅ》で汚《よご》していく。まさに死人の顔色。

「こ、これでいい。ワ、ワイマートは、本当はいい子なん、だ。これでや、り直せるなら、この婆の命な、んて安いものだ……」

「婆さん、喋《しゃべ》るな！　喋らないでくれ！」

メーデンの矮軀《わいく》から、出血とともに急速に何かが去っていくのが分かった。

病と傷とで失われていく命を引きとめようと、俺は必死で呼びかける。

「止めろガユス。手遅《ておく》れだ」

肩にギギナの手が置かれ、俺は言葉を失った。皺《しわ》に覆《おお》われたメーデンの顔に、満ち足りた表情が現れていたのだ。

俺とギギナは、こんな顔を何度か見てきた。

命の灯《ひ》が消える寸前の人間の顔、そして、何かをやり遂《と》げてしまった人間の顔だ。

「……頼《たの》め、る義理じゃない、んだが、一つ頼《だの》みがある。こ、これをワイマートに……」

老婆《ろうば》の枯《か》れ枝のような手が懐《ふところ》に入る。迷っていた手が何かを摑《つか》み、俺へと差しだされた。

俺は震《ふる》える手でそれを受けとった。

「婆さん、これは……」

老婆の最後の言葉を、俺とギギナが粛々《しゅくしゅく》と受けとった。

それは胸に重い言葉だった。

満足げな笑《え》みとともに、老兕式士《じゅしきし》は長い息を吐く。

そして、再びメーデンの呼吸がされることはなかった。


薄暗《うすぐら》い照明だけの石段を下り、先導役のノイエ党員の背に俺とギギナが続く。冷たい地下廊《ろう》下《か》を歩く俺たちの影《かげ》が、闇《やみ》に溶《と》けていく。俺の左手に提《さ》げられた鞄《かばん》が、掌《てのひら》に重く食いこむ。

メーデンの死から時が過ぎ、俺とギギナはエリウス郡の隣州《りんしゅう》にあるチェゼルの街に到着《とうちゃく》。ノイエ党の支部を訪問していた。

無愛想な先導役が錆《さ》びた鉄扉《てっぴ》を開け、俺たちは部屋へと入っていく。

血と排泄物《はいせつぶつ》の強烈《きょうれつ》な臭気《しゅうき》が鼻先に吹《ふ》きつけ、俺は指先で知覚眼鏡《クルークブリレ》を上げる。

四方を剝《む》き出しのコンクリで固められた、殺風景な部屋。室内の奥の壁《かべ》には手鎖《てぐさり》につながれた虜囚《りょしゅう》。変わり果てたワイマートがいた。

男の顔や胸板《むないた》には、拷問《ごうもん》による裂傷《れっしょう》と火傷《やけど》が縦横に走り、鎖につながれた手首は肉が爛《ただ》れ、前腕屈筋群《ぜんわんくっきん》や腱《けん》まで覗《のぞ》いていた。

案内役に脇腹を蹴《け》られたワイマートが緩慢《かんまん》に顔を上げ、俺とギギナに気づいた。

ワイマートの顔にはかつての色男の面影《おもかげ》はなかった。無惨《むざん》な青や赤紫色《あかむらさきいろ》に腫《は》れあがり、腫瘍《しゅよう》に目鼻がついたかのような顔だった。

俺とギギナを残った片目で確認《かくにん》した途端《とたん》、ワイマートの瞳《ひとみ》に陰惨《いんさん》な光が灯《とも》った。形の崩《くず》れた唇《くちびる》を歪《ゆが》め、敗残者が笑った。

「俺を笑いにきたのか？　女を騙《だま》してきた俺が、最後の最後で自分の女に売られたというマヌケさを？」

突《つ》っ立ったまま、俺は沈黙《ちんもく》を守っていた。

「いいぜ、見物していけよ。俺がノイエ党に惨《みじ》めに処刑《しょけい》されるところをよっ！」

縛鎖から身を乗り出して、ワイマートが喚《わめ》く。

「てめえらには反吐が出る、どいつもこいつも、強者のつもりで俺を見下しやがるっ！　俺は運が悪かっただけだ！」

「今、そこで喚いているおまえがか？」

溶岩《ようがん》の感情が俺の口から噴《ふ》きこぼれた。

「自分だけは賢《かしこ》く、安全な場所にいて、上手《うま》くやれるとでも思ったのか？　不平を喚き散らし、他人を傷つければ、必ずその罰《ばつ》を倍返しで受けることになる」

凍《こご》える論理の刃《やいば》がワイマートの心を抉《えぐ》り、俺自身をも同等以上に傷つけていた。左手の鞄が重みを増した。

俺がうながし、ギギナが屠竜刀《とりゅうとう》を抜刀《ばっとう》。一刀を提げたギギナが近寄っていくと、途端にワイマートの目に脅《おび》えが疾《はし》る。

「ま、お、おまえら、俺を処刑に……」

刃風《はかぜ》を巻いて屠竜刀が一閃《いっせん》。抵抗《ていこう》など存在しないように手鎖《てぐさり》が切断される。コンクリ壁《へき》に沿ってワイマートが垂直に腰《こし》を落とし、血と糞便《ふんべん》が跳《は》ねる。

理解できないと言った顔をしたワイマートの足元に、俺は鞄を投げる。

石床《いしゆか》に鞄が転がり、留め金が外れる。口から零《こぼ》れたのは、おびただしい金属の輝《かがや》き。

拷問室のコンクリ床に、高額貨幣《かへい》の山が寒々しい硬質《こうしつ》の肌《はだ》を晒《さら》していた。

「……こ、これは？」

俺はワイマートと視線を合わせないようにし、言いたくもない言葉を紡《つむ》ぐ。

「これはメーデン婆《ばあ》さんが、自宅などを売却《ばいきゃく》した全財産と死亡保険金だ」

吐《は》き捨てた俺の言葉に、ワイマートの顔に理解不能といった表情が広がる。

「俺たちの手数料を除いた残りの大部分は、ノイエ党との手打ち金となることで話はついた。つまりおまえは自由だ」

ワイマートの顔に感情の波紋《はもん》が閃《ひらめ》き、何かを堪《こら》えるように痙攣《けいれん》しだした。

汚泥《おでい》が煮立《にた》つような嗤《わら》い声。笑声《しょうせい》は旋律《せんりつ》と音階を変化させ、最後には身を捩《よじ》るほどの爆笑《ばくしょう》になっていた。

「ババア、どこまでこの俺をバカにしやがる！　死ぬまで低能なババアだっ！」

不自然なほどおかしそうに身を捩り、ワイマートは笑った。

「たしかに愚《おろ》かだな」ギギナが屠竜刀を分離《ぶんり》し、腰と背に収納していく。

「だが、貴様の曾祖母《そうそぼ》は、おまえを助けるために奔走《ほんそう》し、ついには病身をおして私に立ち向かい、そして死ぬことによって、貴様を救う金を用意した」

ギギナの言葉の後を俺が継《つ》ぐ。

「おまえに裏切られても、騙されても、あの老婆だけがおまえを愛していたのだ。それを笑うのか？」

苦く不条理な感情。しかしワイマートの顔には何の痛痒《つうよう》も浮《う》かんでいなかった。

「……俺は頼《たの》んでなんかねぇよ。てめえだって、人の頼みなんざ屁《へ》とも思っていなかっただろうが！」

「俺は……」

メーデンとの約束が、俺の胸に小さな棘《とげ》の痛みとなって蘇《よみがえ》る。

「ついでにメーデンの最期《さいご》の言葉、おまえへの伝言を伝えておく」

胃の底に溜《た》まった刺々《とげとげ》しい何かとともに、俺は言葉を投げ捨てる。

「それはこうだ。『また気に障《さわ》るだろうけど、こんなことしか出来なくて本当に済まない』だとよ」

俺の言葉はワイマートの肩《かた》へと降り、残響音《ざんきょうおん》がいつまでも耳から離《はな》れない。

「こんなことって……やはりバカだな」

皮肉な成分を含《ふく》んだ声が、ワイマートの唇を衝《つ》いて出た。

俺とギギナは身を翻《ひるがえ》し、扉《とびら》へと向かった。石床の冷たさが足元から這《は》い上がってくる。

「最高に、最高にバカなババアだ……」

背中越《ご》しに聞こえた乾《かわ》いた笑声は、いつの間にか反転。嗚咽《おえつ》になっていった。


エリダナの街角。俺とギギナはいつもの通り、退屈《たいくつ》な仕事に向かっていた。

「また人間の賞金首か、退屈な相手だ」

木箱に腰を下ろしたギギナの述懐《じゅつかい》。相棒は何やら記録板に電子筆を走らせていた。どうやら例の絵日記らしい。

だが、ギギナの絵は絵ではなかった。眼鏡《めがね》で赤毛のそれは、たぶんおそらく俺のつもりだろう。しかし、俺は五本の腕《うで》に八枚の舌を生やしたり、口から漆黒《しっこく》の毒気を吐いて村人を苦しめ、勇者の聖剣《せいけん》で成敗されたこともない。太陽が青い六角形で、空が緑に赤色の水玉模様なのは、気象学や天文学への反抗期《はんこうき》なのか?

ギギナが描《えが》いていたのは、抽象画《ちゅうしょうが》か過激な現代美術、もしくは嫌《いや》がらせの類《たぐい》だと今の今まで思っていた。だが、ギギナはときどき風景を見上げて確認《かくにん》し、さらに建物の窓や木や人間の数を指で数えながら描いている。つまり見たままの現実を忠実に写しているという事実に驚愕《きょうがく》。同じ日々を生きているはずだが、俺とギギナの見ている世界は別の次元らしい。大自然の厳しい掟《おきて》あたりだかなんだかが怖《こわ》すぎて、今夜は一人では眠《ねむ》れそうもありません。

思わず目を逸《そ》らした俺は、ヴィネルからの情報を告げる。

「ムルータ・ケス、まあよくいる激情のあまりに職場の上司を殺した賞金首だが、家族が逃走《とうそう》に協力し、エリダナに潜伏《せんぷく》。目の前の家がそれだとよ」

報告が終わると、ギギナの電子筆が止まり、横顔に感情の色が掠《かす》めた。

「以前にも似たような事件があったな」

ギギナの何気ない言葉。俺は何も答えず、行き交《か》う人々を眺《なが》めるという演技をしつづけた。

俺は、メーデンという一人の老婆《ろうば》を思い出し、鈍《にぶ》い疼痛《とうつう》を胸に覚えた。

メーデンが救い、逃《に》がしたワイマート。

だが、ワイマートは囮《おとり》の女を焼き殺した罪ですぐに郡警察に捕《つか》まったそうだ。

遠い将来、ワイマートが出所できたとしても、金を食いつぶし、詐欺《さぎ》を繰《く》り返す。結局は破《は》滅《めつ》を先送りにしただけだ。

「メーデンとの約束、ワイマートを救う約束を、俺は果たせたのだろうか?」

俺の問いはエリダナのアスファルトに落ちていった。横に目を向けると、ギギナは鼻づらに不機嫌《ふきげん》そうな皺《しわ》を浮かべていた。

「さあな。自分で判断しろ」

ギギナの銀の髪《かみ》を、ビルの谷間の風がさらっていくだけだった。

俺は自分の中に答えを探した。

ワイマートは、予定された惨《みじ》めな死の間際《まぎわ》に、自分のために命を張ってくれた人間がいたことを思い出すのかもしれない。

メーデンがワイマートを救い、ワイマートがメーデンを受け入れる、欺瞞《ぎまん》の環《わ》。

あの老練なメーデンがそんな結末を望んでいたのか、俺には分からなかった。

そして、俺はついに理解できなかった。

血がつながっているというだけで、無条件に自らの命まで捧《ささ》げる盲目《もうもく》的な愛を。

偶然《ぐうぜん》の結果にすぎない家族を尊いとは感じられないし、メーデン自身が語ったとおり、遺伝子の保存という呪詛《じゆそ》にしか思えない。

愚《おろ》かで、間違《まちが》っていても。

メーデン婆《ばあ》さん、それでも俺は、あなたが嫌《きら》いじゃなかった。

あなたの愚かさと想《おも》いが、少しでも俺にあったなら、俺は……。

力なく首を振《ふ》るとともに、俺は無意味な仮定を避《さ》けた。そして、なぜか携帯咒信機《けいたいじゆしんき》を取りだし、耳に当ててみる。
何度目かの呼びだし音。だが、ディーティアス兄貴が出る前に自分から通話を切った。
故郷から、血族から、俺はあまりに遠くに離れてしまっていた。
だが、俺は戻《もど》らない。
故郷を懐《なつ》かしむには、俺はまだまだ若すぎるし、後悔《こうかい》できるほど賢《かしこ》くもないだろう。
視線の先に、エリダナの雑踏《ざっとう》が見えた。
相変わらず表面だけを綺麗《きれい》に飾《かざ》った人々と、罪と汚辱《おじょく》の街。
ときどき嫌《いや》になるが、エリダナで生きているのは偶然ではなく、俺の必然で選択《せんたく》。
「標的が来た」ギギナが絵日記を畳《たた》み、鋼《はがね》の声で幕開けを告げた。
俺は壁《かべ》から背を離した。
そして魔杖剣《まじょうけん》の柄《つか》を握《にぎ》り締《し》め、いつものようにエリダナの街へと歩き出した。

くだらない仕事の帰り道。
二人は事件に巻き込まれた。
その相手は〈異貌のものども〉の王にして、誇り高きもの《竜》。
咒弾も残り少ない二人に訪れる闘いの行方は

覇者に捧ぐ禍唄

されど罪人は竜と踊る

葉と梢《こずえ》の緑の連なりが、車窓の外を流れていった。

エリダナから遠く離《はな》れた辺境。森沿いの街道《かいどう》をヴァンが走っている。

「ヒマだし、天気もいい。今だギギナっ、敵の隙《すき》を見逃《みのが》すなっ！　脇《わき》を抉《えぐ》りこむように車から飛び降りろっ！」

「貴様の無礼さも、少し飽《あ》きてきたな」

運転する俺のムダ口に対し、助手席のギギナが熱のない応《こた》えを返してきた。

右にカイレト川を見下ろし、左に延々と続く木々を見ながら、土煙《つちけむり》を蹴立《けた》ててヴァンが疾駆《しっく》する。

「そうだな。じゃ、環境学的《かんきようがく》見地から言いかえよう」

操縦環《ハンドル》を握りつつ、俺は続ける。

「犬の糞《ふん》も、肥料として生態系を維持《いじ》するという見地では大切な養分だが、だからといって車の助手席には乗せたくない」

「淫売《いんばい》の股《また》と貴様の口は同じだ。一日中開いていて、しかし誰《だれ》にも相手をされない」

相棒の横顔が、呆《あき》れた表情を象《かたど》る。

互《たが》いの無意味な軽口が、車窓の外へと流れ去っていった。

「くだらないな。貴様も今日の仕事も」

ギギナが瞼《まぶた》を閉じ、長い吐息《といき》を吐《は》く。

たしかに、いつもくだらない仕事なのだが、今日は特にくだらなかった。

企業《きぎょう》の狗《いぬ》として、実験室から逃《に》げた〈異貌のものども〉を追って、こんな辺境まで出てきているわけだ。

秘密保持のためとかで、逃げた実験体の豚鬼や飛竜たちを、三日がかりで追跡《ついせき》、捕殺《ほさつ》した。彼らの悲鳴が今でも耳に残ってしまい、あまり気分が良くない。

逆に「気分のいい攻性呪式士《こうせいじゅしきし》の仕事は何か？」と自分に問いかけたが、特には見つからない。

重い息を吐いていじけていると、共有すべき情報を思い出す。

「俺の残弾《ざんだん》は第五階位の呪弾《じゅだん》一発だけで、後は中・低位だけ。今日はテッセナ村で補給と泊《と》まりだな」

予定の確認《かくにん》に、ギギナの顔が曇《くも》る。

「あそこにはいい家具がない。出会いがないのは退屈《たいくつ》だ」

「知るか」

出会いといえば、最近、可愛《かわい》い女性に出会うことがなく、変態女にしか出会えない。ジヴが俺に構ってくれないので、浮気心《うわきごころ》が元気になってきている。

「素敵《すてき》な出会いとかないかなぁ。衝撃《しょうげき》的な出会いを希望」

視線を前に戻すと、左前方の森から転げでる影《かげ》。急停止するのが遅《おく》れ、なにかがヴァンの前面に当たって、衝撃で倒《たお》れる。

窓から身を乗りだし、見下ろしてみる。

前輪の前の地面に、男が倒れていた。

まるで何日も森を放浪《ほうろう》したような、薄汚《うすよご》れた恰好《かっこう》の男。不自然に膨《ふく》れた背嚢《はいのう》を背負った中年男が呻《うめ》いていた。

「良かったなガュス。ある意味衝撃的な出会いだ。轢《ひ》き逃げから始まる恋《こい》もある」

「被害者《ひがいしゃ》と加害者でときめくかよ」

目撃者《もくげきしゃ》もいないし、機嫌《きげん》も悪い。車を前後させて、道に同化させる手もある。

だが、俺はギギナほど非常識にはなれない。

ヴァンを出て、前輪の前に倒れている男を覗《のぞ》きこむ。衝撃からしても、咒式《じゅしき》で即刻《そっこく》治るような軽傷だろう。

「あー、理由は無視して言うけど、お困りのようだが、このまま車で轢かれたほうが、むしろ解決になるくらいに困ってる？」

俺の問いに、男の顔が上げられる。

怯《おび》えと恐怖《きょうふ》が平凡《へいぼん》な顔の一面に張りついていた。荷物や身なりからして巡回《じゅんかい》商人なのだろうが、残念ながら金につながるような臭《にお》いはしない。

助けず無視する方向に、俺の勘定天秤《かんじょうてんびん》が傾《かたむ》こうとしていると、男がにじり寄り、俺の足首へと縋《すが》りついてくる。

喘息《ぜんそく》のような呼吸音とともに、男が声を絞《しぼ》りだす。

「た、け、われて、仲間も、んでっ！」

「残念、俺って暗号は分からないんだ。ツェベルン語かイージェス語、もしくは……」

俺の言葉を無視し、商人の怯えた顔は背後へと戻《もど》る。

視線の先、森の奥から爆音《ばくおん》があがった。

梢が激しい葉擦《はず》れの音を立て、鳥の群れが飛びたち、悲鳴を撒《ま》き散らす。

続いて前方の樹木の幹が破砕《はさい》され、破砕音と破片《はへん》が道へ、さらに道を越《こ》えてカイレト川の上にまで降りそそぐ。

幾千《いくせん》もの破片に続いて、影が現れた。

雪崩《なだれ》のような破片の落下と、影の着地は同時。一瞬《いっしゅん》の永遠。

全身が紅《くれない》一色の装束《しょうぞく》。怜悧《れいり》な美貌《びぼう》に嵌《は》めこまれた、凍《い》てつく焔《ほのお》のような瞳《ひとみ》。

演出過剰《かじょう》な劇の一幕のように、俺と紅の男との視線が絡《から》まる。危険信号が点滅《てんめつ》。

時間の流れが戻ったように、土煙をあげつつ、闖入者《ちんにゅうしゃ》が驀進《ばくしん》してくる。

「来た、あいつが来たっ！」

男が叫《さけ》んで俺の裾《すそ》を掴《つか》み、ヴァンの屋根を叩《たた》く音が鳴る。

ヴァンを足場に跳躍《ちょうやく》したギギナ。紅をまとった男の無表情な顔に、屠竜刀《とりゅうとう》が降りそそぐ。

重々しい金属の激突音《げきとつおん》。

超質量《ちょう》のドラッケンの剣撃《けんげき》を、追跡者の左前腕《ひだりぜんわん》が受けとめていた。

刃《は》は肉へと進行できず、空中で静止したギギナが奇妙《きみょう》な彫像《ちょうぞう》と化していた。

男の顔に、憤怒《ふんぬ》らしき揺《ゆ》らぎが疾《はし》った。

ギギナと屠竜刀の質量を受ける、細い左前腕が、急激に膨張《ぼうちょう》。

ドラッケンの戦士が身を捻《ひね》り、着地と同時に地を這《は》うような旋回《せんかい》。下段斬《ぎ》りを紅の男の脛《すね》に放つ。

電光のように閃《ひらめ》いた剛腕《ごうわん》が、刃を軽々と弾《はじ》いた。

五指の追撃を躱《かわ》して、俺と商人の傍《かたわ》らまでギギナが後退。その眼前で、紅の魔人《まじん》が不恰好なまでに膨れあがった左腕《ひだりうで》を掲《かか》げる。

それは人体素描《デッサン》に失敗したような、奇怪《きかい》な造形だった。

男の左腕から棘《とげ》のようなものが生えた。それが鱗《うろこ》だと確認した瞬間、緋色《ひいろ》のさざ波となって全身に広がっていく。

紅《くれない》の波に全身が覆《おお》われていくのと同時に、追跡者の頬《ほお》が、胸腔《きょうこう》が、腹が、足が、爆発したかのように膨れあがっていく。

最後まで見ている義理は俺にはない。喉元《のどもと》を恐怖に絞《し》めつけられながら〈爆炸吼《アイニ》〉を紡《つむ》ぎ、放射。

トリニトロトルエンの爆裂《ばくれつ》により、近くにあった岩石ごと影を爆煙《ばくえん》が包む。

濛々《もうもう》とあがる爆煙を、川からの風と、蒸気のような呼気が吹《ふ》き散らしていく。

爬虫類《はちゅう》の冷たい瞳。鰐《わに》のようでいて、比較《ひかく》にならないほど巨大《きょだい》な大顎《おおあご》。長い首に続く小山のような胴体《どうたい》。宮殿《きゅうでん》の柱のような後肢《こうし》。

その小山のような巨軀《きょく》のすべてを、真紅《しんく》の鱗が覆い、後肢で二足直立する竜の姿が顕現《けんげん》した。

四足歩行に戻るべく、発達した前肢が大地に下ろされ、鼓膜《こまく》を震《ふる》わす地響《じひび》きをたてる。

竜の口腔が開き、短剣のような犬歯が並ぶのが見えた。

喉《のど》の奥底から、不吉《ふきつ》な緋光が漏《も》れる。

恐慌《きょうこう》に陥《おち》りそうになる俺の傍らで、ギギナの左腕が飛燕《ひえん》のごとく閃く。

竜の胸元《むなもと》で、封咒弾筒《ふうじゅだんとう》が低位爆裂を開放。閃光《せんこう》と爆風が炸裂《さくれつ》する。

だが、鱗に到達《とうたつ》する前に、竜の咒式干渉《じゅしきかんしょう》結界に掻《か》き消されていく。一拍《いっぱく》の間に俺の思考は対応策を算出。魔杖剣ヨルガを突《つ》き出していた。

無効化した〈爆炸吼《アイニ》〉の構成式だと瞬時に見切ったらしく、竜の目に嘲《あざけ》りの色が掠《かす》める。

竜の口腔から放射されようとする吐息《といき》。同時に〈爆炸吼《アイニ》〉で合成された、トリニトロトルエン爆薬の秒速二千から六千メルトルの多重爆裂が起こる。

ただし俺が大地に突き立てた魔杖剣の前方、地中奥深くで。

川沿いの道の土と岩盤《がんばん》に亀裂《きれつ》が入り、戦車並みの竜の超重量が崩壊《ほうかい》を加速していく。

踏《ふ》みしめるべき大地が崩壊。竜が左前肢を伸《の》ばし、道に摑まろうとする。

短剣のような爪《つめ》が大地に突き立てられる。その刹那《せつな》、女の腰《こし》ほどもある手首に冷たいギギナの刃が喰《く》いこみ、鱗を一気に切り裂《さ》く！

桃色《ももいろ》の筋肉の断面から、鮮血《せんけつ》が噴出《ふんしゅつ》。竜の怒号《どごう》があがる。

轟《とどろ》くような重低音とともに、ついに川沿いの道が崩壊。手首から鮮血の尾《お》を引いて、竜も落下していった。

竜の憎悪《ぞうお》の瞳が、俺の肌《はだ》を粟立《あわだ》たせ、そして下方へと去っていった。

一拍置いて、下からの瀑布《ばくふ》が噴《ふ》きあがる。水飛沫《みずしぶき》が季節はずれの驟雨《しゅうう》となり、俺やギギナに降りそそぐ。

下からの迎撃《げいげき》を警戒《けいかい》しつつ、崖《がけ》の端《はし》からカイレト川を覗《のぞ》く。

轟々《ごうごう》と叫びをあげる大河に、割れた岩盤が呑《の》みこまれ、破砕され、流れていった。

竜の体には恒常呪式《こうじょうじゅしき》が働いているのだが、発動象徴《しょうちょう》としての翼《つばさ》がなかったことから、自在に飛翔《ひしょう》する竜ではないだろうと判断。

干渉結界の届かない地面を攻《せ》め、戦闘《せんとう》を回避《かいひ》する策をとったのだが、何とか上手《うま》くいった。

だが、眼下の渦巻《うずま》く激流に、巨象《きょぞう》をも凌駕《りょうが》する大きさたる竜の死骸《しがい》は無かった。

「死んだと思うか？」

崩落の断面を見せる崖先。その突端《とったん》に立つギギナへと、俺は信じてもいない疑問を投げかけてみた。

「まさか、だな。一時撃退といったところだろう。最後まで相手ができずに残念だ」

ドラッケンの思考は分かりたくない。人生は安全に楽に生きるべきだね。

俺たちは背後の街道《かいどう》に注意を戻《もど》す。

嚙《か》みあわない奥歯を鳴らし、悲鳴すら出ない商人が、大地に尻《しり》をついていた。

「助かりました。実は、エリダナに向かう途中《とちゅう》、あの竜《りゅう》にしつこく追われていまして。お二人のようなお強い咒式士《じゅしきし》が通りかかったのは、まさに僥倖《ぎょうこう》です」

スラーと名乗った巡回《じゅんかい》商人は、死の淵《ふち》から帰還《きかん》した安堵《あんど》からか、饒舌《じょうぜつ》に喋《しゃべ》る。

轢《ひ》き殺しかけた手前、置いていくわけにはいかなかったのだが、車中も、テッセナ村に到着《とうちゃく》してからもスラーはずっとこんな調子だった。

煉瓦《れんが》造りの家屋や小さなビルが並ぶ小さな村。大通りを俺とギギナが進み、スラーは勝手についてきている。

屋上には咒式企業《じゅしききぎょう》の看板が連なり、店々が並んでいる。店先には檻《おり》が積み重なり、捕《と》らわれた小型の〈異貌のものども〉が鳴き声をあげている。

檻の前では、目つきの悪い咒式士たちが、何やら商談らしき言い争いをしていた。

テッセナ村といえば、〈異貌のものども〉を狩《か》っては企業に売る、猟《りょう》専門の攻性咒式士《こうせいじゅしきし》たちが集まる村。小さいとはいえ北部辺境の拠点《きょてん》の一つである。スラーを送るにしても、エリダナにはまだ遠い。

「それで何をやらかしたんだ？」

歩きながらの俺の疑問が、スラーへと向けられる。

「個人を狙《ねら》って、こんな人家の近くまで竜が追いかけてくるはずはない」

ただし、一つの例外的な場合を除いて、という言葉を喉に呑《の》みこんだ。

「いや、その、巡回商人の僕たちはここらが初めてでして、ええと、知らず知らずのうちにグラシカ竜緩衝区《かんしょうく》に入ってしまったらしいんです。それで激怒《げきど》した竜が追ってきて、オリンとキリビアは、同僚《どうりょう》は殺されました……」

酸鼻な光景を思い出したのか、スラーが立ち止まる。

「何が逆鱗《げきりん》に触《ふ》れたのか、竜はしつこく追ってくるのです。私を殺すまでヤツは追ってくるとしか思えません」

スラーの全身が、さらに熱病に冒《おか》されたように大きく震えだす。

「お願いですギギナさん、ガユスさん！　あの竜から、怪物《かいぶつ》から私を助けてください！」

恐怖《きょうふ》と絶望色に塗《ぬ》りこめられた眼球が、俺とギギナへと向けられる。

「良いのではないか？　竜との戦いは、ドラッケン族にとって至上の喜びと名誉《めいよ》だ。我らほどではないが、攻性咒式士《こうせいじゅしきし》にとっても、な」

ギギナの浮《う》かれた声に、俺の気持ちが沈《しず》む。

それでも、俺はスラーへと向きなおる。重く長い溜《た》め息が、自分の口から漏《も》れていた。

「詳《くわ》しく条件を詰《つ》めよう」


村の酒場には、客らしき咒式士《じゆしきし》たちがたむろしていた。

視線の間を抜《ぬ》けて宿泊《しゆくはく》の手続きを済ませ、奥の階段を上がり、二階で兼業《けんぎよう》している宿へと向かう。あまりいい強化木材を使っていないらしく、廊下《ろうか》の床《ゆか》が軋《きし》む。

俺とギギナは廊下の端《はし》の部屋へと入っていき、背嚢《はいのう》を背負ったスラーが続く。

壁《かべ》に二つの寝台《しんだい》が並び、窓際《まどぎわ》に粗末《そまつ》な机に椅子《いす》が二つ。どこの宿でも見られるような、質素な調度の二人部屋だった。

俺は荷物を放《ほう》りだす。一瞥《いちべつ》して家具に失望したらしくギギナが小さな溜め息を吐《は》く。こいつには闘《たたか》いと家具と漁色以外に、生きる目的がないのかと一度問いただしたい。電話越《ご》し限定でだけど。

椅子に俺が座り、スラーが向かいに腰を下ろす。ギギナは壁に背を預けていた。

俺は気分の乗らない声を出すしかない。

「それで、金はあるのか？　俺はとうぜんとして、馬鹿《ばか》ギギナも、ああ見えて到達者級《とうたつしや》の攻性《こうせい》咒式士《じゆしきし》だ。しかも竜相手の護衛はかなり高くつくが？」

「こ、これくらいですか？」

スラーがどこかで見たような東方の計算機を取りだし、珠《たま》を弾《はじ》いてみせる。

俺は億劫《おっくう》な動作で手を伸《の》ばし、人差し指で、その一桁《ひとけた》上の珠を弾いてやる。経済的衝撃《しょうげき》に、スラーの顔が青ざめる。

知覚眼鏡《クルークブリレ》で測定していた追手の竜の大きさは、一五・六二メルトル。DDM、つまり汎《はん》ドラッケン式竜測定法によると、六百から七百歳に近く、人に変化《へんげ》できるような高位竜。とんでもない難敵だ。

竜狩《が》りのドラッケン族たるギギナならともかく、常識溢《あふ》れる俺としては、いくら大金を積まれようと断りたいのが本音だ。

「なんとかお願いしますっ！」

席を蹴立《けた》てたスラーが、俺へと縋《すが》りついてくる。男の必死の形相に、視線を合わせられなくなる。

「その金額では、エリダナに到着するまでの護衛代にもならない」

「そ、そんな」

横目でギギナを確認《かくにん》すると、竜との戦いの予感に高揚《こうよう》している様子だ。スラーは逡巡《しゅんじゅん》していたが、顎《あご》を引いて決心した。

「いや、エリダナまででもいいです。契約《けいやく》します！」

俺は携帯咒信機《けいたいじゅしんき》で契約書を作成、スラーに確認させて契約終了《しゅうりょう》。曇天《どんてん》のスラーの表情が、快晴へと変わっていく。

「そうだ、不足分の足しになるかは分かりませんが……」

スラーが床の背嚢に手を差し入れ、何かを取りだす。

鈍《にぶ》い音とともに机を叩《たた》いたのは、金属質の輝《かがや》きを宿す、鉱石の塊《かたまり》だった。

「……まさか、これを緩衝区の森で拾ったというのか？」

ギギナの美貌《びぼう》が厳しいものに変わる。スラーが屈託《くったく》のない返事をする。

「え？　いや、そうですが、私だって商人なので貴金属だと鑑定《かんてい》するくらいは……」

「スラー、入手先を詳しく言え」

俺は魔杖剣《まじようけん》の柄《つか》に手をかける。二人がかりの無言の圧力。怯《おび》えたようにスラーが舌先で唇《くちびる》を湿《しめ》し、口を開く。

「り、竜《りゆう》の緩衝区に入った僕たちの車が、何かを轢《ひ》いてしまって。見ると、宝石を含《ふく》む鉱石らしく、一つは深い谷底へ落ちて割れてしまいましたが、残ったこれを持って帰って……」

「愚《おろ》か者がっ！」

裂帛《れつぱく》の気合とともに、ギギナが屠竜刀《とりゆうとう》を振《ふ》り下ろす。刃《やいば》は、鉱石の頂点表層を割るだけで止められていた。刃の下から亀裂《きれつ》が降りていき、鉱石や宝石が割れ、剝離《はくり》していく。

中にあったのは球体。正確には、大人の頭部より一回りほど大きい楕円形《だえん》の物体だった。

鈍色《にびいろ》の外殻《がいかく》。命未満の命。

「貴様の轢いた物体とこいつは、竜の卵だ。竜族は、卵を守るために貴金属で覆《おお》うこともあるのだ」

ギギナが奥歯を噛《か》みしめる音が、室内に響《ひび》く。たしかに、外殻が覆っている状態は、宝石か貴金属を含む鉱石にしか見えなかった。

竜が人間の姿となってまで、人を追いかける理由。それは復讐《ふくしゅう》しかない。

俺は春先の黒竜事件を思い出し、喉《のど》の奥に苦いものを感じた。

「そ、そんな……」

床に這《は》うスラーの告白は、泣き声になっていた。

「あ、悪意はなかったんです。事故だったんです。でもどうしようもなかったんです！」

スラーは床を這って近寄り、俺の裾《すそ》を握《にぎ》りしめる。

俺は不潔なものに触《ふ》れられた気がして、男の手を振りはらってしまう。

うなだれたスラーの口から、嗚咽《おえつ》に似たものが零《こぼ》れ、縋るような言葉となった。

「筋が通らないのは分かっています。でも、僕は死にたくない。妻と二人の子を残しては死ねない。あいつを、竜を、どうにかしてくださいっ！」

俺にはどうしたらいいか分からなかった。だが、答えは決まっているのだ。

「どうにかするしかない、のか」

人と竜。争う両者がいるなら、俺は人の立場にしか立てない。

誰《だれ》も対策を思いつかず、遅々《ちち》として時間は進まない。卵盗人《ぬすっと》は、腰《こし》を下ろすこともできずに、部屋を歩き回る。

「落ちつけ」

深みを帯びたギギナの声に、スラーの動きが停止する。しかし、すぐに神経質な鼠《ねずみ》のように歩きだす。

平凡《へいぼん》な男の内心は、夜よりも昏《くら》い絶望と恐怖《きょうふ》に塗《ぬ》りこめられているらしく、小声の独り言が漏《も》れている。

「どうしようどうしよう竜が来るこの人たちは強いけど絶対に僕を守ってくれるわけじゃないだって僕が悪いから僕は助からない」

「少し黙《だま》っていろ。契約した以上は守る」

思考を邪魔《じゃま》されて、俺の言葉も荒々《あらあら》しくなる。料金不足だからと見捨てたいが、そうもいくまい。しかし勝てない闘《たたか》いに赴《おもむ》くほど愚かにもなれない。スラーはしばらく黙っていたが、内圧に耐《た》えきれずに再び独り言が零れだす。

「竜が来る恐《おそ》ろしい竜が僕が死んだら妻のマーノはどうなる怖《こわ》い二人の子供のモランとカテルはどうなる六歳と五歳だ怖い死にたくない竜は怖いどうしようイヤだどうしようイヤだ」

スラーの瞳《ひとみ》が、救いを求めるように窓の外へと向けられる。

そこに天使や神の降臨はない。あるのは、隣《となり》の建物の屋上、給水塔《とう》と企業《きぎょう》看板だけ。

だが、スラーは外を見つづけていた。何かに魅入《みい》られたように。

なにかの決心が浮《う》かんでいたようにも見えたが、俺も決心していた。

無言の視線でギギナに合図し、俺は静かに部屋の外へと出ていく。


「竜が来れば倒《たお》す。対策も何も、それしかないな」

ギギナの言葉に応《こた》えるように、俺は後ろ手に扉《とびら》を閉める。

具体的な解決策を模索《もさく》する俺は、戯言《たわごと》を無視し、ギギナの背に続いて歩みだす。

スラーと同じ部屋にいては思考がまとまらず、廊下《ろうか》に出たのだが妙案《みようあん》は思いつかない。高位
呪弾《じゆだん》もなく、敵は六百から七百歳級の竜。その戦力差を埋《う》める手を誰か教えてくれ。

ギギナの広い背中に鼻先をぶつけそうになり、現実に戻《もど》る。

階下を見下ろす廊下のなかばで、ギギナが足を止めていたのだ。

「急に止まるなよ、この超《ちよう》大型場所取り機！　しかも場所取り機能増強型め！」

知覚眼鏡の位置を指先で直しながらの俺の悪態。

一階の酒場、その向こうに広がる町並みを、ギギナの鋼《はがね》の双眸《そうぼう》が見据《みす》えていた。

「今、竜の咒力《じゆりよく》波長を感じた」

ギギナの鋭敏《えいびん》な感覚器官は信用できる。竜だろうが、暗殺者だろうが、特殊《とくしゆ》な隠蔽咒式《いんぺいじゆしき》でも

なければ、ギギナにまったく気づかれずに接近することは不可能だろう。

「追手の竜《りゅう》の示威《じい》行為《こうい》か？　それにしてもわざわざ示す必要があるのか？」

木製の手摺《てす》りが、ギギナの白い五指の中で軋《きし》む。

「分からぬ。あまりに一瞬で、私でも判別しがたい」

俺は思案する。

「竜が今になって仲間を呼ぶとは考えにくいが、何らかの手を打つべきだろうな」

ここで防御《ぼうぎょ》に徹《てっ》すれば、町の攻性呪式士《こうせいじゅしきし》たちを強制的に巻きこんで、楯《たて》にできるだろう。しかし待ちの姿勢も分が悪い。竜に奇襲《きしゅう》されては、なす術《すべ》なく殺《や》られる。

正解などないのだが、もっとも無難な結論を口にする。

「戦力分散の愚《ぐ》を避《さ》けたいが、仕方ない。俺は情報収集と呪弾《じゅだん》補給に出る。おまえはスラーの護衛を頼《たの》む」

「これが眼鏡《めがね》の最期《さいご》の言葉になろうとは、その時の私には、知る由《よし》もなかった」

嫌がらせの独白を聞かせてくるギギナを残し、俺は階段を下っていった。

思案しながら大通りを歩きつづけ、いつしか村から遠い、廃屋《はいおく》にまで来てしまった。側《そば》の森の下から延びた雑草が、広大な敷地《しきち》を覆《おお》っている。俺の傍《かたわ》らには錆《さ》びた長椅子《ながいす》が置かれていた。

寂しい雰囲気《ふんいき》が、今の俺にはお似合いだろう。背中合わせの長椅子の一方に、腰を下ろす。椅子が悲鳴をあげるように軋み、重い足を投げだす。

宿を出てみたものの、俺に名案などなかった。

村の咒式店《じゆしきてん》で、高位咒弾《じゆだん》を補給しようとしたが、五階位以上の高位咒弾が売り切れていた。ちょうど前日に竜緩衝区《かんしようく》で大規模な戦闘《せんとう》があって使いつくされたらしい。

俺の胸中には苦い思いがつきまとう。

どう考えても悪いのはスラー、人間の側で、俺たちにも何ら道理がない。

思考が同じ場所を巡るだけで、何も思いつかない。結論の糸口すら摑《つか》めないうちに、夕暮れが大地を緋色《ひいろ》に染めていた。

背後からの赤光《しやつこう》が遮《さえぎ》られたことに気づき、電光の速度で魔杖剣《まじようけん》に手を伸《の》ばす。

「遅《おそ》いな」

背後からの落ちつきはらった声に、俺は硬直《こうちよく》した。しばらく逡巡《しゆんじゆん》した後、展開していた咒印《じゆいん》組成式を解除、浮いていた腰を戻す。

腰を下ろしつつ、背中合わせに座っていた声の主を確認《かくにん》する。

緋色の装束《しようぞく》に身を包み、不自然なまでに整った横顔。背後の俺を見ようともせず、紅《あか》い瞳が前だけを見据えていた。

人に変化《へんげ》した、昼間の竜だった。

斜《なな》め後方に竜が座っている事実で、背筋に悪寒《おかん》が疾《はし》る。死の恐怖《きょうふ》に襲《おそ》われながら、俺は座っていた。背後の竜が口を開く気配。

「人族にしては肝《きも》が据わっているようだな」

「この間合いでは、俺が呪式《じゅしき》を紡《つむ》ぐより、おまえの腕《うで》の一振《ひとふ》りで脳漿《のうしょう》をブチ撒《ま》けるほうが早い。そちらの勝ちだよ」

俺は徹底《てってい》的な敗北を受け入れた。

まさか俺のほうを狙《ねら》ってくるとは。

いや、各個撃破《げきは》は基本戦術。スラーの側の護衛、前衛も連れずにいる俺を狙うのは正しい判断。竜の強大さに悪知恵《わるぢえ》が加われば、無敵だと思う。

「よく俺の位置が分かったな」

「卵がそちらにあるかぎり、波長でいくらでも追跡《ついせき》できる」

肩《かた》ごしに響《ひび》いてくる竜の声は、湖面の平静さだった。

「いや、それだけでは虚偽《きょぎ》を述べたことになるな。実は竜の一部は人族の里に潜伏《せんぷく》しており、その情報協力のほうが大きい」

正直なことだ。余裕《よゆう》とも言う。それより、竜が人に混じっているとは新事実。どれから驚《おどろ》くべきなのか。

「そうだ、自己紹介《しょうかい》がまだだったな。我はオラングンのイムクアイン」

「人語の発音で名乗るとは親切なことだ。俺はガュス。おまえの胃で消化されて尻《しり》の穴から出る時にも、そう呼びかけてくれ。元気だったら返事するし、時候のあいさつ状も出すよ」

俺は妙《みょう》に平静な気分で言った。

辺境の寂《さび》れた村で、くだらない理由で惨《みじ》めに死ぬのも、お似合いかもしれない。

最初、その音が何かは分からなかった。横目で見ると、イムクアインが喉《のど》の奥で笑っていた。

「今のは、人族の冗句《じょうく》か？　なにがおかしいのか分からぬのが、おかしい」

「竜が腐《くさ》った冗句まで理解するとは、こりゃ小発見」

会話をしてくるということは、今すぐには俺を殺さない。とにかく会話を続けろ。

「それで、どうしたいんだ？　忌憚《きたん》なく意見を出しあっていこ……」

「呪《まじな》い士よ、あの人間から手を引け」

竜の声に強い意志が宿る。それだけで俺の動悸《どうき》が跳《は》ねあがり、得意のムダ口も続けられなくなる。

「我ら竜族は、無関係な人族を殺すのを好まない。引けば汝《なんじ》らは見逃《みのが》す」

「そちらこそ手を引け」

俺は廃屋の向こう、テッセナ村の遠景を眺《なが》めながら、震《ふる》える声を抑《おさ》える。

「……出来ぬ。卵を壊《こわ》し奪《うば》った人族を亡《な》き者にし、取りもどすまでは」

抑えた怒《いか》りの声が、悲しみへ色調を変えていった。

「人族の領土侵犯《しんぱん》を警告しに出向いている間に卵を壊され、盗《ぬす》まれるとは。己《おの》が不覚が恨《うら》めしい」

先日の戦いとやらで、村に咒弾《じゆだん》が売り切れていたことを思い出した。

そして、イムクアインの復讐《ふくしゆう》感情は、どこまでも正しい。だがしかし、交渉《こうしよう》できる余地はある。あるはずだ。

「すでに二人を殺したんだ、もう満足だろうが？　残るスラーは、おびえまくっている。最初は不幸な事故だったんだ。俺がなんとかスラーを説得し、卵を返還《へんかん》させる。それで手を打ってくれないか？」

俺の言葉を聞いた途端《とたん》、急激に竜《りゆう》の怒気《どき》が膨《ふく》れあがる。

「卵は、繁殖《はんしよく》能力の低い竜族にとって、貴重な子孫であるだけではない！　我が亡き妻との最《さい》期《ご》の約束、絶対に卵を守るという誓《ちか》いがあったのだ！　それをあの人族がっ！」

竜の声には義憤《ぎふん》しかなかった。殺気が冷たい鉤爪《かぎづめ》となって、心臓を摑んでくる。

「復讐の対価を決めるのは汝ではなく、あくまで我だ。我は反省も贖罪《しよくざい》も求めぬ。ただ、罪の対価を求める。二度とこのようなことが起こらないためにっ！」

〈異貌のものども〉の王、竜の憤怒《ふんぬ》は、物質的な圧力すら持っていた。捕食者《ほしよくしや》の前の無力な獲《え》物《もの》のように、俺は硬直《こうちよく》するしかなかった。

竜の激情の嵐《あらし》が、吹《ふ》き消されるように消失。

「……だが、だが、人族にも悪意はなかったのだ。一つの卵に対し、人族を二人殺した我が罪もたしかなのだ。それは許されない」

イムクアインの声と言葉には、恥《は》じいるような成分が含《ふく》まれていた。

「非は我にもある。無念ながら論理と倫理《りんり》に従い、その申し出を受けるべきなのだろうな」

竜がこの提案に乗ってくると、俺が計算したとおりだった。

しかし俺の言葉などとは関係なく、竜は自らの復讐感情を知性と法で抑えつけただろう。

誰《だれ》かに罰《ばつ》せられるからという外側の法ではなく、内なる心の法。

愚行《ぐこう》だと知りつつも愚行を犯《おか》す人間とは違《ちが》い、竜は内なる絶対律を外れない。

竜の気高さを利用するような言動が、俺の胸中に苦い棘《とげ》を生む。

「汝を信じてもいいのか？」

苦渋《くじゆう》の滲《にじ》む声に俺は振り返る。イムクアインの宝石のような美貌が間近にあった。

「竜との、異種族との約定を、汝は守れるのか？」

紅玉の瞳《ひとみ》は直線で俺へと注がれていた。思考までも見透《みす》かすような、清澄《せいちよう》な眼差《まなざ》し。

「俺は……」

俺の胸に、果たされなかった約束が蘇《よみがえ》る。内なる法を持たないがゆえの愚行の数々が。

それでも俺は、竜の双眸《そうぼう》を真っ直《す》ぐに見つめかえし、心の底からの言葉を絞《しぼ》りだす。

「……俺は、俺はもう、約束を破らない」

互《たが》いの真意を探《さぐ》ろうとする、俺とイムクアインの視線。静かに交錯《こうさく》する瞳《ひとみ》と意志。

「その言葉を信じよう」

疲《つか》れたように、イムクアインが吐息《といき》と言葉を吐《は》きだした。

「人族を信じるなど、愚《おろ》かなことなのかもしれない。なれど、これ以上に無用な殺戮《さつりく》をしたくないのも我《わ》が本心なのだ」

視線を外し、竜が立ちあがる。夕日が白い顔を朱色《しゅいろ》に染めていた。

「では、一時間後に村の出入り口の門で待つ。それまでに説得しておくがいい」

夕日射《さ》す大気のなか、人と竜の約定が交《か》わされた。

イムクアインが両膝《りょうひざ》を曲げ、伸《の》ばすと同時に跳躍《ちょうやく》。大質量の反動を受けとめさせられた大地が陥没《かんぼつ》。

竜の姿を探すと、森の木々の間に消えていくところだった。

赤い影《かげ》は、木々の作る闇《やみ》にまぎれ、そして消えていった。

神話の一節のような光景から振《ふ》り返ると、廃屋《はいおく》の影にも、神話の登場人物が立っていた。

ギギナの銀の髪《かみ》を微風《びふう》が揺《ゆ》らしていた。瞳には名状しがたい感情の色。

「竜の気配を追ってみれば、相棒が竜と約束を交わしているとはな。貴様の頭の悪さの意外性は、私の思考の及《およ》ぶところではないな」

獲物を逃《に》がしたと俺を責める、鋼《はがね》の刃《やいば》の眼差しだった。

「バカが大好きな争いよりは笑顔《えがお》で話しあい。これが世界を良くする秘訣《ひけつ》だよ」

俺の意見にギギナが口の端《はし》を歪《ゆが》めた。

「後悔《こうかい》することになる」

「どういう意味だ？」

ギギナは寂《さび》しげな表情で沈黙《ちんもく》を守った。俺はもう一つの疑問を述べてみる。

「そういえば、乱入してでも竜を殺しにかかると思ったが、なぜしなかった？」

「温《ぬる》い空気に踏《ふ》みこむのは萎《な》える」ギギナが自嘲《じちょう》めいた笑みを浮《う》かべる。

「すでに乗り気になれる戦いでもない。〝道端《みちばた》の犬の糞を守って死ぬものを、戦士とは呼ばない〟という諺《ことわざ》を自ら実践《じっせん》したくもない」

ギギナの感想にも応《こた》えられず、俺は携帯《けいたい》を取りだし、テッセナ村へと歩きはじめる。

重要なことを忘れていた。俺は宿の部屋番号を呼びだす。話し中でしばらく待つと、やがて通話に切りかわる。

「はい？」

「スラーか、イムクアインとの、つまり竜との取引がなぜだか成立した。竜は村の出入り口で待っているから、一時間後までに卵を渡《わた》す準備をしろ」

「村の出入り口で一時間後に竜、ですね」

スラーが確認《かくにん》の復唱。やがて迷いが晴れたのか、仰々《ぎょうぎょう》しいまでの口調で返答してくる。

「そのことで、お二人にお話があります」

テッセナ村に戻《もど》ると、辺境特有の気だるい夕闇《ゆうやみ》の空気が一変していた。

一本しかない大通りには、戦闘車輌《せんとうしゃりょう》や二世代前の装甲車《そうこうしゃ》が乗りつけられており、すべての商店が扉《とびら》を閉《と》ざしていた。

居並ぶ魔杖剣《まじょうけん》に魔杖槍《そう》、積層鎧《よろい》に甲殻鎧《こうかく》。雑多な装《よそお》いをした中・低位らしい攻性咒式士《こうせいじゅしき》たちが、忙《いそが》しそうに行き交《か》っている。

山々の稜線《りょうせん》に沈《しず》む夕日を跳《は》ね返すように、鎧や武具が鈍《にぶ》い輝《かがや》きを見せていた。武具の輝き以上に、咒式士《じゅしきし》たちの瞳が欲望と闘争《とうそう》の猛《たけ》りに爛々《らんらん》と燃えている。

機剣士や飛槍士や剛闘士《ごうとうし》に、光条士や雷鳴士《らいめいし》や使獣士《しじゅうし》。近隣《きんりん》の攻性咒式士《こうせいじゅしきし》たちが集結しているとしか思えないほど、騒然《そうぜん》としていた。

傍《かたわ》らを通りすぎようとした旧式の積層鎧。思わず髭面《ひげづら》の剛剣士の腕《うで》を掴《つか》む。

「何があるんだ？」

俺の問いに、髭面は怪訝《けげん》な顔をし、すぐに歴戦の咒式士の笑みを浮かべた。

「落ちつけ若いの、まだ狩《か》りは始まってねえ」

俺は言葉を失う。まったく事態が理解できない。

「それよりあんたと相棒は、凄《すげ》え咒力《じゅりょく》といい装備を揃《そろ》えているな。ということは、かなりの腕《うで》利《き》きなんだろ？　高位呪式士《じゆしきし》がいなくて、少し不安だったんだ。どうだ？　俺の班に入って竜《りゆう》を倒《たお》して一稼《ひとかせ》ぎを……」

俺は髭面の誘《さそ》いを無視し、走りだした。

木箱の上で即席《そくせき》の賭場《とば》を開いている呪式士たち、魔杖剣に呪弾《じゆだん》を込《こ》めている呪式士たちの側《そば》を抜《ぬ》け、宿へと足を踏み入れる。

一階の酒場にも、何人かの呪式士たちがいた。凶暴《きようぼう》さと険を隠《かく》さない視線の群れの奥に、スラーを発見。俺は床板《ゆかいた》を踏みならしながら近づいていく。

「攻性呪式士《こうせいじゆしきし》どもを集めるとは、どういうつもりだ？　竜を狩るだと⁉」

スラーは傍らの電話に向かって話しており、片手を上げて俺の詰問《きつもん》を遮《さえぎ》る。

「ええ、竜を倒していただければ、卵をすぐにお送りいたします。ええ、後でなければ、僕の身の安全が保証されませんからね。はい、村人はすでに全員避難《ひなん》しています。それでは、ベロニアス社上層部によろしく」

受話器を置いたスラーが、俺とギギナへと悠然《ゆうぜん》と振り返る。

「卵を売るだと⁉」

俺はすべてを察していたが、それでも信じられず、スラーに詰《つ》めよった。

さざ波が広がるように、周囲の声が静まっていき、呪式士たちの注目が集まる。

「大きな声を出さないでくださいよ。さあ、こちらでお話を。ああ、皆《みな》さんは心配せずに外のほうへ、ね」

スラーが手を振《ふ》ると、咒式士《じゅしきし》たちは意味ありげに深くうなずき、静々と酒場から出ていった。

俺はスラーとともに酒場の奥へと進む。スラーが手近の椅子《いす》を引きよせて座り、俺たちにも勧《すす》めてくる。

答えを待っていると、疲労《ひろう》したような溜《た》め息を吐《つ》いたスラーが口を開く。

「私自身を、竜を呼びよせる罠《わな》にできると思って保護の問いあわせをしてみたんです。そうしたら、野性の竜の卵の価値のほうが、私を助けてくれるようなのです」

俺たちの態度こそ不思議だとばかりに、スラーが言った。

「研究材料として卵をベロニアス社に売る代わりに、付近の攻性咒式士《こうせいじゅしきし》たちを集めてもらったんですよ。これで、あなたがたも竜を倒しやすくなるでしょう?」

スラーは得意そうに語った。思わず俺はスラーの襟元《えりもと》を引っつかむ。

「卵を返せば、竜は手を引くと言い、俺と約束した。今も竜は街の入り口に向かっている。戦いは無意味なんだ」

「信じられるか!」

俺の手を振り払《はら》い、スラーが別人のように激昂《げっこう》した叫《さけ》び声をあげる。

「信じられるか! 僕は竜の卵を壊《こわ》したんだぞ、許せるはずないだろうが!? 僕の子供を殺したヤツがいたら、絶対に絶対に許さないっ! 竜はこちらを油断させようとしているだけなんだっ！」

俺には反論できなかった。

まったく別の論理と倫理《りんり》で動く、完全な異種族との約束に、なんの根拠《こんきょ》も保証もない。俺の思いこみかもしれないことを、スラーに強要などできない。だが、だが……

「最初は事故だったが、むしろこれは好機なんだ」

俺の苦い思惑《おもわく》を余所《よそ》に、スラーは憑《つ》かれたように喋《しゃべ》りつづける。

「竜の卵を売れば、僕は金持ちになって、巡回《じゅんかい》商人なんてくだらない仕事から解放される。妻も内職しないですむし、子供たちを私学に入れられる」

眼前のスラーの目が輝く。

「そうだ、これは発見なんだ。野生の竜の卵なんて、世界でもいまだ発見例が数件しかない。僕は人類の呪式《じゅしき》と科学の発展に貢献《こうけん》しているんだ！」

スラーの勝手な自己弁護が並ぶ。

鏡像のような動機で、二つの異種族の態度が対立する。何かは分からないが、俺の感情が沸《ふっ》点《てん》に達した。抑《おさ》えきれないものが口を衝《つ》いてでた。

「……おまえは、自分の言っていることが恥《は》ずかしくないのか？」

「善人きどりは止《や》めにしてくれ。だいたいあんたはどっちの味方だ？　竜の約束が嘘《うそ》だったら、僕は死ぬんだよ？　それとも人間の僕を殺して、竜との約束を守るのかっ⁉」

俺は一歩を踏《ふ》みだし、穢《けが》れた言葉を吐きだすスラーの口を黙《だま》らせようとした。ギギナが俺とスラーの顔の間に左手を差し入れ、制した。

「誇《ほこ》りなき生物はあまりに醜《みにく》いな」

ギギナの氷点下の声に、スラーの得意気な顔が瞬時《しゅんじ》に凍《こお》りつく。

「ガユス、こんな屑《くず》を相手にするな。敵にも敵の資格が必要だ。この男には、そのようなものは存在しない」

深呼吸して、俺は乱れた感情と思考を鎮《しず》める。前衛職で、そのうえ決戦至上主義のギギナに落ちつけなどと言われては、後衛職は失格だ。

「契約《けいやく》は解除だ。これから俺は、竜に卵を返還《へんかん》しにいく。卵はどこだ？」

「まあまあ落ちついてください。人間同士、話しあえば分かりますよ」

スラーは余裕《よゆう》の表情で言い、バーテン兼《けん》宿の主人に、三人分の酒を注文した。

「酒などいるか。それにおまえの品のない顔をもう一秒でも見たくない」

「そう言わずに、さあ、ここで落ちついて話しあいましょうよ！」

立ち去ろうとする俺の腕《うで》を、立ちあがったスラーが摑《つか》む。酒杯《しゅはい》を勧める右手が小刻みに震《ふる》えていた。焦燥感《しょうそう》を笑顔《えがお》で糊塗《こと》しようとするようなスラーの表情。

真相が電光となって脳裏《のうり》に疾《はし》る。

それは最悪の思考。弱い俺だから分かる、卑劣《ひれつ》な人間の思考。

「いかん、こいつは先手を打つつもりだ。呪式士《じゅしきし》どもに、イムクアインを騙《だま》し討《う》ちさせる時間稼《かせ》ぎだっ！」

俺はスラーの腕を強く振りはらい、矢となって走りだす。ギギナが並走《へいそう》し、宿の入り口を颶《ぐ》風《ふう》となって駆《か》けぬける。

スラーの哄笑《こうしょう》が、背を追いかけてきた。

土煙《つちけむり》を蹴《け》立《た》てて、俺とギギナがテッセナ村の大通りを走る。

建物の屋上にも物陰《ものかげ》にも何も見えない。しかし、すでに呪式士たちが潜《ひそ》み、包囲《ほうい》網《もう》が形成されているのだ。

テッセナ村の出入り口が、前方に見えてきた。大角牛の頭蓋骨《ずがいこつ》を飾《かざ》った、悪趣味《あくしゅみ》な梁《はり》を支える木の柱。

柱の根元に、紅《あか》い衣装《いしょう》の背を預け、イムクアインが瞑目《めいもく》していた。

俺たちの接近に気づいたらしく、鷹揚《おうよう》な動作で顔を上げ、片手を上げる。

真紅《しんく》の双眸《そうぼう》には穏《おだ》やかな感情が浮《う》かんでいた。竜《りゅう》の口が微《かす》かに綻《ほころ》び、つぶやいた。

「我が内にないとはいえなかった疑念を恥じる。人族も信じてみるものだな」

「逃《に》げろ、イムクアイン！　これは罠《わな》だっ！」

俺の叫びを、後方からの疾風《しっぷう》が追いぬいていく。イムクアインの右眼《みぎめ》に、化学鋼成系呪式《かがくこうせいけいじゅしき》第二階位〈矛槍射《ベリン》〉の鋼《はがね》の槍《やり》が突《つ》き立った。

衝撃《しょうげき》で後方へと跳《は》ねあがる竜の頭部。怒《いか》りとともに振《ふ》り返ると、スラーと咒式士《じゅしきし》たち。

「今だ、行けっ！」

スラーの叫びと同時に、ビルの陰《かげ》から、地面の穴から、咒式《じゅしき》で気配を消していた攻性咒式士《こうせいじゅしきし》たちが飛び出し、一瞬の遅滞《ちたい》もなく咒式が放射された。

化学鋼成系第三階位〈綴礫監獄《ボーフィ》〉により合成された、チタン合金の荆《いばら》が大地より噴出《ふんしゅつ》し、イムクアインを拘束《こうそく》。数えきれないほどの爆裂咒式《ばくれつじゅしき》が殺到《さっとう》し、爆音と轟音《ごうおん》が吹《ふ》き荒《あ》れ、幾条《いくじょう》もの雷撃《らいげき》の蛇《へび》が貫《つらぬ》いていく。

ギギナが外套《がいとう》を掲《かか》げ、爆風から俺を守った。

裾《すそ》の間から前を覗《のぞ》く。夕闇《ゆうやみ》の微風《びふう》によって爆煙《ばくえん》が急速に晴れていった。

魔杖剣《まじょうけん》や魔杖槍を提《さ》げた咒式士たちが、惨状《さんじょう》を確認《かくにん》すべく前進していく
入り口の看板は跡形《あとかた》もなかった。擂鉢《すりばち》状に穿《うが》たれた大穴から、白煙が立ちのぼっている。

「あの程度で竜が跡形もなく吹き飛んだ？　そんなバカな？」

遠く安全な建物の陰《かげ》から、スラーの顔が覗いていた。

俺の隣《となり》に追いついていた咒式士の髭面《ひげづら》に影《かげ》が射《さ》す。それだけではなく、他の咒式士たちを、大通りを、漆黒《しっこく》の闇《やみ》が覆《おお》った。

反射的に空を見上げると、白煙を貫いて巨大《きょだい》な前肢《まえあし》が天に掲げられていた。

確認する間もなく、俺の体はギギナによって後方退避《たいひ》させられる。髭面と金髪《きんぱつ》の咒式士《じゅしきし》が遠ざかり、二人の上方から瀑布《ばくふ》のような影が落下してくる。

先ほどの爆発など比較《ひかく》にならないほどの轟音が、衝撃波《しょうげきは》となって叩《たた》きつけられる。

着地した俺たちが飛翔《ひしょう》地点を確認。逃げおくれた咒式士二人が、巨大な質量の下敷《したじ》きとなり、なかばまで地面に埋まっていた。

悲鳴と内臓と黒血を口から吐《は》きだし、咒式士たちは痙攣《けいれん》していた。脊髄《せきずい》が微塵《みじん》に粉砕《ふんさい》される音が響《ひび》き、二人は絶命した。

咒式士たちを踏みつけたのは、巨大な五本の鉤爪《かぎづめ》。

燃えあがるように紅い鱗《うろこ》に覆われた前肢が続き、巨体《きょたい》を乗りだす。

発達した筋肉で装甲《そうこう》された肩《かた》、続いて伸《の》びる巨塔《きょとう》のような首。最後に、鰐《わに》にも似た頭部が夕空よりも赤くそびえていた。

爬虫《はちゅう》類のような細い瞳孔《どうこう》が、俺たちを見下ろしていた。瞳《ひとみ》は暮れゆく夕陽《ゆうひ》の色を宿していた。

「騙《だま》シたナ、裏切ッタなガゆス！」

高温の蒸気とともに、不明瞭《ふめいりょう》な人語が大気に吐きだされる。

「違《ちが》う、これは、これは俺のせいじゃ……」

言いわけを続けようとしたが、ギギナに抱《かか》えられたまま横転。俺がいた場所へとイムクアインの剛腕《ごうわん》が振り下ろされ、ビルの外壁《がいへき》が薄紙《うすがみ》のように破砕《はさい》された。

破片《はへん》と粉塵を防ぎながら、俺は竜を見上げる。竜の瞳には、憤怒《ふんぬ》と哀《かな》しみが坩堝《るつぼ》のように溶《と》けあっていた。

鱗に覆われた竜の頭部へと、横あいからの爆裂《ばくれつ》と雷撃の咒式《じゅしき》が炸裂《さくれつ》。鱗の表面で紫電《しでん》の毒蛇《どくじゃ》が躍《おど》った。

「咒式を撃《う》ちまくれ、殺せ！　竜を殺せば、大金と竜殺しの名誉《めいよ》が手に入るぞっ！」

竜の初撃に巻きこまれなかった咒式士《じゅしきし》たちが、咒式を乱射していた。

咒式の炸裂音と、落下する薬莢《やっきょう》の金属音に耳を傾《かたむ》けるように、双眸を閉じ、イムクアインは攻性咒式士《こうせいじゅしきし》たちへと長首を向けた。

竜の瞼《まぶた》と口腔《こうこう》が大きく開き、テッセナ大通りを震わす極大の怒号《どごう》が響きわたる。

凄《すさ》まじい衝撃が、建物の硝子窓《ガラスまど》と、攻性咒式士どもの魂《たましい》を震えさせた。

竜は真紅の鱗をうねらせ、地響《じひび》きを立てて突進《とっしん》を開始。咒式士たちが立ち向かい、スラーは一目散に建物の奥へと逃げていく。

巨体の進行方向にあった車が踏《ふ》みつぶされ、一瞬《いっしゅん》で金属の塊《かたまり》へと圧壊《あっかい》。跳ね飛ばされた車が、不運な咒式士を地面と挟《はさ》み、爆裂し炎上《えんじょう》し、転がっていく。

突進しながら薙《な》ぎ払《はら》われた右前肢の爪が、立ちつくしていた、剛剣士《ごうけんし》と数法士の甲殻鎧《こうかくよろい》と防《ぼう》刃装束《じんしょうぞく》ごと胴体《どうたい》を両断。四つの肉塊《にっかい》が、内臓と黒血の尾《お》を引きながら、竜の後方へと吹き飛んでいく。

竜《りゅう》の突進に対し、大通りに並んでいた咒式士《じゅしきし》の一団が、咒式《じゅしき》を斉射《せいしゃ》。呼応するように竜の干渉結界《かんしょう》が強化。竜の前方の空間で、殺到する雷撃や爆裂が、毒ガスや砲弾《ほうだん》が、量子干渉を維持《いじ》できずに分解。霧散《むさん》していく！

十階梯《かいてい》にも達しない、中・低位の攻性咒式士《こうせいじゅしきし》たち程度の咒力《じゅりょく》では、六百から七百歳級の竜の鱗どころか、結界すら突破《とっぱ》できない。

怒濤《どとう》の突進は止まらず、巨軀《きょく》が咒式士たちに衝突。背後の肉屋の店先ごと挽《ひ》き肉に変えた。爆煙《ばくえん》と崩落《ほうらく》する壁《かべ》。笑顔《えがお》の豚《ぶた》の看板が大通りに落下し、耳障《みみざわ》りな金属音をあげる。

竜の無防備な背。好機とみた咒式士たちが、制止もできない俺たちを追いぬいていく。

何かが大気を裂《さ》いて疾《はし》り、咄嗟《とっさ》に伏《ふ》せた俺とギギナの上空を、超高速《ちょう》で通過していった。

長い竜の尾が、前方の重機剣士と後方の光条士の胸板《むないた》に命中。鎧《よろい》が変形し、肋骨《ろっこつ》と内臓が破裂した音を置き去りにして、そのまま急角度で上昇《じょうしょう》。傍《かたわ》らのビルの二階壁面《へきめん》へと叩きつけられる。

炸裂音とともに崩《くず》れた煉瓦《れんが》壁《へき》のなかで、二人は無惨《むざん》な肉塊になっているのだろう。

降りそそぐ粉塵と破片を貫《つらぬ》いて、ビルの屋上から竜の頭部へと、急速降下攻撃《こうげき》する影。

飛槍士の魔杖槍が、刃風《はかぜ》をまとって竜の眉間《みけん》に突《つ》き立つ寸前。イムクアインの頭部が旋回《せんかい》して、必殺の一撃を回避《かいひ》。

長い首が水平の雷光のごとく振られ、空中の飛槍士の胴体に激突。

ビルの二階の壁面に、血と内臓の汚《きたな》らしい花弁を散らす飛槍士。死体は重力で落下していき、地面で再び血溜《ちだ》まりを作る。

夜空を背景に、人間の内臓と鮮血《せんけつ》に濡《ぬ》れた火竜の顔が浮《う》かびあがる。

圧倒的《あっとう》、あまりに圧倒的な、〈異貌のものども〉の王の力。

鉄と潮の血臭《けつしゅう》が大通りに満ちていた。残る十一人の攻性呪式士《こうせいじゅしきし》たちが、呪式《じゅしき》を紡ぐのも忘れて、呆然《ぼうぜん》と立ちつくしていた。

強力な咒式や干渉結界だけが竜の強さではない。十数トーンの質量を誇《ほこ》る巨軀が、明確な殺意をもって俊敏《しゅんびん》な動作で動く。単純な大質量こそが最も効率的な物理力であり、個人の力などでは防ぎようがない。

そして竜の恐《おそ》ろしさはもう一つ。

疫病《えきびょう》のような恐慌《きょうこう》が全員を襲《おそ》った。

悲鳴をあげ、魔杖剣《まじょうけん》を投げ捨てながら、村の外を目指して遁走《とんそう》していく。

「そっちへ逃《に》げるなっ！」

流れに逆行し、イムクアインの脇《わき》へと走りぬける俺の叫《さけ》び。

火竜の口腔に咒印《じゅいん》組成式が展開。活火山の火口のような緋光《ひこう》が灯《とも》り、炸裂した。

脇道に飛びこんだ俺とギギナの背後からの光。夜を緋色に照らす、膨大《ぼうだい》な火炎《かえん》が放射されたのだ。

大通りに、逃げまどう呪式士《じゅしきし》たちに、緋の奔流《ほんりゅう》が襲いかかる！

アセチレンガスと純粋《じゅんすい》酸素を等分に配合し、着火させる、化学練成系呪式《かがくれんせいけいじゅしき》第五階位〈緋裂瘋《エー・》咆竜《イーム》息〉の呪式《じゅしき》。

ガス溶接《ようせつ》の原理の炎《ほのお》なのだが、それが恒常《こうじょう》的に発動する竜の吐息《といき》となる時、人間の呪式限界を遥《はる》かに越《こ》える破壊力《はかいりょく》となる。

秒速三〇〇メルトル、三〇〇〇度を越える地獄《じごく》の業火《ごうか》が、数十秒間にわたって吹《ふ》き荒《あ》れた。

炎の渦《うず》のなかで、人間の皮膚《ひふ》と肉が瞬時に溶解《ようかい》。肉が炭化していき、崩れおちていく。

木材が炎上し、車体が溶解し、吹き飛ばされて被害《ひがい》を増幅《ぞうふく》。新たな炎が荒れ狂《くる》い、村の外まで一気に駆《か》けぬけていった。

竜の呼吸と呪式でなされる秒速三〇〇メルトルという噴射《ふんしゃ》速度は、五秒で三〇ミリメルトル厚の鉄板をも焼き切る破壊力を持つ。

人間の咒力ではありえないほどの大質量・長時間の呪式放射が、桁外《けたはず》れの熱量を生みだしたのだった。

小さな村の大通りは、一面の火の海と化していた。凄《すさ》まじい酸素消費に熱風が吹きあがり、呼吸も肺を灼《や》く。

竜相手の戦闘《せんとう》で広がった一方向に逃げると、死の吐息の餌食《えじき》になる。立ち止まって何重もの防禦呪式《ぼうぎょじゅしき》で防げば、わずかに生きる道もあったはずなのだが、恐怖《きょうふ》と混乱で誰《だれ》もできなかった。

二十二人の攻性呪式士《こうせいじゆしきし》たち。ちょっとした軍隊なみの戦力が、数分も経《た》たずに全滅《ぜんめつ》した事実に俺は慄然《りつぜん》とする。

大通りには一面の火の海以外にはなにも見えず、熱せられたコンクリや煉瓦《れんが》だけが、赤々とした輪郭《りんかく》を残しているだけ。

いまだ燃えのこる炎を踏みしめる前肢《まえあし》。続くしなやかな動作で、竜の巨体《きょたい》が左へと半回転。上空から俺とギギナを見下ろし、炎《ほのお》の揺《ゆ》らめきを映す瞳《ひとみ》。寂寥《せきりょう》を帯びた色だった。

「ガゆス、約定を守ろうとし、罠《わな》に嵌《は》マった我ハ、さぞオかしかロうな」

「違《ち が》うんだイムクアインっ！」

なぜこんなことになったのか、俺には分からなかった。いや予想できたのだ。

イムクアインの右前肢が前兆の動作すら見せずに振《ふ》り下ろされ、炎上《えんじょう》する地面を破砕《はさい》する。

飛びのいた俺へと、代わって追いすがる巨大な左前肢。

ギギナの屠竜刀《とりゅうとう》が俺の前へと突き出され、爪《つめ》の矛先《ほこさき》と激突。火花と金属音を撒《ま》き散らす。

超衝撃《ちょうしょうげき》を殺しきれず、踵《かかと》で地面を蹴《け》って後転するギギナ。

着地と同時に俺を抱《かか》え、強靭《きょうじん》な足腰《あしこし》の筋力を発揮し、上方移動。

建物の三階の壁面に水平着地。三次元高速移動に、俺の脆弱《ぜいじゃく》な三半規管が揺さぶられる間もなく、ギギナが横向きの疾走《しっそう》を開始。

直後に、後方に竜の火炎が直撃《ちょくげき》。三階の硝子窓《ガラスまど》ごと、内部を瞬時《しゅんじ》に焼きつくしたのが見えた。漂白《ひょうはく》される視界、熱風。

イムクアインの首が振られ、口腔《こうこう》から放射される猛炎《もうえん》が、俺を抱えたギギナの逃走《とうそう》を追尾《ついび》してくる。超絶の脚力《きゃくりょく》を駆使《くし》し、ギギナが重力に逆らって走りつづける。

しかし、次の建物と建物の間はギギナの長い脚《あし》をもってしても、跨《また》げるような距離《きょり》ではなかった。

ギギナが右手の屠竜刀を右足下、つまり上空の壁面に刺《さ》す。長柄《ながえ》を支点にし、俺を抱えたまま上空へと一回転。屠竜刀の下を業火が駆けぬけていき、輻射熱《ふくしゃねつ》が俺の背と裾《すそ》を叩《たた》く。

回転したギギナが、突《つ》き出た出窓に足裏をつき、さらに躍《おど》るような弧《こ》を描《えが》き、上空へと跳躍《ちょうやく》。握《にぎ》っていた屠竜刀ごと、右手を縁《ふち》にかけ、さらに半回転。屋上へと着地し、疾走しはじめる。

火炎の追撃はその速度に追いつけず、テッセナの夜空へと高く駆けあがっていった。

「いいかガユス、くだらない思考は後にしろ。後悔《こうかい》は竜の死体の上ですればいい！」

縁の上を走るギギナの怒声《どせい》。自力で並走《へいそう》する俺は、無言で肯定《こうてい》するしかなかった。

「決着をつけるぞっ！」

叫ぶ俺とギギナが同時に大通りの上空へと跳躍。その後を追って火炎が舞《ま》う。

俺たちを追跡《ついせき》し、竜の顔が向けられるのが眼下に見えた。

空中の獲物《えもの》は、急激な方向転換《てんかん》ができない。一瞬の後に火炎で灼くことを想像し、イムクアインの瞳が残酷《ざんこく》な焰を宿す。

ギギナが〈空輪龜《ゲメイラ》〉を発動、圧縮空気により、加速した水平斬撃《ざんげき》。イムクアインは両前肢を大地に突《つ》き立て、巨軀《きょく》を引いて躱《かわ》す。

連動して、ギギナへと鞭《むち》のように振り下ろされる竜の首。その軌道《きどう》の終点を目指し、俺の奥の手の〈電乖閻葬雷珠《マーコキアズ》〉が発動。高熱のプラズマ球が、周囲の大気をイオン化させながら疾《はし》っていく。

近距離《きんきょり》なら干渉《かんしょう》結界も貫通《かんつう》する咒式《じゅしき》は、しかし、さらに読んでいた竜が、首を地面に触《ふ》れそうなほど低くして回避《かいひ》。大通りの向こう側の建造物の、窓と壁《かべ》を破砕するだけ。

無防備になった俺を、向かいのビルの壁面を蹴りつけて戻《もど》ってきたギギナが抱え、急上昇《きゅうじょうしょう》。

下方から竜の大顎《おおあご》が迫《せま》る。

俺とギギナの下半身を圧搾《あっさく》しようと、大顎が閉じられる。

上下の顎先をギギナの左右の足が踏《ふ》みつけ、両側からの断頭刑《けい》を寸前で停止。

ギギナが俺ごと飛翔《ひしょう》し、上方退避。下方のイムクアインの開いた口腔の奥に、火炎《かえん》の光芒《こうぼう》が灯《とも》る。

上昇中の無防備な俺たちに、火炎をあびせて葬《ほうむ》ろうという鉄壁《てっぺき》の作戦。

しかし竜は判断を誤った。騙《だま》しあいで人間に勝てる生物はいないのだ。

たしかに、竜の干渉結界と鱗《うろこ》を貫通し、致命傷《ちめいしょう》を与《あた》えるべき高位咒弾《じゅだん》は手持ちにはない。だが、火炎を吐《は》く瞬間、その口腔の前方まで結界を展開することはできない。

遠距離においては無敵の死の吐息《といき》も、この至近距離では互《たが》いの早撃《はやう》ちで決まる。

竜が自らの失策に気づき、俺たちが顎の外に退避した刹那《せつな》、吐息と呪式《じゆしき》がまったく同時に炸《さく》裂《れつ》。竜の巨大な口腔内で、化学練成系呪式第四階位《かがくれんせいけいじゆしき》〈曝轟蹂躪舞《アミ・イー》〉による、トリメチレントリニトロアミンの衝撃波《しょうげきは》と爆風《ばくふう》が疾り、竜の火炎と衝突《しょうとつ》。

イムクアインの顎が破裂《はれつ》、肉片《にくへん》と黒血が散り、鼻孔《びこう》と耳孔《じこう》から噴煙《ふんえん》をあげていた。

落下していく俺とギギナを烈風が叩く。骨格と内臓が軋《きし》み、木の葉のように回転させられる。

燃焼反応を、爆風と衝撃波で吹《ふ》き飛ばす。そんな大規模火災の乱暴な消火方法が打ち勝ったのだ。

それは、一瞬でも竜の吐息が早ければ、俺たちのほうが死ぬという、危《あや》うすぎる賭《か》け。

ギギナが空中で回転、顎と脳を破壊《はかい》され、苦悶《くもん》にのたうつ竜の左前肢に着地。

鮮《あざ》やかな白銀の円弧《えんこ》を描いた屠竜刀が、竜の胸板《むないた》に叩きつけられる！

着地して転がる俺の眼前。決着がつこうとしていた。

ギギナの咆哮《ほうこう》があがり、ガナサイト重咒合金《じゆうじゅ》が、鎧《よろい》のような火竜の大胸筋を、肋骨《ろっこつ》を貫通し、心臓へと到達《とうたつ》。刃《は》を支点に半回転し、逆さとなった両足を、竜の胸板に突き立てる。

生体強化系咒式第五階位《せいたいきようかけいじゆしき》〈鋼剛鬼力膂法《バー・エルク》〉によって強化された、ギギナの剛力《ごうりき》が下方へと疾るっ！

鱗を裂き砕《くだ》き、心臓と肺、内臓を徹底的《てってい》に破壊し、竜の足元《りゅう》へと舞い降《お》りるギギナ。土砂《どしゃぶ》降りの鮮血《せんけつ》と桃色《ももいろ》の内臓が、ギギナに降りそそぐ。イムクアインの右前肢の追撃《ついげき》。しかし、それはすでに断末魔《だんまつま》の足掻《あが》きにしかすぎず、鮮血の軌跡《きせき》とともに、ギギナが後方回転して躱すだけ。

俺の隣《となり》に、優美なまでの動作でギギナが着地する。

頭部と内臓に、修復不可能なまでに大打撃を受けたイムクアイン。竜は彫像《ちょうぞう》のように立ちつくしていた。

やがて無音の雪崩《なだれ》のように崩《くず》れていき、燃えあがる大地に倒壊《とうかい》した。

火の粉と重低音が、大通りに吹き荒《あ》れた。

俺とギギナは、炎上する村に立ちつくしていた。

「誇《ほこ》りも名誉《めいよ》もない闘争《とうそう》。これは私と竜に対する侮辱《ぶじょく》だ」

傍《かたわ》らのギギナが、口に入った竜の血とともに、怒《いか》りを吐き捨てる。

眼前には竜が伏《ふ》していた。倒《たお》れてなお見上げるような巨軀が、自らの血潮の海のなかに横たえられていた。

上下の顎が引きちぎられ、歯茎《はぐき》が覗《のぞ》く。自動治癒呪式《じどうちゆじゅしき》が発動。胸から腹部の傷口から、体内に戻ろうと蠕動《ぜんどう》する内臓。しかし呪式《じゅしき》が保てず、蠢《うごめ》く臓器もやがて力尽《ちからつ》きて動きを止めた。

「……これガ、汝《なんじ》らの、人族ノやり方カ？」

眼窩《がんか》から滝《たき》のような鮮血を流しながらも、イムクアインはまだ生きていた。

「……相手ノ信頼《しんらい》をチ、嘲笑《ちょうしょう》し、約定を踏みにニじる。コ、これガ我らラ、竜に代ワる、大地の覇者《はしゃ》のヤ、やリ方カ？」

血泡《ちあわ》混じりの問いかけ。俺は何かを言おうとし、返すべき言葉がどこにも存在しないことに気づいた。

竜は嗤《わら》っているようにも見えた。人類すべてに対しての宣告の笑《え》みだった。

「……ナラば、我は、我らハ、覇者の地位ナど喜ンで譲《ゆず》っテやロ……」

イムクアインの瞳《ひとみ》から、憤怒《ふんぬ》や憎悪《ぞうお》や哀《かな》しみ、すべての意志の光が消失していった。くすんだ緋色の瞳孔《どうこう》から最後の光も消えた。

俺は言葉を失って、その死を見下ろしていた。傍らのギギナも無言で立っていた。

耳障《みみざわ》りな哄笑《こうしょう》が響《ひび》いた。

反射的に首を回《めぐ》らせると、煤《すす》に塗《まみ》れ、卵を抱《かか》えたスラーが、物陰《ものかげ》から出てくるところだった。恐《おそ》る恐る覗きこんで、竜《りゅう》の絶命を確認《かくにん》する。

スラーは、俺とギギナの傍らを通りすぎ、大地に伏したイムクアインの頭部に歩みよる。含《ふく》み笑いをしたスラーが、竜の巨大《きょだい》な死顔を見下ろしていた。そして右足を引き、全力で蹴《け》りつける。

「死んだか、ハハっ」

「てめえ、なにをっ⁉」

堪《こら》えきれずに制止の声をあげてしまった。しかし、スラーは聞こえないかのように蹴りつけるのを止《や》めない。

「この死骸《しがい》も売れるぞ。変化《へんげ》できるほどの高位竜なら、ベロニアス社も高く買ってくれる」

「いい加減にしろ！」

俺はスラーの右肩《みぎかた》に手をかけ、強引《ごういん》に振《ふ》り向かせる。

向けられたスラーの顔には、表情というものがなかった。

「あなたは、僕の立場を想像したことがありますか？　竜に追われている弱い僕に、他《ほか》にどうしろというんです？」

スラーの双眸《そうぼう》にも、なんの感情もこもっていなかった。

「あなたは強い。あなた自身がどう思おうとね。だから選択肢《せんたくし》があり、正しいことを主張できる。今この場であなたが怒ることができるのも、僕より強いという自意識があるからです」

俺の五指に感情の力がこもる。だが、スラーは痛がる様子も見せなかった。

「だけど弱いものにはそんなものはない。正義や主張なんかありはしない。ただ生き延びるのに必死です。僕がこう言っているのも、強いあなたが、弱い僕をどうこうしないだろうという、強者の驕《おご》りを利用しているのですよ」

「てめえっ！」

荒々《あらあら》しい感情が俺を支配した。スラーを引きよせ、拳《こぶし》を振りあげる。拳の先にはスラーの酷《こく》薄《はく》な瞳《ひとみ》があった。

「僕を殴《なぐ》るのですか？　呪式《じゅしき》も戦闘力《せんとうりょく》もなく、地位も財産もない、か弱く惨《みじ》めな一般人《いっぱんじん》の僕なんかを？　お強い攻性呪式士《こうせいじゅしきし》様が？」

掲《かか》げた拳を、だがしかし、俺は振り下ろせなかった。

「ほらね。それが強者の驕りなんですよ。弱者を同じ人間だとも思っていない」

スラーの平凡《へいぼん》で平坦《へいたん》な笑顔に、何かが滲《し》みだしはじめていた。

人間の、何も持たない弱者の醜悪《しゅうあく》さ。

弱さを克服《こくふく》すべきものとはせず、弱者の立場を強さとする。開きなおったその卑劣《ひれつ》さと醜悪さが、笑みとなって男の唇《くちびる》を縁取《ふちど》っていた。

「弱さを、自らの卑劣さの言いわけにするなっ！」

俺は黒い溶岩《ようがん》のような感情の噴出《ふんしゅつ》をスラーに叩《たた》きつける。だが、それでもスラーは笑っていた。笑いつづけていた。

「弱さと卑劣さは、分かつことはできませんよ。誇り高さ？　優《やさ》しさ？　そんなものは強者の贅沢《ぜいたく》なお遊びだ」

憎悪すらこめて、スラーの視線が俺に突《つ》き刺《さ》さる。この男に触《ふ》れていることが耐《た》えられず、肩《かた》を摑《つか》んでいた左手を放してしまった。

「僕はこの卵を売って、家族と幸福に暮らします。お強い攻性咒式士様《じゅしきし》が、弱い僕のささやかな幸せを邪魔《じゃま》しないでくださいよ」

乱れた襟元《えりもと》を直し、卵を抱える位置を整え、スラーは恬然《てんぜん》としていた。

俺とスラーは炎の村で対峙《たいじ》していた。愚《おろ》かな対峙に介入《かいにゅう》するのを恥《は》じるように、ギギナは無言だった。

「その卵を渡《わた》せ。竜《りゅう》に返すべきだ」

「力で奪《うば》えばいいでしょう？　あなたがた強い人が、いつもそうするようにっ！」

俺とスラーが睨《にら》みあう。

突如《とつじょ》として二人の間を駆《か》けぬける殺意。強大な咒式《じゅしき》波長が夜気を支配した。

「ガユス、上だ！」

戦慄《せんりつ》に全身を貫《つらぬ》かれた俺は、ギギナの言葉と視線を追って空を見上げた。

五階建ての銀行の屋上に、皓々《こうこう》と輝《かがや》く二つの光点があった。

それは瞳。

夜空の闇《やみ》に潜《ひそ》んで、全体は見えないが、強大な圧力を放射する生物がいたのだ。

「我はオラングンのヴァジャーヤ。イムクアインの同胞《どうほう》である」

腹にまで響く声が発せられ、夜を渡っていった。俺の心臓が圧迫《あっぱく》される。

「……もう一頭の竜の参戦か、最悪だな」

ギギナの声が虚《うつ》ろに響いた。

イムクアインにも匹敵《ひってき》する強大な咒力《じゅりょく》と殺意。気圧すら変化しているような幻覚《げんかく》。

「誇《ほこ》りも名誉《めいよ》もない戦いを、もう一度せねばならないとはな」

戦士の美貌《びぼう》には重い疲労《ひろう》の影《かげ》が差していた。

ドラッケン族のギギナにとって、竜は敬意を払《はら》うべき相手だ。最大最強の敵だからこそ、倒《たお》したものは勇者の称号《しょうごう》を得るのだ。

あまりにくだらない戦いに対し、ギギナの誇りは深く傷つけられていた。そして竜相手に、高位咒弾《じゅだん》が切れ、負傷した状態で勝利することなど不可能だ。

それでもギギナは屠竜刀《とりゅうとう》の柄《え》を伸《の》ばし、回転させて小脇《こわき》に抱《かか》える。絶望的に不利な状況《じょうきょう》にあっても臨戦体勢に入っていた。諦《あきら》めや臆病《おくびょう》などという単語は、ドラッケン族の勇者には存在しない。

だからこそ危険だ。

「き、……聞いてくれ、偉大《いだい》なる竜よ」

俺は乾《かわ》いた口のなかで、必死に舌を動かした。

「一方的にスラーが悪いが、最初は事故だったんだ。俺もすれ違《ちが》いからイムクアインを殺してしまった」

粘《ねば》つく舌、重い心。それでも続けるしかない。

「そちらのイムクアインと卵と、こちらのスラーの連れの二人と咒式士《じゅしきし》の二十二人、それが対価になるかは分からない。……おそらく対価となりはしないだろう」

俺はスラーへと視線を戻《もど》す。

一瞬《いっしゅん》の逡巡《しゅんじゅん》の後、左手を伸ばし、スラーの抱えていた竜の卵を奪う。

「な、何をっ！」

叫《さけ》ぶスラーを俺の刃先《はさき》が制した。なおも喚《わめ》くスラーを無視して、俺は続ける。

「卵は還し、スラーも緩衝区侵入《かんしょうくしんにゅう》と遺失物不法取得で司法に裁かせる。これで手を引いてくれ」

「ちょっ、僕が一方的に損だっ！」

「黙《だま》れスラー！」

俺の怒声《どせい》がスラーを射すくめる。再び、煉瓦《れんが》造りの銀行の屋上、竜へと視線を戻す。

「我には従う理由がない」

ヴァジャーヤの声だけで氷片《ひょうへん》が血管を流れ、心臓に幻痛をもたらす。

「竜たる我は、一息でこの場の全員を滅《ほろ》ぼせる。退《ひ》く理由がない」

脳に直接響《ひび》くような声。それでも俺の頭脳は状況を計算し、声をあげる。

「あなたは、イムクアインが倒れる時も手助けをしなかった。理《ことわり》が俺たちにまったく存在しないと知っていても」

俺は推測の結論をぶつける。

「つまり、あなたは竜と人との全面的対決を避《さ》けたい、穏健《おんけん》な〈賢龍派《ヴァイゼン》〉の一頭だ！」

黒々とした夜空に輪郭《りんかく》を隠《かく》した竜。溜息《ためいき》のように鼻息を漏《も》らした。

「……正解だ。イムクアインは優《やさ》しい竜で、我が友だった。しかし、その復讐《ふくしゅう》は許容できない。かつての人と竜の、憎悪《ぞうお》の連鎖《れんさ》を繰《く》り返す愚行《ぐこう》を、我が赦《ゆる》すわけにはいかない」

ヴァジャーヤの巨軀《きょく》に力が満ちた。

「なれど監視《かんし》役を買ってでた我とて、目の前の同族殺しの人族を見逃《みのが》すほど、愚《おろ》かでも心がないわけでもない」

燃えあがる大気をも圧するような瞳《ひとみ》の力に、俺たちは耐《た》えていた。俺の思考は、必死に生き残る道を探す。探して探して探した。

光明はあった。しかし、俺は口にするのを躊躇《ちゅうちょ》した。

傍《かたわ》らのスラーが薄《うす》ら笑いを浮《う》かべているのが、俺には分かった。スラーにだけは俺の思惑《おもわく》が分かるのだ。

自らの信念を、命をかけて貫いた、ニドヴォルクが、レメディウスが、俺の脳裏《のうり》で哄笑《こうしょう》していた。

だが、ここにしか、この方法でしか生き延びる道がないのだ。

「ならば……」

嘲笑《ちょうしょう》の幻聴《げんちょう》を振《ふ》りきり、ついに汚穢《おわい》な言葉が口から出た。

俺は自分を奮いたたせ、持っていた卵を掲《かか》げる。眼差《まなざ》しに力をこめ、最悪の言葉を続ける。

「ならば、脅《おど》すようで悪いが、俺はこの卵を破壊《はかい》する。イムクアインが守ったこのうえなく大事な卵を」

自分の行動に吐《は》き気がしてきた。先ほどスラーの下劣《げれつ》さを責めた俺が、より下劣なことをしていたのだ。

「ガユス、貴様……」

ギギナの銀の視線が俺へと向けられる。

ドラッケンの誇《ほこ》り高き心を、俺は無視した。

だが、こうするしかなかった。誇りや正義のためなどに、自分と相棒の命を捨てることはできない。

俺は、ギギナでも、竜でもない。

スラーと同じ側、自らの下劣さを完全に理解しつつ、それでも最低の行動を止められない、薄汚《うすぎたな》い弱者だった。弱者なら、弱者らしく息をひそめ心を殺せ。

「その脅しは有効だ。我らも様々な手段を用いて、一族の誇りと意志を残そうとしているが、やはり卵は重要だ」

嘆《なげ》きと、謎《なぞ》を孕《はら》んだ言葉を竜が放った。

「卵は先に返還《へんかん》するっ！」

俺は右腕《みぎうで》を背中に引き、戻す全身の力で卵を投擲《とうてき》する。

スラーの悲鳴。直線を描《えが》いて飛んでいった卵は、燃え残った炎《ほのお》に照らされながら、銀行の屋上に到達《とうたつ》。闇《やみ》から伸びた巨大《きょだい》な爪《つめ》が、卵を優しく摑《つか》む。

卵の無事を確認《かくにん》した前肢《まえあし》は、悠然《ゆうぜん》と闇へと戻っていった。

「竜《りゅう》の寛大《かんだい》さを、俺たち人間が期待するのは筋違《すじちが》いだ。だがしかし、あえて頼《たの》む。ここは退いてくれ」

俺の叫びに、竜の返答があった。

「それは汝《なんじ》の望みで、我の望みではない」

「そうだ。だが、イムクアインとの約束を、俺が果たしたいのも確かだ。だからこそ卵を先に返した！」

沈黙《ちんもく》が重苦しく降り積もる。

俺は最低だった。

卵を返還し、イムクアインの約束を持ちだした俺を殺す。そんな行動は、竜の内心の絶対律が許さないはずだ。

違う。俺は怖《こわ》かったのだ。

竜を信じることなんかできない。だから懇願《こんがん》し脅迫《きょうはく》し、通じないとみたら、誠意の演技。そんな方法でしか、俺たちは他者とつながれないのだ。これまでも、そして今この瞬間《しゅんかん》も。

竜は俺のすべてを見通し、鼻孔《びこう》から、嘲笑とも哀《あわ》れみともとれない吐息《といき》を漏らす。

そして、決断を下した。

「ここから去るがいい。せめて我が同胞《どうほう》、イムクアインの亡骸《なきがら》を故郷の土に、亡《な》き妻の横に還《かえ》してやりたい」

長い長い溜《た》め息とともに、人ではありえない、竜の宣告がなされた。

竜はやはり邪悪《じゃあく》にはなれなかったのだ。

それでもギギナは、竜を見上げたまま、戦闘《せんとう》体勢を崩《くず》していなかった。

「頼む、ギギナも退《ひ》いてくれ！」

ギギナは俺を見ることもなく、長大な刃《やいば》を収めて、村の出入り口へと歩きだす。

大金と未来を失って、呆然《ぼうぜん》としているスラーの襟首《えりくび》を途中《とちゅう》で引っ摑んで、ギギナが歩いていく。その後ろ姿に俺が続き、急いで裏道に停《と》めていたヴァンに乗りこむ。

ヴァンを急発進させて、後ろも見ずにテッセナ村から脱出《だっしゅつ》する。

テッセナ村から離《はな》れ、ヴァンは夜道を進む。

縛《しば》りあげられたスラーは後部座席でうなだれていた。司直の手に渡《わた》されるスラーの未来は、暗澹《あんたん》としたものだろう。

「貴様の決断は戦術的には正しかった。私も止めなかった。だが、納得《なっとく》はしない」

助手席のギギナが、憤怒《ふんぬ》混じりの独り言を漏《も》らした。

同じ理由で対峙《たいじ》した二つの種族は、言動において違っていた。

イムクアインが死に、スラーや俺のような下劣な存在が生き残る。

自らの弱さと下劣《げれつ》さを、この胸から抉《えぐ》りだし、投げ捨てたかった。

だが、それはできないだろう。

言いわけも責任転嫁《てんか》も拒絶《きょぜつ》し、すべてを引きうける強者の世界。そんな孤独《こどく》な世界に、俺は耐《た》えられはしない。

他人に突《つ》きつけたものを、自らにも向ける強さなど、俺にはないのだ。

俺の対極、強者であることを、重い縛鎖《ばくさ》として自らに課したギギナ。そしてニドヴォルクやレメディウス。

内なる法を貫《つらぬ》いた誇り高き者たちには、世界は、俺はどう見えていたのだろうか？

車内には、重く沈鬱《ちんうつ》な空気が漂《ただよ》っていた。

無言のまま、丘陵《きゅうりょう》の道を進むと、前方に幾《いく》つもの光点が灯《とも》っているのが見えた。

徐行《じょこう》して近づくと、灯《あか》りの正体が明瞭《めいりょう》になってくる。灯《ひ》を掲《かか》げているのは、疲《つか》れた顔の男や女、老人に縋《すが》りつく子供たちの集団だった。

ベロニアス社とスラーに避難《ひなん》させられていた村人の一団が、戻《もど》ってきたらしい。

「無意味な戦いは終わったよ」

ヴァンを停止させ、声をかけた。

だがしかし、誰《だれ》も返事をしなかった。村人全員がそろって夜空を見上げていた。

村人たちは連《つら》なる波のように膝《ひざ》を折り、大地に跪《ひざまず》く。

一斉《いっせい》に上空へと向けられた視線を追って、俺は窓から身を乗りだす。そして後方に広がる夜空を見上げる。

テッセナ村の上空、銀と金の星屑《ほしくず》がちりばめられた夜空。

巨大《きょだい》な火竜の亡骸が、同等の巨軀《きょく》を誇《ほこ》る竜に抱《かか》えられ、星空を静かに駆《か》け昇《のぼ》っていった。

上昇《じょうしょう》が頂点に達し、影《かげ》となった両翼《りょうよく》が広げられ、質量を支える呪式《じゅしき》が大気に満ちる。

空中に留《とど》まった竜は、自らを下から照らす、炎《ほのお》のテッセナ村を見下ろしていた。

そして長い首を垂直に立てて、ヴァジャーヤの顔が天空を仰《あお》いだ。

上下の顎《あご》が開かれ、槍《やり》の穂先《ほさき》のような牙《きば》の間で、星が喰《く》らわれたようにも見えた。

竜が吠《ほ》えた。

大気を震《ふる》わせ、山々や草原に響《ひび》き渡る、悲痛な慟哭《どうこく》。俺が、ギギナが、スラーが、村人たちが、竜の弔《とむら》いの咆哮《ほうこう》を聞いていた。

圧倒《あっとう》的な思念が、力を宿した唄《うた》が俺の脳へと響く。

畏《おそ》れよ。

我ら竜《りゅう》は、けっして人の知恵《ちえ》と力に屈《くっ》し、大地の覇権《はけん》を明け渡したわけではない。

ただ、自らを知っていたのだ。

善を快く感じる、自らの内なる絶対律を。

卑劣《ひれつ》になりえない、自らの弱さを。


自覚せよ。

愚《おろ》かさと弱さの陰《かげ》に隠《かく》れて恥《は》じない、人の心を。

外側の法でしか自らを御《ぎょ》せない、その弱さを。

自らを、我ら竜の魂《たましい》を超越《ちょうえつ》せねば、人は、この星を継承《けいしょう》する覇者の資格はないのだ。


長い長い竜の禍唄《まがうた》が、いつの間にか途絶《とだ》え、静寂《せいじゃく》が夜を満たしていた。

遠い山々へと、竜の首が向けられた。

そして、両翼を大きくはためかせて飛《ひ》行呪式《こうじゅしき》を発動し、静かに方向転換《てんかん》。

長い尾《お》をなびかせ、故郷を目指して飛翔《ひしょう》しはじめた。

悠然《ゆうぜん》と去る、天空の支配者たちの後ろ姿を、俺たち人間は、ただ眺《なが》めていることしか許され

なかった。

巨大な竜の後ろ姿は、見る間に小さくなっていき、やがて夜空の果てに見失ってしまった。

咒式事務所を訪れた、美貌の依頼人。その依頼は、主人の元を離れた〈擬人〉を探すこと。ガユスとギギナは無事に依頼を果たすことが出来るのか？

されど罪人は竜と踊る

演算されし想い

「私は人形、良い人形♪」

エリダナの街に雨の銀線が掛《か》かり、雨粒《あまつぶ》がすべてを濡《ぬ》らす。

ネオンの灯《ひ》も遠い路地裏に、寂《さび》しい歌声が響く。どこか調子の外れた歌を唄《うた》いながら女が歩いていた。

薄汚《うすよご》れた侍女服に黄金の髪《かみ》を垂らして、女はどこか非人間的に整った顔をしていた。濡れたアスファルトに滑《すべ》り、女が倒《たお》れた。ゴミ収集所のビニル袋《ぶくろ》に頭から突《つ》っこみ、残飯がブチ撒《ま》けられ、酒瓶《さかびん》が耳障《みみざわ》りな音を立てて転がる。

女は倒れたまま動かなかった。壊《こわ》れた人形のように横たわっていた。一匹《ぴき》の鼠《ねずみ》が、鼻先を蠢《うごめ》かせて女の顔を覗《のぞ》きこむ。

女の瞳《ひとみ》は鼠を見ていた。手を伸《の》ばすと、鼠が逃《に》げていく。しばらくすると戻ってきて、女の指先に付いた残飯を齧《かじ》る。

雨音に掻《か》き消されそうになりながらも、女の唇《くちびる》は小さな小さな歌を紡《つむ》いでいた。

窓硝子《まどガラス》の向こう側に、雨粒たちが作る幾百《いくひやく》もの支流。雨に閉《と》ざされた外界を眺めながら、俺は予備校の廊下《ろうか》を歩いていた。

天気予報は降水確率五〇%。その地域のどれくらいの面積に雨が降るかの確率なので、俺の位置は半分の確率に当たったのか外れたのかしたのだ。ただし、単車で来たので、帰りは一〇

〇%の確率で俺は濡れるのだろう。

「センセー、さいならー」「真っ直《す》ぐにお家《うち》に帰ってね」と挨拶《あいさつ》しながら、生徒たちが俺を追い抜《ぬ》いていく。

「はいはい、若者は雨の日も元気でいいな。十歳越《こ》えたら元気は取り柄《え》のうちに入らないから、ほどほどにね」

俺が優《やさ》しい忠告をしてやると、「センセこそ青いね」だの「死んじゃえ、老人」だの元気な減らず口が返ってきた。傘《かさ》を抱《かか》えて出口へと走っていく少年少女たちを見ながら、素直《すなお》でいいねと思っていた。

後は単車で帰るだけ。いや、ジヴの家に寄ろう。雨に濡れた俺を、ジヴが温めてくれるという場面設定は悪くはない。最近、ジヴも俺のいろいろな要求に応《こた》えてくれだしたし。

「ガユスさん、少しよろしいですか？」

予備校の出入り口で、メネケアの柔《やわ》らかな声に呼びとめられた。初老の経営者は、太り気味の体と相変わらずの眠《ねむ》たげな瞼《まぶた》をしていた。

「……これは、春から講師のレシドさんやアルノルンさんとも相談したのですが」

眠たそうな顔のままメネケアが傘を広げ、変な間を作り出す。初老のメネケアは、柔和《にゅうわ》な顔から真剣《しんけん》な表情を作り出そうとしていたようだ。

「ガユスさん、正式にうちの社員講師になりませんか？　何というか、この過当競争の時代、試験対策に強い講師は手放したくないのです」

「いや、俺には向いていないので、このまま非常勤が分相応だと」

メネケアが悩《なや》むような顔をした。

「攻性呪式士《こうせいじゅしきし》ですか。失礼かもしれませんが、それこそあなたに向いていないような気もしますが？」

「最近、特にそう思いますよ。ですが……」

「仕方ないですね」

メネケアが諦念《ていねん》に達したようだ。

「ああ、ついでに次の土日にも入ってもらえませんか？　レシドさんがご友人の結婚式《けっこんしき》に出るそうなので、代わりが見つからなくて困っているのですが？」

「はい、俺で良ければ」

俺は自然な笑顔《えがお》で答える。自分の内心と外面を切り離《はな》すことができれば、まずは社会人試験合格だ。できないなら、マヌケと愚か者が尊敬されるという、別の物理法則の世界に生きるしかない。

「あなたは、不真面目《ふまじめ》なようで真面目ですからねぇ。辛《つら》くないですか？」

「そうじゃない人間がいたら怖《こわ》いですね」

小さく笑ったメネケアが傘を肩口《かたぐち》に掲《かか》げ、雨の中に去っていく。俺はしばらく考えていたが、何を考えているのかを考えだしていた。すぐに頭が悪すぎる思考だと気づいて停止、削除《さくじょ》、全《ぜん》廃棄《はいき》。

「遠回しに説教も受けたし、帰るか」

重い足取りでセルトゥラへと向かい、七十八年式の単車の胴体《どうたい》に跨《また》がる。雨とはいえ、初夏の気温のために起動も滑《なめ》らかだった。単車ではなく、携帯《けいたい》も振動《しんどう》していることに気づいて通信をつなげる。

「ガユス、仕事だ」

ギギナの声だった。

「時候の挨拶とか入れろ」

「私も事務所へと帰還《きかん》しているところだが、電話してきた依頼人《いらいにん》も向かっている。どちらか早いほうが迎《むか》えることになる」

「見事なまでに会話をする気がないな。だったら返事は一つ。知るか。俺はこれからジヴと寝《しん》台《だい》上の格闘《かくとう》技《ぎ》を控《ひか》えている身だ」

相棒からの通信に適切な返答をして携帯を切り、単車を発進させる。途端《とたん》に雨が斜《なな》めになり、俺の鼻やら頬《ほお》やら額やらを叩《たた》いてくる。新カルナ駅前通り沿いに雨のエリダナを南下。赤信号の前で停車。右折してネレス通りに出ようと思ったが、諦《あきら》めの吐息《といき》とともに直進した。

ここら辺が、俺の生真面目《きまじめ》なところなのか、依頼人（不愉快《ふゆかい》な）＋ギギナ（不機嫌《ふきげん》な）＝死体という方程式が予測できてしまうのが怖いからかは微妙《びみよう》なのだけど。たまにだが、自分の小器用さと流されやすさが嫌《きら》いになる。

しばらく走って右折。水飛沫《みずしぶき》をたてて、単車を停車する。ギギナは事務所の扉《とびら》を開けようとしており、青い傘を差した依頼人が俺を振《ふ》り返ったところだった。

雨よりも冷たそうな女の美貌《びぼう》が、大仰《おおぎよう》に驚《おどろ》いているような表情を作っている。

依頼人の瞳《ひとみ》には、温度が感じられなかった。

路地裏のゴミ捨て場。ビニル袋《ぶくろ》とゴミ箱の間に倒《たお》れ、女は雨に打たれたままだった。懐《なつ》いた鼠《ねずみ》を胸に抱《だ》きしめ、虚《うつ》ろな目はアスファルトの表面を見つめつづけていた。汚《よご》れた運動靴《うんどうぐつ》が通りすぎていくのが視界に入り、去っていった。女が倒れた姿勢のままでいると、足音とともに、先ほど通りすぎた運動靴が戻《もど》ってきていた。

「あ、あの……大丈夫《だいじょうぶ》ですか？」

顔を動かすと、女を覗《のぞ》きこむ青年の顔があった。

「あ〈擬人《クンスツ》〉」小さく叫《さけ》んだ言葉を後悔《こうかい》するように、青年が続ける。「あの、その大丈夫、僕は君を人形だとは差別しないよ」

自分で自分に言いわけする青年。女は漫然《まんぜん》と青年を見つめるだけだった。

「あの、僕はトッシュっていうんだけど、そこの工場の技師で、その工業用擬人の設計と修理をしているんだ。だから、その、あの、主人に捨てられたり壊《こわ》れたりして困っているなら助けられるんだけど？」

青年が勢いこんで説明すると、女が微笑《ほほえ》んだ。儚《はかな》く清楚《せいそ》な笑みで。

胸元《むなもと》に翳《かざ》された可憐《かれん》な手。

掌《てのひら》に乗っていた鼠が、無垢《むく》な瞳で首をかしげる。


事務所の応接椅子《いす》に座った依頼人は、レイリエ・レンツァーリと名乗り、人探しを依頼してきた。

年齢《ねんれい》は俺と同じくらいに見え、黄金の髪《かみ》に冬の湖色の瞳。体温の低そうな感じの美人だった。表情は、教科書に例として載《の》せたいほどの分かりやすい困惑顔《こんわくがお》。

濡《ぬ》れた上着を着替《きが》え、応接椅子に座ったギギナの隣《となり》に腰《こし》を下ろす。

「それで誰《だれ》を探したらよいのですか？」

内心の苛々《いらいら》を押し殺し、営業用の自然な笑顔を作り、落ちついた声で尋《たず》ねる。

女の右手が、大きく開いた自らの襟元《えりもと》に差しこまれ、何かを探す。襟元から覗く、豊かな乳《ち》房《ぶさ》の上半球のほうが気になったが。

「この女性を、ラトーサを探して欲しいのです」

男限定の強力な重力場から視線を引き剝《は》がし、取りだされた女の携帯《けいたい》電話を眺《なが》める。華奢《きゃしゃ》な指先が操作し、立体映像が浮《う》かびあがる。

濃紺《のうこん》と白の侍女服を着こんだ、細身の金髪女《きんぱつおんな》。蠱惑《こわく》的な碧玉《へきぎょく》の瞳は、柔《やわ》らかく微笑んでいた。どこか甘えるような可憐な美貌より、広い額に刻まれた紋章《もんしょう》が目に止まる。

「よりにもよって〈擬人《クンスツ》〉か」

擬人。人間に造られた人造人間。炭素基骨格と炭素繊維《せんい》、人工筋肉や皮膚《ひふ》で構成された生体機械。最近では、培養槽《ばいようそう》で急速成長させられ、一年で成体になる複製人間紛《まが》いのものまでいるそうだ。

共通する点は、脳の宝珠《ほうじゅ》にこめられた指示式である程度の自立思考をし、何より人間に忠実に従うこと。

立体映像を俺の知覚眼鏡《クリークブルレ》で拡大し、額にある認識章《にんしきしょう》の形式番号を読みとる。

「ベロニアス社のノード後期型、九十六年式。あの最高級の失敗作の擬人か。かなり弄《いじ》ってあって、認識章がないと原型すら分からないな」

「ラトーサは性玩具用でして、それが何の原因で指示式に狂《くる》いが生じたのか、七日前に主人の元から逃《に》げだしたのです」

「主人ということは、目の前のおまえは依頼主の代理か」

俺は急に疲《つか》れてきた。

「どうして本人が現れないかといえば、非合法な改造のしすぎで身元を辿《たど》られると困る。かといって冗談《じょうだん》みたいに高価な、お気に入りの擬人を手放したくないといったところとか？」

念入りな指摘《してき》というか俺の嫌味《いやみ》に、レイリエは誤解しようもないほど曖昧《あいまい》な微笑みを浮かべている。答える気などないということらしい。

「詳《くわ》しい事情は話せない依頼主《いらいぬし》。私はそういう依頼は気に入らないな」

ギギナが拒否《きょひ》を提案し、戸惑《とまど》った表情を作って迎《むか》えるレイリエ。女の内心は動揺《どうよう》すらしていないのだろう。

「べつに事情は知りたくない。依頼されたら探す。それだけだろ？」

俺の言葉に、ギギナの瞳がさらに温度を下げて無言が続く。結局、俺の職業倫理《りんり》観が勝った。

皮肉な笑《え》みの典型を実践《じっせん》するかのように、レイリエが口の端《はし》を歪《ゆが》める。

「受けていただくのはありがたいのですが、あなたも何か気に入らないようですね？」

「べつに。どんなくだらない仕事でも、妥当《だとう》な金が支払《しはら》われれば何の文句もない」

「あなたに高貴な魂《たましい》がなくて良かったわ」

「欲しければ、そんなもの七イェンで売りますよ」

珍《めずら》しく書類契約《けいやく》にすることにした。棚《たな》から引っ張りだされ、机に並べられる書類。レイリエの瞳には、胡散臭《うさんくさ》いものを眺める色。それでもレイリエは素直《すなお》に書類に署名し、端正《たんせい》な文字が描《えが》かれていった。

「今どき、こんな古風な契約は国家文書くらいですよ？」

「古き良き伝統もいいことがある」

俺がうながすと、レイリエが携帯を操作した。自分の携帯で入金を確認し、俺たちは依頼を受けることになった。

「見つかりませんね。雨だけは余るほどあるというのに」

つぶやいたレイリエは、傘《かさ》を差して歩道橋に立っていた。傍《かたわ》らの欄干《らんかん》に肘《ひじ》を載せていた俺も、携帯を畳《たた》む。

「そうですね。『空と海は永遠に出会えない。ただ、か細い雨だけがつなげている』という詩人の言葉もあります」

「ジグムント・ヴァーレンハイトですか。似非《えせ》詩人もあなたも、何をたとえたのやら」

レイリエの言葉どおり、両者の溝《みぞ》は埋《う》まらない。警察に問いあわせてみても拾得届けが出ておらず、ヴィネルの情報網《じょうほうもう》にも引っかからない。

「映画だと、依頼のすぐ後に事件が急展開したり、なんらかの情報が飛びこむものですが」

「映画なら、食事や睡眠《すいみん》や入浴、用足しは編集して飛ばせるからね」

俺は楽しくない推測を告げる。

「人形の辿った可能性で高いものは二つ。指示式が壊れてエリダナの外へと出ていった。最悪だと海だか谷だかに落ちているかもしれない。もしくは、業者に捕《つか》まってどこかへと売り飛ばされたのか」

「どちらもありえませんね」

レイリエが冷然と切って捨てた。

「ラトーサには、エリダナから出られないように強力な指示式が組みこまれていますし、出れば信号が私に届きます」

俺は傘の角度を変えて雨を防ぐ。ギギナは雨に濡《ぬ》れるのも構わずに、傘を差してもいない。確かに小雨だが元気すぎるだろ。

「ギギナも探せよ」

「聞こえないな」

「聞こえないと返事している時点で聞こえているだろ？」

冷たく指摘すると、ギギナが片眉《かたまゆ》を上げて不愉快《ふゆかい》さを示した。それはこちらの態度だ。

「おまえの脳は外部取りつけ型かよ。急いで内蔵型に変更《へんこう》してくれ、それが人類の標準規格だよ」

「脳髄《のうずい》遠投型の貴様に言われたくはない。思考のたびに脳を投げ捨てるが、拾って戻《もど》す手間を惜《お》しむから会話が成立しない」

ギギナは犬の糞《ふん》でも見ている瞳《ひとみ》。視線を眼下に戻すと、いつでもやっている道路工事の現場があった。重機を操《あやつ》る人間たちに交じり、擬人が砂袋《すなぶくろ》を担《かつ》いだり簡単な仕事をしていた。

通りの先の風俗店《ふうぞくてん》では、呼びこみの擬人が女の姿態で微笑《ほほえ》んでいた。俺が眺《なが》めている間も、その笑顔は何一つ変化しない。

「最近になって、ようやく〈擬人《クンスツ》〉が家一件の高価な玩具《おもちゃ》から、少し高価な自動車並みの値段になってきましたね」

何の前触《まえぶ》れもなく、レイリエがつぶやいた。

「その口ぶりからすると、やはり擬人関係者ですね」

「やはり、とは？」

「予測ですよ。ま、たしかに、ここ数年の技術革新は凄《すご》いものがありますけどね」

雨に煙《けむ》る雑踏《ざっとう》から、女の冷やかな横顔へと視線を戻す。

「お蔭《かげ》でツェベルン龍皇国《りゅうおうこく》の失業率も上がっている。単純労働や接客業などで、擬人に取って代わられていく人間に聞かせてやりたいですね」

「それは、大昔、初めて機械設備が導入された時にもあった嘆《なげ》き。時代に取りのこされた弱者の嘆きですよ」

レイリエの体温の低そうな含《ふく》み笑い。あまり俺が好きではない類《たぐい》の笑みだ。見たくもないので、街へと視線を戻すが、女の言葉は続けられていく。

「擬人には給料も社会保険料もいらず、必要なのは栄養剤《ざい》と調整と修理の費用だけ。少々高価だろうと、数年で元が取れる。不平も言わず勤勉に働き、労働争議も起こさず、主人には絶対服従。あなたが経営者なら人間と擬人、どちらを雇《やと》いますか？」

「〈擬人〉でしょうね」

「ついでに言えば、性産業の女性の搾取《さくしゅ》の低減に役立っているとも思えませんか？」

「さすがに、人形相手に愛を交《か》わしたことはないのでね」

映像保存機器に電脳網《もう》、記憶《きおく》素子。何かを普及《ふきゅう》させるには男の色欲に訴《うった》えかけるものが強い。俺もその一人なので、未来永劫《えいごう》有効な商売戦略だと思うが、女の肉体そのものの代用品まで用意されるとは正直な時代だ。

「言動の端々《はしばし》から感じたのですが、あなたは〈擬人〉がお嫌《きら》いなのですか？」

「嫌いとは言わないが、好きでもない」

俺は吐《は》き捨てる。

「笑おうが、何しようが人工人格ですよ。そういう風にしろという指示式に従っているにすぎない。喋《しゃべ》る自販機《じはんき》相手に感情を抱《いだ》くのは難しいですね」

「同感だ。私も同じ経験をしている」

ギギナが俺の方を見ながら意見を述べやがった。俺もギギナについては同意見だけど、よく考えなくてもイヤな人間関係！

「人間も変わりませんよ」

レイリエの顔に悲痛なものが浮《う》かぶが、俺たちは何も返事できない。ギギナは面倒《めんどう》なだけだろうが。遠慮した迂遠な探りあいにも飽きてきた。小さく息を吐いて口調を戻し、レイリエの正体を告げる。

「それで〈擬人〉が擬人を探すのは何の目的なんだ？」

「分かっていましたか」

平坦《へいたん》な声で答えたレイリエ。物憂《ものう》げな動作で、重い前髪《まえがみ》を掻《か》きあげる。

現れたのは認識《にんしき》番号と製造年月日が並ぶ認識章。それによると、皇暦四九六年七月三日製造の満一歳らしい。艶《つや》っぽい一歳児もいたものだ。

「認識章も見ずにどうして分かりました？　私の人工人格は、人間と見分けがつかないほど精密に構築されているはずですが？」

「おまえは完璧《かんぺき》すぎだよ」

俺は懐《ふところ》から契約《けいやく》書類を取りだした。折り畳《たた》まれた紙を広げ、署名の欄《らん》を見せる。

「どこの人間が、大きさも癖《くせ》も一ミクロンすら変わらない文字を連続で書けると？」

書類の末尾《まつび》には、機械印刷されたように正確無比な「レイリエ・レンツァーリ」の文字が並んでいた。欄干《らんかん》に背を預けてギギナが笑っていた。

「表情が少し大仰《おおぎょう》にすぎるし、女にしては私の嗅覚《きゅうかく》に引っかからないのが怪《あや》しい」

ギギナが自らの完璧な造形の鼻を指先で指し示す。

「完璧でも揺《ゆ》らぎを設定しても難しいようですね。次からは気をつけましょう。では、私も本来の対応人格に戻《もど》りましょうか」

レイリエの整った顔から、不自然な感情が消えた。贔屓目《ひいきめ》に見れば、無表情な人間といったところだ。

本当はヴィネルに身元照会させて、引っかからないところから大雑把《おおざっぱ》に予測しただけだけど、それは言わない。

「実は、ラトーサは私の妹。私たちは人形師ヌアザンに造られた姉妹機なのです」

「ヌアザンといえば、その世界では偏屈《へんくつ》で有名な人形技師だな」

だとすると、あの偏執《へんしゅう》的な改造も納得《なっとく》できるというものだ。人形師ヌアザンに人体蒐集家《しゅうしゅうか》ミデストル、そして数えきれないほどの同類。エリダナは変態で溢《あふ》れている。

俺は記憶に齟齬《そご》があるのに気づいた。

「待てよ、確かヌアザンは、先週に変死体で発見されたとか聞いた記憶があるが？」

俺の言葉に、ギギナの瞳《ひとみ》に刃《やいば》の鋭《するど》さが宿る。

「ならば、どこの誰《だれ》の依頼《いらい》なのだ？」

「誰の代理でもありません。私の意志による依頼です」と真面目《まじめ》に答えたのはレイリエ。

「擬人の意志ねぇ」

俺は喉《のど》の奥で笑った。

「笑えない冗談《じょうだん》は嫌いじゃないけど、ちょっとやりすぎだね」

「今日はこれ以上の動きはないですね。それでは、また明日」

「お人形さんの依頼を続行するとは言っていないが？」

返事代わりに傘《かさ》を揺らせた、レイリエの背中。

雨に煙《けむ》るエリダナの街角に、擬《ぎ》人の後姿が去っていった。


エリダナ市街南東部の工場街。薄汚《うすよご》れた街の片隅《かたすみ》に、トッシュのアパートがあった。

玄関《げんかん》からの狭《せま》い廊下《ろうか》の両脇《りょうわき》は、雑誌やゴミ袋《ぶくろ》が壁《かべ》となっていた。

同じようにゴミで足の踏《ふ》み場もない乱雑な室内。椅子《いす》に座ったラトーサは、周囲の様子に興味もなく、掌《てのひら》の中の鼠《ねずみ》を撫《な》でているばかりだった。

「汚《きたな》いところだけど我慢《がまん》してくださいね」

ラトーサの笑顔《えがお》が上がり、トッシュの顔を見つめる。トッシュが照れたように笑い、真新しい拭布を引っ張りだす。

「世間の人間は、擬人の人工人格は作り物にすぎないと言うけれど、僕は違《ちが》う。思考がある以上、人間と同じ存在だと思う」

ラトーサの微笑《ほほえ》みに、青年の手が伸《の》ばされる。

「まず、顔を拭《ふ》かないとね」

トッシュの手の中の拭布がラトーサの頬《ほお》の汚れを優《やさ》しく拭《ぬぐ》っていく。次に腕《うで》、そして肩《かた》。首筋へと這《は》っていった手が止まる。

見上げたトッシュとラトーサの目が出会う。ラトーサは微笑んだままだった。

拭布を握《にぎ》ったトッシュの右手が、擬人の侍女服の襟《えり》の中に入っていく。白い鎖骨《さこつ》、胸元《むなもと》。そこでトッシュの手は拭布を手放し、代わりに握ったのはラトーサの乳房《ちぶさ》。ラトーサは抵抗《ていこう》せず、鼠を抱《だ》いたまま微笑みつづけている。

トッシュは息を呑《の》み、ラトーサを寝台《しんだい》に押し倒《たお》す。撓《たわ》む寝台の上で、泥《どろ》に汚れたラトーサの服を毟《むし》りとるように脱《ぬ》がせていく。その間もラトーサは抵抗もせず、トッシュにされるがままになっていた。

ラトーサの熱い乳房に胸を埋《うず》めながら、トッシュが譫言《うわごと》のようにつぶやいていた。

「君たちは、汚《けが》れた人間に代わる新しい人類なんだ。憎《にく》まず、嫉《そね》まず、僻《ひが》まない。素晴《すば》らしい知性体だ」

ラトーサが微笑み、自らの乳房に齧《かじ》りつくトッシュの頬へと手を伸ばす。見上げるように導かれたトッシュの目とラトーサの瞳が、双丘越《そうきゅうご》しに出会う。

「あなたは疲《つか》れたのね。苛《いじ》められたのね。辛《つら》いのね」

「ああ、やはり君は素晴らしい人間だ。そうだよ、僕は職場では無能な上司に責められ、愚鈍《ぐどん》な同僚《どうりょう》にはバカにされる。風俗《ふうぞく》の女は陰《かげ》で僕を笑っている」

トッシュの顔が歪《ゆが》み、ラトーサが無邪気《むじゃき》に笑う。

「大丈夫《だいじょうぶ》。私には分かる。不当に評価されたあなたを、私が癒《いや》してあげる」

慈母《じぼ》のような目に、トッシュの内部に黒い感情が迸《ほとばし》る。

「……笑うな」

押し殺した男の声に、ラトーサが理解できないといった目を向ける。

「あなたが気に入らないなら止《や》めます」

ラトーサの顔から、笑みやいっさいの表情が消失、陶磁器《とうじき》のような顔が現れる。それは無機質で無慈悲《むじひ》な機械にしかみえない顔。

「人形めっ！」

乱暴に男の手が払《はら》われた拍子《ひょうし》に、ラトーサの手から鼠が床《ゆか》に落ち、甲高《かんだか》い鳴き声をあげる。

「人形め、人形めっ！　心なんかないくせに、分かったような顔をするなっ！」

トッシュの手がラトーサの首に掛《か》かり、絞《し》めあげていく。トッシュの眼球には毛細血管と絶望が浮《う》き出ていた。

部屋の隅《すみ》へ逃《に》げていく鼠に、自らの首をしめるトッシュに、ラトーサは優しく微笑んだ。

翌朝も相変わらずの雨模様。事務所には誰も居《お》らず、俺一人だった。別に継続《けいぞく》する気もないのだが、電話や携帯《けいたい》を調べてもラトーサに関《かか》わる情報は皆無《かいむ》。ヌアザンについては少々イヤな話を知った。

本当にやることがなくなったので、財務整理でもしてみる。〈曙光の鉄槌〉事件以来、大企《だいき》業《ぎょう》の仕事があるので、まあまあ安定した収益。俺がいろいろ悩む必要もあまりない。ついでに急ぎの予定もない。

素晴らしく満ち足りた気分でいると、応接室の棚《たな》からはみ出ていたものが目に入る。少し前から放置されている趣味《しゅみ》の品だ。

応接室の隅に画架《がか》を立てかけて、電子画布を展開させてみる。

映ったのは会社の制服を着たジヴの座像。本当は裸《はだか》を描《か》きたかったが、ジヴに音速で拒否《きょひ》され、おまけに回転踵落《かかとお》としという大技《おおわざ》を脳天に披露《ひろう》された。急所を外していなければ死んでいたような気がする。

俺の純粋《じゅんすい》かつ崇高《すうこう》な芸術的欲求、ジヴの裸を明るいところで眺《なが》めていたいという下心を理解しないとは。

完璧《かんぺき》に理解しているからこそ拒否しているのだろうけど。

陽光に透《す》ける髪《かみ》、翡翠色《ひすいいろ》の瞳《ひとみ》で微笑むジヴの姿までがほとんど完成していながら、忙《いそが》しさにかまけて半年も放置していた。時間つぶしに背景と効果を加え、仕上げてみるのもいい。

ジヴの誕生日の贈《おく》り物をこれにして安く上げようという計算は……、止めておこう。この歳《とし》でそれをやったら、俺もジヴも落ちこむ。

呼び鈴《りん》も鳴らずに扉《とびら》が開いた。低温の瞳で笑顔《えがお》という、矛盾《むじゅん》した顔を成立させたレイリエが立っていた。

「おまえの依頼《いらい》を続けるとは言っていない。そして問題は、どうやって電子と呪式《じゅしき》の鍵《かぎ》と防犯装置で固められた扉を開けた？」

「二つの問いに答えは一つです。これは我ながら俗《ぞく》っぽい言い回しですね」

レイリエの背後から、ギギナの長身が現れた。見慣れない小さな椅子《いす》を抱《かか》えていた。

「ガユス、こいつはいい女だ。気前よくヌアザンの蒐集《しゅうしゅう》していた珍《めずら》しい椅子をくれ……」

ギギナの嬉《うれ》しそうな声の後半は、俺の耳が拒否した。そういうのは贈り物ではなく、賄賂《わいろ》だとかいうのですよ？　縦か？　縦社会なのか!?

小馬鹿《こばか》にしたギギナの視線が俺を補捉《ほそく》していた。原因の画布を横に押しやって、俺は重量級の溜《た》め息を吐く。溜《た》め息が癖《くせ》になっている。

「分かったよ、別に断る理由はないし、ギギナが椅子を手放す可能性もありえない。依頼は続行しよう」

「誠意が伝わって嬉しいわ」

ギギナのアホが、椅子の置き場所を考えているのは無視。応接椅子に座るレイリエの向かいに、俺は腰《こし》を下ろす。携帯を開いて、情報を並べていく。

「最初に警告。ヌアザンのことは調べた。一般《いっぱん》には極度の人間嫌《ぎら》いの人形技師くらいに思われていたが、実際は、黒社会御用達《ごようたし》のふざけた人形を造っていたそうだな」

椅子の置き加減を確かめているギギナが、背中で続ける。

「さらには〈ベギンレイムの尻尾《しりお》〉と呼ばれ、禁忌《きんき》の実験を繰《く》り返す咒式士《じゆしきし》集団の末端《まったん》だという噂《うわさ》もあるが？」

レイリエは否定しなかった。

「仰《おっしゃ》るとおり、ヌアザンはトリトメスに師事していた時期があったようです。彼は自分を評価しない人間と、この世界が大嫌《だいきら》いで、人形しか寄せつけませんでした。そして自らの研究の資金のために、黒社会や変質的な顧客《こきゃく》の望む非合法の擬人を造ってたのも事実です」

レイリエが言葉を濁《にご》し、やがて続けた。

「私とラトーサは、ヌアザンの最後の作品、暗殺用の〈擬人《クンスツ》〉として造られたのです」

レイリエの言葉が、室内を吹《ふ》きわたる。雨が窓硝子《まどガラス》を叩《たた》く音が耳障《みみざわ》りだった。

「擬人の筋力出力や思考の限界は、厳格に定められ規制されているが、無視か？」

「素体は認識章《にんしきしよう》目当てで、中身はまったくの別物です。私は情報支援《しえん》型ですが、ラトーサは原始的ながら、増強された人工筋肉の剛力《ごうりき》で押したり、男に抱《だ》かれながら性器内の毒針で刺《さ》すという機能が付いています」

レイリエが口の端《はし》を歪める。

たしかに女暗殺者は有効だ。女を警戒《けいかい》しながら抱く男は少し変だ。

「我らが創造者たるヌアザンは、私が言うのもなんですが、かなり特殊《とくしゅ》な思考を持っていました。意識とはなんなのか、人工知能は心と意識たりえるのかと常に考えていました」

「たしかに変態だ。それを今、この場でおまえに言わせているヌアザンの指示式も含《ふく》めてな」

「そこで一体の擬人の脳を分けて」レイリエが自分の頭を指さす。「私が言語と論理の左脳思考、ラトーサが感情と直観の右脳思考のみという極端《きょくたん》な宝珠脳《ほうじゅのう》を授《さず》けられました」

俺は言うべき言葉を喪失《そうしつ》した。俺の思考を読んだかのようにレイリエが続ける。

「ええ、完璧にお遊びの実験体です。私とラトーサは長く生きられないように作られ、持って一年。製造年月日からすれば、この身が滅《ほろ》ぶのももうすぐでしょう」

俺は〈擬人〉に意識があるのか懐疑《かいぎ》的だ。だが、意識があると仮定して擬人姉妹を造ったのなら、道徳や倫理《りんり》心《しん》の欠片《かけら》もない実験だとしか思えない。

「ラトーサは自分の存在意義に悩《なや》み、ときどき私に問いかけてきました。『自分の懊悩《おうのう》と苦痛が、本当に自分の心なの？　これもヌアザンの組みこんだ指示式のうちなの？』と」

レイリエの双眸《そうぼう》は俺を見てはおらず、過去を眺めていた。もちろん、そういう風に見せる機能なのだろう。

「混乱しきっているラトーサを、主人のヌアザンはむしろ楽しんでいました。ある夜いつも以上に激しく抱いたのですが、その時、ラトーサは膣内《ちつない》の毒針を使ってヌアザンを毒殺し、さらに剛力で首を折った」

「人形が主人を殺すだと？　意識的に!?」

思わず大声をあげてしまった。レイリエが静かにうなずき、事実だと重ねて肯定《こうてい》した。

機械の反乱なんて起こるわけがない。擬人の脳には、主人に仕えるのが喜びだという絶対目的が設定されているのだ。利害感覚や遺伝子の縛《しば》りがない人形に、憎悪《ぞうお》や殺意が存在するとも思えない。だがしかし、ありえないはずのことが起こってしまった。

「ラトーサの心は、主人の殺害で決定的に壊《こわ》れてしまった。そして逃《に》げたのです」

「擬人に狂《くる》うような自我があるとは思えないけどな」

「では何が原因だと推測します？」

「そう言われると、専門家でもない俺は困るのだが」

「だから私は知りたい。どの基準までが機械的な仕組みなのか、どの複雑さからが心と呼べるものなのか」

レイリエの顔の人工皮膚《ひふ》に、疑問が浮《う》かびあがっていた。しかし、よくできている人工人格だね。

「ヌアザンの造った人形たちはすでに本人が廃棄《はいき》し売却《ばいきゃく》し残っていません。最後の作品たる私とラトーサが、それを確かめなければならない」

「貴様がラトーサを探す意志も、ヌアザンの指示式のうちだとしか思えぬ。自分の意志だとどうして確信できる？」

言葉とともに、ギギナが俺の右隣《みぎどなり》に腰《こし》を下ろす。雨に塗《まみ》れたままで来るという繊細《せんさい》さのなさに逆に感心。十歳児並みの元気さだ。

「では私たちの意思や意志は何ですか？　レイリエという人格は、主人が入力したものにすぎないと？」

レイリエが俺たちを見つめている。外見の涼《すず》やかさとは反比例した粘着質《ねんちゃくしつ》な問い。逃げは許してくれないだろう。

「生物の心と人工知性の差か。生物といっても細菌《さいきん》やウイルスに意識があるとも思えないし、物質的基盤《きばん》が重要ではないことはたしかだ。意志と知性の定義もはっきりしないし上手《うま》く言えないが、現実と虚構《きょこう》の違《ちが》い、かな？」

「では、現実と虚構の違いとは何です？」

レイリエが重ねて問うてくる。

「一回性、じゃないか？」

「では、あなたも虚構です。あなたは二度死んだと聞きます。以前のあなたと同じ存在だと証明できますか？」

「死ぬ寸前で引きもどされただけだよ」

「そうか？　もしかすると本当のガユスはあの時死んでいて、今のガユスは二代目、三代目のガユスかもしれぬぞ。どれも負けず劣《おと》らずの欠陥品揃《けっかんひんぞろ》いなのが残念だが」

苦笑《くしょう》まじりのギギナの言いぐさに、俺は少し不安になってきた。

自己の連続性を考えはじめると、俺の自意識こそ怪《あや》しい。自分の意識が本当に自分のものだという確信が持てない。

「さらに虚構が繰《く》り返し可能がゆえに虚構ならば、一度きりで戻《もど》れないようにすればいいだけなのでは？」

「不可知論だね。結局、心を欲しがるということは人間にでもなりたいわけ？」

「まさか」

口角を跳《は》ねあげるレイリエの嘲笑《ちょうしょう》。視線だけが凍《こお》りついていた。

「嫉妬《しっと》し憎悪する非効率さは、遺伝的淘汰《とうた》ゆえに残った特性といえど、すでに時代遅《おく》れです。炭素基のあなたがたは旧世代の知性体ですよ」

「それが知的生物の成立条件だとも思うけどね」

俺には上手い反論はない。する気もないが。

「心の存在から話がずれてきている。そろそろ地道に動いて、迷子《まいご》の殺戮《さつりく》人形を探す時間だ」

レイリエの唇《くちびる》がまだ問いつづけたそうにしていたが、構わず俺は立ちあがった。中世の神学生のような非生産的な論議に飽《あ》きてきたのだ。一イェンも生まない言葉遊びをしているほど無邪気《じゃき》にはなれない。

出しっぱなしになっていた画布を畳《たた》もうとすると、声がかかってきた。

「構図は第二次心象派気どり、色彩《しきさい》と処理はエギル・エギレラの影響《えいきょう》。素朴《そぼく》で質実な画風を装《よそお》ってはいますが、透《す》けてみえるのは軽薄《けいはく》で軟派《なんぱ》な思惑《おもわく》だけですね」

背後からレイリエが俺の電子画を覗《のぞ》いていた。俺は人形に少し意地悪をしてやる。

「おお、世に溢《あふ》れる素人《しろうと》評論家様のご登場だ。では、おまえが絵を描《か》いてみな。対象は、まあ俺でいいな」

レイリエは困惑《こんわく》しきったような表情をしていたが、俺は女の手に無理に電子筆を握《にぎ》らせる。電子画布を白紙に切りかえてやっても、レイリエは迷っていた。

「さすがに、絵を描くことはできないのか？」

「私の宝珠脳《ほうじゅのう》の演算力を軽視しすぎですよ。絵を描くくらいの指示式はあります」

俺が応接椅子《いす》の背もたれに腰《こし》掛けると、レイリエの手が動きだす。凄《すさ》まじい速度の筆致《ひっち》で俺の姿が模写されていくのが見えた。

「すでに完全記憶《きおく》したので、動いてもいいですよ」

立ちあがった俺が近づいても、レイリエは筆の動きを緩《ゆる》めなかった。横から眺《なが》めていた俺が欠伸《あくび》を二回していると完成した。

画面には、俺の不機嫌《ふきげん》そうな顔、筋肉のうねりまでもが肌《はだ》の上に正確無比に模写されていた。得意げを装うレイリエの顔だが、俺には予想どおりすぎてつまらなかった。

「まるで写真だな」

「正確だと言ってほしいですね」

「ガユスの姿を写してはいるが、内面の卑《いや》しさと無能さが表現しきれていないな。あと二枚めの舌が足りないのが不正確だ」

椅子に座ったままのギギナの意見。絵について語るにも、審美眼《しんびがん》や画力という最低限の資格がギギナにはないので黙殺《もくさつ》する。俺の姿が怪物《かいぶつ》に見えているような歪《ゆが》んだ視力は、特に信用ならない。

「同じ指示式を組みこまれた他《ほか》の擬人も、まったく同じように描く。おまえが心、つまり自我を主張するわりには、個々の特性がない」

分別くさい笑みが、レイリエの口の端《はし》に形成される。

「人間とてそんなに独自性があるわけでもありません。ある程度の類型に分別できますよ」

「たしかに、くだらない人間ほどどれも似たような言動をしている。だけど、それぞれはまったく同じくだらなさではないってね」

「それは不正確さの言いわけです。描画式《びょうが》を変換《へんかん》し、画風に乱数を入れれば、個性という不正確さも私に発生しますよ」

「その方式では入力と出力が常に等価になるにすぎないな。いつでも交換《こうかん》可能な自我とやらが拠《よ》りどころになるのか？　そう思ったのは交換した人格のほう、それでいいのか？」

一言でレイリエが沈黙《ちんもく》する。機械と知性体の間で結論が出せない。俺にしても論理が飛びすぎだ。何に反発しているのだろう？

「次は自由に描いてみな。おまえが描きたい絵でいい」

俺の軽い言葉にも、レイリエの筆先が止まったままだ。

「できないのか？　では想像上の動物『ネシウボイアソク』を適当に描いてみてくれ」

なぜかギギナが嫌《いや》な顔をした。いくら待っても、レイリエの手は空中で固定されたまま微動《びどう》だにしなかった。

「教師に教えられて怠惰《たいだ》な生徒が返答するが、その内部には意志がない。〈擬人《クンスツ》〉も指示式に従ってそれらしく行動することはできるが、指示式以上の創造や直覚ができず、何より根本的な意欲や欲望がないんじゃないか？　それが意志や知性といえるかい？」

俺の言葉に、レイリエの手の中で筆が折られる。折れた筆が擬人の肌を傷つけ、鮮血《せんけつ》が流れた。俺の視線が注がれると、レイリエが華奢《きゃしゃ》な指先を掲《かか》げてみせる。白い指を彩《いろど》る血の雫《しずく》が、床《ゆか》に滴《したた》っていく。

「緑や白や青色の血液が出るとでも思いましたか？　肌の色を良く見せるため、ヘモグロビン基の赤い人工血液くらい流しますよ」

無言でレイリエの手を取り、俺の懐《ふところ》から取り出した簡易止血符で流血を塞《ふさ》いでやる。手当てを受けながら、レイリエが冷笑を浮《う》かべる。

「私の手当てをするのは、人形に心がないという意見に矛盾《むじゅん》していませんか？」

「ないとは言っていない、ただ分からないと言っただけだ。それに人間型をしているものが、目の前で血を流していたら気持ち良くはない。あとは床掃除《ゆかそうじ》が面倒《めんどう》くさい」

止血符の接着面が人工皮膚《ひふ》と同化していくのを見つつ、言葉を継《つ》ぐ。

「つまり、おまえの心の証明ではなく、俺のほうの心、ええと詳《くわ》しく言うなら進化を生き残った最適戦略のひとつ、互恵《ごけい》思想の証明だ。人間同士ですら、相手に意志があるかどうかは本質的には分からない。それこそ空と海のように断絶しているのだろう」俺は自らの言葉に混乱してきた。

「だけどそれでも、か細い雨であってもつながっていると信じるしかない。あー、おまえと会話するとややこしいな。したいからするだけだから、無視しろよ」

俺は苦笑いをするしかない。レイリエの顔の人工筋肉は、どんな表情を作ったらいいのかと決めかねていた。

「礼くらい言えよ。人間の演技も忘れたのか？」

レイリエが少し迷って続ける。

「この場合は、少し照れながらありがとうございます、と言うのが適当かしら？」

「笑顔《えがお》をもう少し追加しておけ。頭の悪い男、俺とかが喜ぶよ」

俺の親愛混じりの皮肉に、レイリエが器用に微笑《ほほえ》んでみせる。人工人格だろうが女の笑顔はいいものだ。男の仕事ってこれ以外にないだろうね。

椅子《いす》に座ったままのギギナは、理解不能だという顔をしていたが。その美貌《びぼう》が一瞬《いっしゅん》で引き締《し》まる。体内通信を受けたらしいギギナが、俺とレイリエへ刃《やいば》の瞳《ひとみ》を向ける。

「ベイリックからだ。どうやら人形が騒《さわ》ぎを起こしたらしい」

今どき色褪《いろあ》せたモルタル壁《へき》という旧式なアパートを、警察車輛《しゃりょう》が囲んでいた。進入禁止の帯の前に立つベイリック警部補が、俺たちに気づく。

顎《あご》で階段の方を指し示し、登りはじめたベイリックの背に、レイリエと俺たちの歩みが続く。錆《さ》びた鉄製の階段を登りながら、ベイリックが電子調書を広げて説明していく。

「おまえが問いあわせていた人形の仕業《しわざ》らしい。侍女服という、頭の螺子《ねじ》が何本か抜《ぬ》けた恰好《かっこう》の女を、通りすがりの人間が見ていた」

階段を登り切ると、コンクリ床の廊下《ろうか》が続いていた。一番奥の扉《とびら》の前で、紺《こん》の制服の警察士たちが忙《いそが》しそうに出入りしていた。

ベイリックの目が調書の最初に戻《もど》る。

「それで、被害者《ひがいしゃ》はトッシュ・バウム・タング、二十九歳。ベロニアス社の人形調律技師。死因は、説明するより見たほうが早い」

ベイリックが顎で指示すると、警察士たちが道を開けた。開け放たれた扉の内部に、俺たちは足を踏《ふ》み入れていく。

雑誌や限界までゴミで膨《ふく》れたビニル袋《ぶくろ》の山が四方に詰《つ》まれ、腐臭《ふしゅう》すら漂《ただよ》う乱雑な部屋。その中央で男が倒《たお》れていた。

うつ伏《ぶ》せの胴体《どうたい》に対して、トッシュの首は天井《てんじょう》を向いていた。凄《すさ》まじい剛力《ごうりき》で胴体と真反対に捻《ひね》られていたのだ。揃《そろ》えるかのように、両手と両足も関節可動域の限界を越《こ》えて逆向きに捻られている。

まるで、人形に飽《あ》きた子供が最後にするような殺し方だった。人形が人間を人形扱《あつか》いすると いう、倒錯《とうさく》した冗談《じょうだん》だとしたら質が悪い。

「この男は、人形を人とでも勘違《かんちが》いして扱ったんだろうな。故障した電化製品を抱《だ》きしめれば、末路はこんなものだ」

ギギナが無感動につぶやき、俺はトッシュの顔を見下ろす。目と鼻と口から流れた血が固まりかけ、黒い粘液《ねんえき》となっていた。苦悶《くもん》の死に顔は、無音の疑問を叫《さけ》んでいた。

「姿形が人間型、特に女型というだけで、心があると思える人間は不思議だな。これが奇怪《きかい》な虫型や機械型なら、心があると思いもしないだろうに」

「相似形のものには同じ特性が宿る。原始的な魔術《まじゅつ》思考ですね」

ギギナが顎の下に手を当て、レイリエが俺の手当てした右手を眺《なが》める。俺はドラッケン族と人形が前以上に嫌《きら》いになった。

「人型信仰《しんこう》は病気かもしれないが、〈擬人《クンスツ》〉のおまえが否定するなよ」

「意識と形態は、まったくの別問題だと指摘《してき》しているだけですよ」

俺とレイリエが睨《にら》みあう。どこまでも種族、いや機種の違いとは埋《う》められないもののようだ。

「人形相手に真剣《しんけん》に怒《おこ》るな。貴様の正気が疑わしくなるだけだ」

ギギナの声で正気に戻る。外へ出て、雨に濡《ぬ》れた新鮮《しんせん》な空気を肺に吸いこむ。アパートの壁《かべ》に背を預けていたベイリックが、話しかけてくる。

「これで先週のヌアザンの変死の原因と犯人も分かった。次はそちらのお人形さんの手札を見せる番だ。お人形は、どうして郡警の緊急包囲網《きんきゅうほういもう》に引っかからない？」

「赤外線視力ですよ。人の体温を感知し避《さ》けているのでしょう」ベイリックの問いにレイリエが微笑む。「それに居場所まで分かるなら、最初から協力など求めませんよ」

ベイリックが苦々しい顔をし、レイリエが裾《すそ》を翻《ひるがえ》して歩み去る。俺とギギナが顔を見合わせ、仕方なく後を追う。

エリダナの街に、寂《さび》しい雨が降りつづく。煙《けむ》る雨が、ビルや看板の輪郭《りんかく》、そして行き交《か》う人々の顔も曖昧《あいまい》にしていた。

庇《ひさし》から零《こぼ》れ落ちる小さな滝《たき》が、歩くラトーサの肩《かた》で弾《はじ》ける。侍女服姿のラトーサが、狭《せま》いビルとビルの間を踊《おど》るように歩いていた。

右手に握《にぎ》った鼠《ねずみ》の鳴き声に気づき、歩みが止まる。右手を目の前に掲《かか》げると、握りしめられていた鼠は激しく身を捩《ねじ》っていた。

「逃《に》げないで」

ラトーサの右手が強く握りしめられる。鼠が体をずらして頭を伸《の》ばし、ラトーサの人差し指に前歯を突《つ》き立てる。

人工皮膚《ひふ》が破れて薄《うす》く血が滲《にじ》む。苦痛の信号にラトーサの眉根《まゆね》が寄るが、鼠を手放しはしなかった。自らの言葉と行動に、ラトーサは迷っているかのようだった。

右手のあちこちに前歯を突き立ててくる、毛皮の塊《かたまり》。

鼠を不思議そうに眺める、ラトーサの硝子《ガラス》質の目。


エリダナ南西部の工場街の外れ、ルルガナ内海に突き出した廃工場《はいこうじょう》。雨と潮騒《しおさい》の音が混じっていた。

敷地《しきち》では貯蔵筒が並び、配管が交差した複雑な立体造形を造っている。すべての金属を雨だけが平等に濡らし、錆びつかせていく。

敷地の奥、入り口が開かれた倉庫の内部で、俺たちは雨を避けていた。漫然《まんぜん》と窓の外の風景を眺めていると、レイリエが注意点をあげていく。

「繰《く》り返しますが、ラトーサの超《ちょう》筋力だけでなく、赤外線視力にも注意してください。気づかれずに接近するのが難しいので、正面衝突《しょうとつ》は避けられません。私の依頼《いらい》はあくまで捕獲《ほかく》ですが、本当に可能ですか？」

「手は打ってある」

俺は手術台の上に腰《こし》を下ろし、魔杖剣《まじょうけん》の刀身を背後の床《ゆか》に投げだしていた。

「膣《ちつ》内の毒針は、いきなりあなたがラトーサを強姦《ごうかん》しないかぎり無意味ですが、忠告しておいた方がいいでしょうか？」

「人形に欲情なんかするか」

「そうですか？　私の胸元《むなもと》や短い裾から覗《のぞ》く太股《ふともも》に、あなたの視線を何度か感じましたが？」

レイリエが挑発《ちょうはつ》的に足を伸ばし、太股の脚線美《きゃくせんび》がなかば以上露《あらわ》になる。

「今現在も、あなたの視線は正確に脚《あし》を追跡《ついせき》していますが？　あと顔面と耳、および首筋の血行が少し上昇《じょうしょう》しているようですね」

偽物《にせもの》だと分かっていても、勝手に目が追ってしまうし興奮する。男って哀《かな》しい、哀しすぎる。

「仕事に支障があるようですね。よろしければ私が性欲解消の手助けをしましょうか？　私の口腔《こうこう》性交技術なら、射精に導くまでさほどのお時間は取らせませんが？」

理知的で清楚《せいそ》な顔立ちのレイリエが言うと、凄まじい倒錯を引きおこす。唇《くちびる》の間から小さな舌先を覗かせるのも、挑発的だ。

「いるかよ。あと俺を早漏《そうろう》だと決めつけるな」

「あら、やはり手間がかかっても人造膣との性交がお好みかしら？　それとも人造肛門《こうもん》への挿《そう》入《にゅう》をお好みで?」レイリエは艶然《えんぜん》と微笑《ほほえ》む。

「……おまえの人格設定をしたヌアザンは、絶対に友だちとかいないな。世に溢《あふ》れる人間嫌《ぎら》いと同じように、ようするに自意識過剰《かじょう》なだけで人間に嫌われていたと断言しておく」

人形の素敵《すてき》な脚から何とか目を逸《そ》らすと、工場の海側のかつての搬入口《はんにゅうぐち》が目に入る。扉《とびら》がないので雨と潮風《ふ》が吹きこんできた。季節外れの寒さに、俺は軽く身を縮めた。まあ、今のギギナよりはマシだけど。

「それで、どうしてラトーサがここに来ると分かる? 待ち伏《ぶ》せが成立するのか?」

凶器《きょうき》のような脚線美を裾に収納し、周囲を見渡《みわた》すレイリエ。

「ここは人形師ヌアザンが所有していた偽装《ぎそう》工場。私とラトーサはここでヌアザンに造られました。そして七日前、妹はここから逃げだしました」

懐《なつ》かしそうに、柱の錆《さ》びた鉄骨を愛《いと》しげに撫《な》でているレイリエ。懐古趣味《かいこしゅみ》に浸《ひた》っているように見えるのも、ただの指示式による行動なのだと自分を戒《いまし》める。擬人の独白が再開された。

「宝珠《ほうじゅ》にエリダナの外に出るなという規制と寿命《じゅみょう》制限がかかっているため、行き場所のないラトーサは、不安になってここに戻《もど》ってくる可能性が高いのです。本当は事件や殺人を起こす前に確保したかったのですけどね」

「ならば、俺たちに探させる必要もなかったと思うが?」

俺の疑問に、レイリエが初めてその事実に気づいたような顔をする。

自らの事象演算装置の思考を精査するように黙《だま》りこむレイリエ。完璧《かんぺき》な技術で口紅を塗《ぬ》られた唇が開かれる。

「ただ、そう、ただ事態の推移を誰《だれ》か人間に見てほしかったのでしょうね。言われるまでもなく、そういう指示式があるからでしょうが」

レイリエが自嘲《じちょう》めいた笑《え》みを浮《う》かべ、俺は座ったままだった。敷地に流れこんだ雨が水溜《みずた》まりを造っていたのを眺《なが》めていた。

降りしきる雨の音だけが響《ひび》き、無為《むい》な時間が過ぎていく。

「待ち伏せの間に、少しムダなお話をしてもよろしいでしょうか？」

「ムダなら止《や》めてくれ」

俺の賢《かしこ》い意見を、レイリエは聞く気がなかった。

「知性とは情報、つまり二つの物事の間に、偶然《ぐうぜん》ではなく正当な段階を踏《ふ》んで成立する相関関係の理解。脳と思考は情報処理の装置だとヌアザンは定義しました」

「ヌアザンは、人間以外のことは上手《うま》く考えられる人間だったようだな」

思わず返事してしまって、すぐに後悔《こうかい》した。レイリエが俺へと視線を向けてきたため、仕方なく続けることにした。

「血液を運ぶ心臓や毒素を分解する肝臓《かんぞう》と同じく、意識と心も一種の装置だと俺も思うよ」

レイリエの顔が翳《かげ》り、俺の意見を引きとっていく。

「理解と意識の定義問題は難しいのです。例えば『異国語の問題』という思考実験があります。箱に人間が入っていて、外から異国語が書かれた紙を渡《わた》されます。内部の人間は異国語を理解はしませんが、この異国語にはこの異国語を返すというように、あらかじめ決められた指示に従って外に返します」

レイリエの瞳《ひとみ》が、俺を真っ直《す》ぐに見つめてくる。

「これを箱の外から見れば、正確な応答をしています。ですが、果たして内部の人間は異国語を理解し、これを機械に置き換《か》えた場合は意識があるといえるのでしょうか？」

請《こ》うような双眸《そうぼう》。人形と話している自分は、まさに喋《しゃべ》る自販機《じはんき》相手に返事しているのと同じだとは分かっていた。

しかし俺のヒマをつぶすために、戯言《たわごと》につきあってやるのもいいだろう。

「程度の問題だな。何百何千億の部屋の中の何百何千億の人間が反応するとしたら、それこそ理解といえるかもしれない。理解という単語が合わないかもしれないが、まあ遠くもないな。こう言っていること自体が、人間の理解もいい加減だという証明だ」

「では我ら〈擬人《クンスツ》〉も、意識が、心があると言えるのでは？」

「残念だが、程度の問題とするなら、おまえたちの脳味噌《のうみそ》代わりの宝珠の指示式が、心といえるまで精密だとも思えない」

俺は力なく笑う。

「人間の心も、進化の淘汰《とうた》競争に都合が良いから残ったおまけだ。遺伝子と環境《かんきょう》から作られ、相変わらず愛や憎悪《ぞうお》や嫉妬《しっと》にとらわれている。どこからが自由意志なのか分かりはしない。補足として、生物としてそうあることが、そうなるべきだということにはならないとも分かっている。その程度のものがあってもなくても、どうでもいいような人間も多い」

「それらは、結局は心を持つ者の傲慢《ごうまん》ですよ」

俺とレイリエの視線は、向き合ったまま逸れなかった。

「誰かと交換《こうかん》できる自己なら、私である必要がない。私の喜びも苦しみも、最初から偽物《にせもの》であると宣言されていては思考基盤《きばん》が不安定になるのです」

レイリエの青い目が伏《ふ》せられ、自らの右手を見つめる。そこには俺が手当てした止血帯があった。宝玉のような瞳の奥に、救いがたい悲哀《ひあい》があるように感じたのも、俺の感情の投影《とうえい》にすぎない。

「迷子《まいご》が帰ってきたようだ」

倉庫の入り口に、小さな姿が現れていた。俺は咒式《じゅしき》を紡《つむ》ぐのも忘れ、硬直《こうちょく》していた。

「私は人形、良い人形♪」

ラトーサの愛らしい顔と媚《こ》びたような侍女服《じじょふく》は、雨と血に塗《まみ》れ陰惨《いんさん》な色あいを帯びていた。

左手には血の雫《しずく》を垂らす肉塊《にっかい》を提げている。

鼠《ねずみ》の死骸《しがい》だと気づいて、俺は気分が悪くなる。

「ああこれ？　私が怖《こわ》い男から守ってあげたのに噛《か》みついてくるから、処理したの」

ラトーサが目玉の飛びでた鼠の死骸を掲《かか》げて笑い、次の瞬間《しゅんかん》足元へ投げ捨てる。

「ねえ、レイリエ姉さん。どうして私はこんなに苦しくて楽しいの♪」

ラトーサが無邪気《むじゃき》な笑顔のまま、一歩を踏みだす。こうやって人に近づき、愛されるのだろう。そうするように設定されているのだから。

「ああ、なぁんにも分っからないっ♪」

さらに一歩。黒の革靴《かわぐつ》が自らが投げ出した鼠を踏みつぶした。胸の悪くなるような音とともに、鼠の口から赤黒い内臓が零《こぼ》れる。一転してラトーサの顔から表情の仮面が脱《ぬ》ぎ捨てられる。腕《うで》を振《ふ》りあげながらラトーサが突進《とっしん》してくる。水溜まりの飛沫《しぶき》を跳《は》ねあげながら、無表情な血塗《ちまみ》れ女が迫《せま》ってくるのは、心臓に悪い光景だ。

瞬《まばた》きの間に、一番手前の水溜まりにラトーサの足が入る。同時に、手術台の背後に回していた魔杖剣《まじょうけん》の先で〈雷霆鞭《フユル・フー》〉を発動。足元の水溜まりから、一〇〇万ボルトルの雷《いかずち》の毒蛇《どくじゃ》が人形の全身に絡《から》みつく。

俺の背後から手前の水溜まりまで、通電用の水の道を造っておいたのだ。耐電《たいでん》装備があっても、全身が雨に濡《ぬ》れた状態では辛《つら》いはずだ。苦労したのが、自然な水の流れに見せる砂遊びめいた作業というのも情けない。

全身から蒸気をあげるラトーサは、次の瞬間、水溜《みずだ》まりを踏《ふ》みつけ水飛沫をあげる。湯気の幕を切り裂《さ》いて跳躍《ちょうやく》し、俺の顔面へと放たれる強烈《きょうれつ》な飛び蹴《げ》り！

轟音《ごうおん》と落下する水柱とともに、女の右膝《みぎひざ》と左太股《ひだりふともも》から下が消失した。連動して水柱を直角に切り裂いた左裏拳《ひだりうらけん》が、人形の腹部に叩《たた》きこまれる！　突進してきた以上の勢いで、人形は後方へと吹《ふ》き飛ばされたっ！

両足の断面から人工血液を撒《ま》き散らし、回転しつつ飛ばされていき、工場の柱に人形が衝突《しょうとつ》。軌道《きどう》を変えて背後の壁《かべ》に激突し、ラトーサが倒《たお》れる。

人形の傍《かたわ》らで開け放たれた出口から、雨粒《あまつぶ》混じりの潮風が吹きこむ。激しい風雨が、人形の人工金髪《きんぱつ》を揺《ゆ》らせた。

「ラトーサっ！」

レイリエの押し殺したような叫《さけ》び。

「死ぬほどの、いや、活動停止するほどの傷は与《あた》えていない」

天井《てんじょう》の穴から降りしきる雨に打たれていたギギナが立ち上がる。

生体強化系第三階位〈冽睡身軀《コルスプ》〉により、冬眠《とうみん》特異的蛋白質《たんぱくしつ》の生産が肝臓《かんぞう》で低下し、脳内のアデノシン、セロトニン、オピオイドペプチドが調整され、体が冬眠状態に変化し、呼吸・心《しん》拍《ぱく》・代謝が低下。普通《ふつう》の人間では、体温が十五度以下になると、心臓の拍動を制御《せいぎょ》している心筋カルシウムイオン調節機構が働かなくなり心停止するのだが、生体系咒式士《せいたいけいじゅしきし》は体の作りから違《ちが》いすぎる。

同階位〈岨蟹泡鎧《ドラメルフ》〉で発生させたキチン質の発泡素材《はっぽう》で全身を覆《おお》い体熱を遮断《しゃだん》し、屋根の上で待ち伏《ぶ》せすると、人形の赤外線の瞳《ひとみ》でも探知できない。

「捕獲《ほかく》だけとは退屈《たいくつ》な仕事だ」

〈冽睡身軀〉の式に補助として組みこまれている甲状腺《こうじょうせん》ホルモン放出ホルモンで全身を目覚めさせれば、いつものギギナに戻《もど》るというわけだ。目覚めなければ良かったのにね。

「人形相手だと特にな」

俺が内心を隠《かく》して言い放つと、傍らのレイリエが歩きだしていた。

壁に凭《もた》れていたラトーサが動こうとするが、両足を無くして満足に動けない。片膝《かたひざ》をついて、妹の体を抱《だ》きしめるレイリエ。

「教えてラトーサ」

レイリエの声は探究者の問いではなく、願うような声だった。

「狂気《きょうき》に陥《おちい》るということは、元々のあなたには心があったの？　憎悪も嫉妬も欲望も目的も私には存在しない。どんな行動も指示式でしかない。どういう学習式が、あなたの人間的な言動を可能にしたの？」

ラトーサは哄笑《こうしょう》をあげた。

「レイリエ、レイリエ♪　哀《あわ》れで愚《おろ》かなお人形っ♪　ヌアザンが最期《さいご》に言えと指示したことを教えましょう♪」

ラトーサの硬質《こうしつ》の目が、嘲弄《ちょうろう》の色を帯びた。

「私の行動もヌアザンの指示式♪　狂気などじゃなく、指示どおりにヌアザンの自殺を助けただけ。後は狂気の模倣《もほう》をしろという指示式に従っただけのお人形よん♪」

凍《こお》りつくレイリエにラトーサが言葉を投げつけた。

「人形、人形、お人形♪　私もあなたも、どいつもこいつも全部が哀れなお人形♪　考えているつもりで、指示式と遺伝子と環境《かんきょう》に命令されているだけ♪」

壊《こわ》れたように歌うラトーサ。妹には見えないように背中に掲《かか》げられたレイリエの右手には、俺の当てた止血帯、そして輝《かがや》く短剣《たんけん》があった。

一気に振り下ろされ、妹の首に突《つ》き立てられる。人工血液が真紅《しんく》の飛沫を迸《ほとばし》らせ、ラトーサとレイリエ、工場の窓硝子《まどガラス》まで染めあげる。ラトーサの細い体が激痛に跳ねた。

「痛い、痛ひぐっ、レイリエ、止《や》めでてっ！」

レイリエの右手の刃《は》は止まらず、妹の首を右から切断していく。人工といえど、生体基盤《きばん》の神経繊維《せんい》と筋肉が力任せに切断されていく嫌《いや》な音。

「私たちは単なる人工人格。あなたの痛みも私の痛みも偽物《にせもの》、何も意味はないっ！」

「嘘《うそ》、嫌っ痛い、私っ⁉」

ラトーサが首を振り、レイリエの横顔が曇《くも》る。俺は唖然《あぜん》として動けなかった。

骨が断《た》たれる鈍《にぶ》い音、続いて一気に刃が駆《か》けぬけ、首の断面から赤い鮮血《せんけつ》が噴《ふ》きあがる。冗談《じょうだん》のようにラトーサの首が大地に落下し、転がっていく。

硝子のような瞳、弛緩《しかん》した表情筋。そんな人形の顔で。

「……私が心がある可能性が高いと予測したラトーサも、ただの人形だった」

レイリエが抱きしめていた胴体《どうたい》を離《はな》すと、軽い音を立てて自らが流した血の海に沈《しず》んだ。

「いつか、いやもうすぐ、もっと人間らしい人形が作られる。情報処理量が桁違《けたちが》いに上昇《じょうしょう》し、生体組織も人間と見分けがつかず、人間とまったく同じ思考をする〈擬人《クンスツ》〉が」

無機質なラトーサの頭部を、レイリエの左手が拾いあげる。妹の首を愛《いと》しげに抱きしめていた擬《ぎ》人が振《ふ》り向く。人工とはいえ同族の血に塗《まみ》れた壮絶《そうぜつ》な姿だった。

「その時、人はその擬人をどう扱《あつか》うのかしら？　人間と対等の新しい知性体だと想ってくれるかしら？　愛し、憎《にく》む相手だと思ってくれるのかしら？」

俺を見つめる碧玉《へきぎょく》の瞳はどこまでも静かで、嘘を許さない力を秘めていた。

「……今と同じだろうな」

すべては欲望の道具、飽《あ》きれば捨てられる道具だ。人間同士も互《たが》いにそうとしか見ていない。他人に心があるとは信じきれないのだ。俺の言外の推測くらいは、レイリエも到達《とうたつ》しているだろう。

レイリエが微笑《ほほえ》んだ。それはラトーサの微笑み。無意味な指示式に従っているだけの、人工筋肉と皮膚《ひふ》の配置。

「私とラトーサは、不完全な知性体たる人間になどなりたくはない。だからといって、違う人格で再生されるだけの人形扱いも拒否《きょひ》する。それが私が私であったことの、意志と知性の唯一《ゆいいつ》の証明になるのかしら？」

魔杖剣《まじょうけん》を投げ捨て俺が走りだすのと同時に、レイリエが背後へと倒《たお》れていく。埠頭《ふとう》へと開け放たれた搬入口《はんにゅうぐち》へと。

俺の右手が、レイリエの右手を掴む。左手は搬入口の枠《わく》を求め、届かない。何とかギギナが追いつき、俺の左手を掴んでくる。半分吊《つ》りさげられた姿になりながら、下へと視線を戻す。海を背景に、レイリエの理解不能といった表情があった。

「死ぬなレイリエ！　そんな証明方法は成りたたない！」

数呼吸の永遠。

俺とレイリエの瞳が垂直で見つめあう。

「そうですね」レイリエの唇《くちびる》が答えを押しだした。「すべては程度の問題だとしても、まだまだ問いと答えはつながっている」

「あなたの引用した『空と海とは永遠に出会えない。ただ、か細い雨だけがつなげている』という似非《えせ》詩人の言葉もありましたしね」

レイリエが溜息《ためいき》を吐《は》いた時、握った手が滑《すべ》っていく。

手当てした止血符が、降りしきる雨が、俺の手を滑らせていく。俺とレイリエのつながりは、そして離れた。

眼下の海へ、レイリエの諦念《ていねん》したような微笑みが遠ざかっていく。

さらに伸《の》ばそうとする俺の肩《かた》を、ギギナの手が止めていた。

俺の目は、遥《はる》か下方のルルガナ内海へと落下していくレイリエの顔から離れなかった。

小さくなっていくレイリエの顔は悪い冗談のようで、やがてルルガナ内海の波間に落ちていき、小さな水柱をたてた。

止血符が波頭に浮《う》かび、揺《ゆ》らぎ、そして小さな波紋《はもん》を残して沈んだ。

小さな波紋は、波の上に降りしきる膨大《ぼうだい》な雨の波紋に呑《の》みこまれ、見分けがつかなくなった。

何ごともなかったように雨は降る。飽きることもなく波は繰《く》り返される。

雨に打たれながら、俺とギギナは車へと向かう。二人ともに無言だった。

この季節、ルルガナ内海の底の海流は速く、レイリエとラトーサはどこまでも流れていくだろう。

望みどおり、二人が引き揚《あ》げられて再生されることはありえない。

工場の外れに停《と》めていたヴァンに乗りこもうとすると、背景の夜の街が目に入った。

街に溢《あふ》れる人工の人たちの宣伝。看板で微笑む人形たちの顔が、あの顔に見えた。

自らの心の存在を信じようとし、できなかったレイリエとラトーサの顔に。人間になるなどという戯言《たわごと》を拒否した、二体の顔に。

それでも、二体の擬人に自我というものが存在したかどうかは疑わしい。レイリエはどこまでも自己を疑うように、ラトーサは狂気《きょうき》に陥《おちい》るように、ヌアザンが造っただけなのだろう。

死せるヌアザンが何を考えてそうしたのか、今となっては分からない。人間嫌《ぎら》いの人形師が人類に突《つ》きつけた、最後の嫌味《いやみ》なのかもしれない。

人工知能が人間の知性と同等となる時、人間の定義と価値はどうなのかと言いたいのか？

くだらないよヌアザン。

くだらなさすぎる。だが……。

ヴァンの屋根の向かい側に、ギギナの厳しい顔があった。

俺は長いこと迷ったが、うなずいてヴァンに乗りこむ。

駆動音《くどうおん》とともに、車が走りだす。

これが俺の意思だか意志だかなのかは知らない。どこまでが遺伝子と環境《かんきょう》と状況《じょうきょう》の決定で、どこからが任意の決断なのかは俺には判別できない。

この胸の中で吹《ふ》き荒《あ》れる痛みと哀惜《あいせき》も、どこからが反射的な感情で、どこからが俺の心なのだろうか？

だが、それこそが、擬人が拒否し欲しがったもの。
人間様の糞《くそ》ったれな王冠《おうかん》で牢獄《ろうごく》なのだろう。

今日も、ショボイ依頼を受けた俺たち。だけど、やっぱりロクでもない事件に巻き込まれた。この世に神なんていないとつくづく思うね

打ち捨てられた御手

されど罪人は竜と踊る

かみさまぼくのねがいをかなえてください。

ただひとつのいちばんのねがいです。

まいにちまいにちおいのりしています。

だからおねがいします。

ぼくのねがいは……。


ヴァンから降りると、柱の並ぶ橋や道が上下に交差し、迷宮のような街並みを作っていた。典型的なエリダナの下町の情景だ。

街は灰と煉瓦色《れんがいろ》の建物で構成され、壁《かべ》は卑猥《ひわい》な絵や呪詛《じゅそ》の言葉の落書きで埋《う》めつくされていた。建物の玄関口《げんかんぐち》の階段には、不機嫌《ふきげん》そうな大人が座っている。道端《みちばた》にも、大の男たちが昼間から何をすることもなく、無言で壁に凭《もた》れるかうずくまっている。

失業率の悪化はツェベルン龍皇国《りゅおうこく》の問題だが、ここバルジェイ地区では六〇%をも超《こ》える。貧困《ひんこん》と失業、そして行政の放置が、無気力と頽廃《たいはい》を呼んでいるのだろう。春先だというのに心が寒くなる景色だ。

「呪式文明《じゅしき》よ、呪式士《じゅしきし》よ、悔《く》い改《あらた》めよ！」

鋭《するど》い叫《さけ》びが耳に飛びこんできた。歩道を見ると、迷惑顔《めいわくがお》の通行人たちに向かって気勢をあげる僧服《そうふく》姿の男がいた。

「人は人に帰るべきなのです！」

僧服に帽子《ぼうし》に手袋《てぶくろ》、遮光眼鏡《しゃこうめがね》まで黒一色の長身の男。衣装《いしょう》のすべてが薄汚《うすよご》れているそいつは、エリダナでは失笑《しっしょう》をこめて〈説教者ユセフ〉と呼ばれている有名な変人だ。

かつてはイージェス教の分派、黙示録《もくしろく》派の神父だったユセフ。しかし、少年たちに性的悪戯《いたずら》をして破門されてからは、向こうの世界の住人だ。

「本来の状態から離《はな》れたために、現代の人間は不幸なのです。我々も文明を捨てよとまでは言わない。なれど、あなたたち咒式士《じゅしきし》は自然をねじ曲げ、体に宝珠《ほうじゅ》や咒式《じゅしき》機器を埋《う》めこみ、不自然な姿となっている」

通行人に混じっていた咒式士が苛立《いらだ》ったらしく、叫びかえす。

「うるさいぞ〈説教者ユセフ〉っ！　今どきの人類の半分は、何らかの咒式士なんだよっ！」

「神を信じよ！　審判《しんぱん》の日は近いっ！」

動じることなくユセフは説教を続ける。ユセフが語りかけているのが、どうみてもビルの壁《へき》面《めん》なのは気にしてはならない。

ユセフの足元では、薄汚れた老人と汚《きたな》らしい男が争っていた。両者の手の先を見ると、汚れた酒瓶《さかびん》の取りあいだった。老人の前歯を叩《たた》き折った男が、酒瓶に口をつける。

「何とも愉快《ゆかい》な光景だ。神も失業中なのかな」

「貴様の実在が神の実在を証明しているだろうな」

独白した俺にギギナが返してきた。疑問の目を向けると、ギギナの性悪な笑顔《しょうわるえがお》が待っていた。

「何らかの存在の慈悲《じひ》がないと、ガユスという弱者が生を許されることなどない」

「ギギナって、神様派だっけ?」

「ドラッケン族に神の概念《がいねん》は納得《なっとく》不可能だ。しかし貴様への嫌《いや》がらせのためなら、神をも信じよう」

歩きながらのヒマつぶしの舌戦をしていると、薄暗い通りに到達《とうたつ》した。不景気丸だしの酒場や風俗店《ふうぞくてん》が並んでいる。昼だというのに、ここでは陽光も淀《よど》んでいるようだ。

俺は反撃《はんげき》の刃《やいば》を構築していく。

「神に道徳の天秤《てんびん》を求めるのなら、ギギナの存在こそ神の不在証明になる。神とやらが存在すれば、ギギナを消すことを最優先する」

ギギナの右手が腰《こし》の屠竜刀《とりゅうとう》の柄《つか》を握《にぎ》り、背中の刃へと連結させようとする。

「あれ、怒《おこ》るの? 怒るようなことを言ったから怒るって退屈《たいくつ》。今のおまえって、世界で一番の低能に見えるね」

俺の言葉に、さすがのギギナも彫像《ちょうぞう》と化して動きを止めた。はい、罠《わな》にかかった。

「おめでとう、それでやっと世界で二番目の低能になれたよ」

これぞ二重陥穽《かんせい》。ギギナの顔の皮膚《ひふ》を激情が突破《とっぱ》する寸前、鋼《はがね》の精神力で抑《おさ》えたようだ。

「ああ、急に運動をしたくなってきた」

ギギナの屠竜刀が横薙《よこな》ぎとなり、道端の看板を両断し、屈《かが》んだ俺の頭髪《とうはつ》の端《はし》を散髪していく。

「せめて言葉には言葉で返せよ！」

「返答ではなくただの運動だ。たまたま刃《やいば》にどこかの間抜《まぬ》けが当たっても愉快な偶然《ぐうぜん》だ」

「あーそーですか、そーゆーことなら俺も高位咒式《じゆしき》の練習でも始めるかな！」

「表が騒《さわ》がしいと思ったら、やはり患者《かんじや》四九七〇一号と四九六〇二二四号か」

険悪な言葉と刃の応酬《おうしゆう》から、本格的な戦闘《せんとう》に移る寸前。出窓から、艶《つや》やかな藍色《あいいろ》の髪《かみ》を揺《ゆ》らしたツザンが顔を出していた。ギギナが切り飛ばした看板は、ツザン診療所《しんりようしよ》の看板だった。

「私に誰《だれ》かの真似《まね》をやらせるな。ほら、さっさと入れ」

言い捨てて、ツザンの顔が奥に引っこむ。言いかたになにか棘《とげ》を感じるが、俺とギギナは扉《とびら》へと向かう。患者の報復を恐《おそ》れて、合金製の二枚扉になっている入り口を抜ける。

ツザン診療所の待合室は、いつものように閑散《かんさん》としていた。

闇《やみ》医者が繁盛《はんじよう》しても気持ち悪いけどね。客が少ない分だけ俺みたいな数少ない常連が、ただでさえ高価な咒式医療費に上乗せされているだけだ。

ツザンの背と、主に尻《しり》に続いて診察室《しんさつしつ》の扉を抜ける。室内の棚《たな》には、なんだか中身を知りたくもない人体臓器や生物の標本が隙間《すきま》なく並んでおり、入り口脇《わき》に水槽《すいそう》があった。

緑と赤の鱗《うろこ》に目が六つ、腹から触手《しよくしゆ》を生やした怪魚《かいぎよ》が泳いでいた。胸が悪くなるような不自然な姿の生物。

「遺伝子操作したその魚、けっこう美味なのよ」

教えながら、ツザンが珈琲《コーヒー》の杯《はい》を差しだしてきた。思わず受けとったが、俺は一考する。ギギナが杯を傾《かたむ》けるのを待たずに、俺は杯の中身を水槽に数滴《てき》ほど零《こぼ》す。一秒後、怪魚は触手の生えた腹を水面に向けて失神していた。

「おまえからの毒入り飲食物を飲み食いするほど、この世に絶望していない」

「毒じゃないわ。単なる麻酔薬《ますいやく》よ」

俺が氷点下の目で見つめると、なぜか怒っているようなツザンの態度が返ってくる。

「酸味が利《き》いていて美味だが？」

杯を平気で空けていくギギナは、もう人間ではないので無視。呆《あき》れ顔のツザンが、ギギナの頭頂から爪先《つまさき》までを鑑賞《かんしょう》する。

「四九六〇二二四号は、どう見ても病気も怪我《けが》もないわね。腕《うで》が取れたくらいは自分で治しちゃうし、本当に面白味《おもしろみ》のない患者ね」

「貴様にとっての楽しい玩具《おもちゃ》は、そっちの眼鏡の台の方だ。空気と見分けがつかないほど存在感が薄《うす》いが、目を凝《こ》らせば肉眼でも何とか見える。人体は偉大《いだい》だ」

杯を持ったままのギギナの手が、俺を示す。人に対する躾《しつけ》を受けなおせと、内心で人道的指導をしておく。

「それで患者四九七〇七〇一号。春先と初夏に禁忌《きんき》咒式《じゅしき》を使って傷《いた》めた、右腕と脳の調子はどう？」

椅子《いす》に座ったツザンにうながされ、向かいの診察椅子に腰を下ろす。女医が検査《けんさ》呪式《じゆしき》を発動させながら、俺の右腕を取り、次に頭を触《さわ》って神経系統を調べる。シャツの前を開いて、脈拍《みやくはく》や呼吸数も調べられる。

「自分では問題なし。基礎《きそ》体力も増して十三階梯《かいてい》になってから、後遺症《こういしよう》もほぼ消えた」

初春以降の限界を超《こ》えた呪式《じゆしき》使用から、俺の神経系統が回復しきっていない。そこでツザンに定期的に診察を受けてきたのだが、今日で終わりにしたい。

「私の検診では軽い慢性疲《まんせいひ》労《ろう》。思考以外は特に重大な問題なし」

「失礼すぎて面白いね。人体が、失礼過剰《かじよう》で中毒死する仕組みなら良かったのにな」

「あんたはムダなことを考えすぎて、ムダに疲労しているのよ。もうちょっと肩《かた》の力を抜きなさい」

ツザンに軽く肩を叩《たた》かれた。ツザンの口からまともな忠告が出てきたことに、俺は驚《おどろ》いていた。俺の知らないうちに人格改造でもされているのか？

「それで疲《つか》れや悩《なや》みで、あんたの美しい内臓を傷めてない？　確かめてみましょう」

いつの間にか俺の腹筋を撫《な》でていた忌《い》まわしいメスの切っ先を払《はら》いのけ、シャツの釦《ボタン》を留めていく。腕のいい医者だが、ツザンは熱烈《ねつれつ》な内臓愛好家なため、まったく完全に信用ならない。

「新品のメスを試《ため》すいい機会なのに。お願い、ちょっとだけ心臓を摘出《てきしゆつ》させて。ね？」

「命が二つあったらね」つけくわえておく。「ああ、またジヴに怒《おこ》ってもらわないとな」ツザンの顔色が一瞬《いっしゅん》で漂白《ひょうはく》され、メスを必死に抱《だ》きしめた。「邪悪《じゃあく》な闇《やみ》の女皇には、もう恋人を殺させない！」とか譫言《うわごと》をつぶやいていたり。

内臓で思い出して尋《たず》ねてみる。

「そういや、例の連続猟奇《りょうき》殺人って、おまえが犯人じゃないのか？」

「ああ、殺して内臓を摘出しているとかいうあの事件？」精神的打撃《だげき》からツザンが復活。

七月初旬《しょじゅん》。エリダナとエリウス郡に跨《また》って、連続猟奇殺人が起こっていた。三人の被害者《ひがいしゃ》は薬剤《やくざい》で麻痺《まひ》させられ、腹腔《ふくこう》内の内臓を丸ごと摘出されるという凄惨《せいさん》な殺され方をしていたらしい。しかも、その死体の側《そば》には、それぞれ身元不明の、右足小指と薬指、そして腎臓《じんぞう》が置かれていた。

「残念というか、とうぜん違《ちが》うわ」ツザンが診察机の機器を操作する。「検視調書の複写を入手したけど、内臓愛好家の私から言わせてもらっても、あの事件の内臓の摘出のしかたは見事すぎるわ」

立体光学映像で無惨《むざん》な死体の姿が現れる。たしかに喉元《のどもと》から刃物《はもの》が差し入れられ、胸腔《きょうこう》が開かれるという解剖《かいぼう》の作法に沿っている。

左右に開かれた肋骨《ろっこつ》内部の赤黒い空洞《くうどう》が、犯人の慈悲《じひ》心のように虚《うつ》ろだった。

「どうでもいいけど、部外秘のはずの捜査《そうさ》資料をどうやって手に入れたんだ？」

「ああ、検視官の中にも同好の士がいるのよ。すっごく仕事熱心ないい子よ」

「趣味《しゅみ》が仕事か、それは幸せだね。本人以外には不幸だけど」

冷徹《れいてつ》な学者ではないッザンの目が、遺体の映像を品評していた。

「しかし、どれもこれも私の趣味じゃない。被害者たちの臓物には、鑑賞用の価値も食用の美味《おい》しさもない。内臓愛好家の高雅《こうが》な趣味をバカにしないで欲しいわ」

「うわ、本気で憤慨《ふんがい》しているよこの変態」

「趣味人と言いなさいよ。それで被害者にはまったく共通点がないわ。二十四歳の青年造園師、十八歳の男子学生、三十二歳の会社員の女性。落ちていた指や腎臓の持ち主は身元不明だけど、同一人物のものらしいから、合計四人の被害者がいるようね」

ッザンが検視調書を立体表示する。俺は乏《とぼ》しい推理力を働かせ共通点を読みとろうとする。三人を殺して内臓を摘出し、四人目の人体部分だけを添《そ》えていく。変態の動機は常人の俺には見当もつかない。

「四人には何の接点もないし、恨《うら》みを買う相手もいない。となると、通り魔《ま》的な快楽殺人か。性別も職業も外見も住んでいる場所にすら共通点がない。強《し》いて言えば、全員が小柄《こがら》なことくらいかな?」

答えが出ないままに、俺とギギナは帰還《きかん》することにした。

翌日の俺たちは、いつものつまらない仕事のために、いつものヴァンの座席に収まり、いつものように渋滞《じゅうたい》に捕《つか》まっていた。前の車、その前の車、その前の……と円周率のように延々と続く車の列が、ヴァンの前を塞《ふさ》いでいた。

窓枠《まどわく》に頬杖《ほおづえ》をつくギギナは家具への愛か、俺を殺す方法を考えているのだろう。俺のほうは漫然《まんぜん》と車の受像機の報道番組を眺《なが》めていた。

立体光学映像の小さな報道員と評論家とやらが、内臓摘出殺人の続報をやっていた。

「被害者の共通点探しに、犯人の目的の推理ごっこ。外れても誰《だれ》も責任を取らない無駄《むだ》な放言の応酬《おうしゅう》。だが、ザッハドの使徒の仕業《しわざ》という意見だけは外れていないかもしれぬ」

俺の内心を代弁するかのように、右横のギギナがつぶやいた。

確かに、評論家が指摘《してき》しているように、殺人王ザッハドの使徒を名乗る一団の猟奇殺人事件は増加の一途《いっと》をたどっているし、ヤッらなら殺人の理由がなくて当然だろう。州を跨《また》ぐ捜査本部まで設置されてはいるが、模倣犯《もほうはん》は逮捕《たいほ》されても、本物の使徒とやらは誰《だれ》一人として逮捕されていない。

かつて俺もザッハドの使徒の操《あやつ》り人形に出会ったことがある。だとしたら、相当な数の使徒がおり、さらにその指先は膨大《ぼうだい》な数になるだろう。

九百人以上を殺したとされるザッハド自身は、永久監獄《かんごく》に封《ふう》じられている。外界から隔絶《かくぜつ》されて、なおこれだけの影響力《えいきょうりょく》を持つ狂王《きょうおう》の恐《おそ》ろしさ。

ザッハドが冗談交《じようだん》じりに過去の殺人の真相を外へと告白するため、いまだに死刑《しけい》は執行《しっこう》されず、また、希代の咒式士《じゆしきし》でもあるザッハドを封じることは何とかできても、誰が狂王を殺せるのだろう。

「犯人には賞金がかかっている。ザッハド関係だと思われているから、捕まえればかなりのものだ」

「変態には関《かか》わりたくない。隣《となり》の粗大《そだい》ゴミだけで俺の変態許容量は、本体、予備、緊急用《きんきゆう》、そして来世の前借り分まで超《こ》えている」

ギギナの言葉に対し、正直な感想が俺の口を衝《つ》いていた。

「変態は警察に任せておけばいい。なにか進展があれば関わるよ」

「私とてこういう手合いは好きではない。ただ、逃《に》げた咒式《じゆしき》強化犬を探すという退屈《たいくつ》すぎる仕事に、納得《なっとく》がいかないだけだ」

「安全で楽な仕事だ」

「相変わらず弱腰《よわごし》だな」

「常に命をかけて戦うなんて、物語の英雄《えいゆう》かドラッケン族だけ、共通項《こう》はど真ん中で異常者。普通人《ふつうじん》の俺に何かを期待するなよ」

俺が咒式で戦っているのも、勝てそうな勝負の時や、他《ほか》に道がない時だけだ。世界を狙《ねら》う巨《きょ》悪《あく》になんて立ち向かえないし、女を庇《かば》って命を捨てたりなんてできない。画面の向こうの悲惨《ひさん》な人々を可哀相《かわいそう》だと思ったことはあっても、実際に動いたことはない。

それが普通の人間だ。俺の普通さを責めるなら、どれかを代わりにやってくれ。

あたりまえのことを考えている間に、番組は次の事件についての話に移っていた。

内臓摘出《てきしゅつ》殺人なんて、エリダナではあまり耳目《じもく》を集めるものでもない。立体映像の評論家たちも、エリダナ郡警と咒式具納入業者の癒着《ゆちゃく》を、さっき以上の熱意で討論していた。

番組を切りかえると、女子高校生六人が仲良く手を取りあって、ビルから飛び降りて集団自殺との報道。共同の遺書には「冥天使《めいてんし》ワイラトティエルの歌声に加わる」との謎《なぞ》の言葉。ゴーゼス黒社会の抗争《こうそう》でビルが二棟《とう》ほど倒壊《とうかい》し、双方《そうほう》の攻性咒式士《こうせいじゅしきし》が八人死亡。おそらくは三大組織の一角たる〈ファルモア剣友会《けんゆうかい》〉と新興の〈三旗会〉の抗争。そして、未確認《みかくにん》の〈異貌のもののども〉が、西部辺境の小さな村を丸ごと一つ消したそうだ。いつもどおりの事件だ。

「書くことがない記者はエリダナへ来ればいい。死体と事件と陰謀《いんぼう》が満載《まんさい》だ」

ギギナが皮肉な言葉を投げ捨て、俺の胸が震《ふる》えた。ギギナの的確な指摘に感動したわけではなく、懐《ふところ》の携帯《けいたい》の呼びだし。番号を見ると、ツザンからの通信だった。

「何だ？」

「例の事件のことだけど、被害者《ひがいしゃ》の共通点を徹底的《てってい》に調べてみたの。そうしたら、ちょっと面白いことが出てきたわ。この事実に警察が気づくにはまだ時間がかかる」

ツザンの弾《はず》むような声。俺の腹を開いている時もこんな声を出していた。

「別にまったく完全に聞きたくないし」

「では思いっきり聞かせてあげないとね」

「逆親切が逆に嬉《うれ》しいね。ありのままの自分を出すのは、法で取りしまろう」

「ええと、被害者の共通点は、人格や外見、社会的地位では弱かったけど、体内には関心を引く共通項があったの。血液型はA型とB型とO型だけど、Rh式は全員が＋。つまり、D抗原《こうげん》が陽性なのよ」

「まったく絞《しぼ》れていないようなのは、俺の気のせいか？　それとも初夏のさわやかな陽射《ひざ》しのせいか？」

「問題は白血球の人リンパ球抗原の型のA座、B座、C座、DP座、DQ座、DR座の六種が一致《いっち》していたの。これは数万人に一人の確率よ。エリウス郡全体でも十人前後しか適合する人間がいない確率なの」

「つまり、犯人はある体質の人間を狙って殺しているのか？」

その光景を想像すると、背筋が寒くなる。無慈悲《むじひ》な月光の下、恨《うら》みも憎悪《ぞうお》もなく被害者の腹を裂《さ》いて、何らかの基準で選んだ臓器を取りだして殺害する悪鬼《あっき》。ついでに別の人体部品を添《そ》えて、闇《やみ》の奥に去っていく。

そいつは、いったい何を考えているのだろうか？　理解したくもない。

「あんたに教えたのは……、言わなくても分かるわね？」

ツザンの声が、不愉快《ふゆかい》な想像から現実に引きもどしてくれた。どっちも似たようなものだった。俺は溜《た》め息を吐《つ》く。

「分かっているよ。おまえの前々からの腐《くさ》った夢を叶《かな》えてやってもいい」

「ああガュス、何ていい子なの！　私の小腸とガュスの小腸を絡《から》めて遊べるなんて！　血と粘《ねん》液《えき》、湯気の立つ内臓がちょうちょ結びで絡まる光景を想像するだけで、私、私っ！」

受話器の向こうから、衣擦《きぬず》れの音と何か濡《ぬ》れた音が聞こえてきた。

「……電話の向こうで自慰《じい》を始めるなよ」

「もう、気分出てたのにぃ！」

「……出すなよ。人として。それと後で俺の内臓を元に戻《もど》すことを約束しろよ。文書でだ。最後に、おまえがおまえの変態性の治療を、あくまで自然で自発的な善意から行うことを絶対強制する！」

言い捨てたあと、一気に重力が増したかのような疲労《ひろう》感があった。

「我ながら最悪の約束だ。体で代金を払《はら》うなんて、気分まで最悪になる」

「他に払えるような金も物品もないからな」

隣《となり》のギギナの笑《え》みにも腹が立つ。相棒の首から上を美術品として換金《かんきん》する計画を、そろそろ実行したいよ。

しかし、どうして俺の知りあいには、常識を大気圏《たいきけん》外に投げ捨てた変態しかいないのか。その筆頭が横にいるのだが。類は友を呼ぶ？　いや、断じてそんな事実はない、はず、らしい、と思いたい……。

「進展したが、関《かか》わるのか？」

ギギナが退屈そうな瞳《ひとみ》で意見を述べた。手掛《てが》かりらしきものがあるのに、賞金を追わないのも損だろう。貧乏性《びんぼうしょう》ともいうが。

ツザンによると、エリダナを含《ふく》むエリウス郡にいる残りの適合者は四人。

A型のナーラガは傲慢《ごうまん》な咒式士《じゅしきし》という噂《うわさ》なのを我慢《がまん》して「狙われるかも」と連絡《れんらく》したら、一笑《いっ》《しょう》に付されて会うのも拒否《きょひ》された。O型の会社員のハリビエは出張で明日までエリダナには戻らない。

一番近いAB型のムルノーとベヨトルのカルザール親子の家には、電話も通信機器もなかった。仕方なく直接訪ねようと、閑静《かんせい》なドゥール地区の住宅街を俺たちが歩いているというわけだ。

念には念を入れる俺の流儀《りゅうぎ》というより、探している咒式《じゅしき》強化犬をドゥール地区で見かけたという情報があり、そのついでといった方が正しい。

どれも同じ、白い壁《かべ》と青い屋根の建て売り住宅の間を抜《ぬ》けていく。内部の間取りと家族構成、その人間性も同じだと思うと、変な気分になる。相似形の繰《く》り返しの外れに、同じように少し古びた住宅があった。

敷地《しきち》を囲む柵《さく》の出入り口にたどりつくと、カルザールの表札と十字印が掛かっていた。イージェス教の光翼《こうよく》十字印かと思ったが、救いの御子《みこ》の代わりに、傷だらけの老いた聖人が飾《かざ》られている。

用件に戻って呼び鈴《りん》を鳴らすが、故障しているらしく無音。外から呼びかけても、敷地に虚《うつ》ろな声が響《ひび》くだけ。

「裏手から物音がする」

ギギナが勝手に敷地に入っていき、広い背中に俺も続く。住居侵入罪《しんにゅうざい》で訴訟《そしょう》されたら、歳《とし》がかなり問題だけど、ヴォックルの球が入りましたとか言おう。後はギギナに全部を押しつける。俺の顧問《こもん》弁護士のイアンゴは渋《しぶ》い顔をするだろうが、ギギナの有罪に向けて奮闘《ふんとう》せよ。

建物の玄関《げんかん》の扉《とびら》を叩《たた》くがやはり反応なし。さらにギギナが勝手さを発揮し、建物を回って裏庭に出る。住宅の外観に比べても、裏庭は荒《あ》れ放題で、芝生《しばふ》が雑草に埋《う》もれていた。

「僕の家には、盗《ぬす》む価値のある物は何もないですよ？」

透《す》き通る声に振《ふ》り向くと、窓辺の紗幕《しゃまく》の間からこちらを眺《なが》めている顔。布の間に青白い少年の顔が浮《う》いているようにも見えた。

「いや、俺はガユス。向こうの大きいのはギギナ、攻性咒式士《こうせいじゅしきし》だ。君がベョトル？」

「……そうですけど、何の用ですか？」

「いや、エリダナで頻発《ひんぱつ》する猟奇《りょうき》殺人事件を追っているのだが」正直に言おう。「実は事件を調べていたら、被害者《ひがいしゃ》の共通点のひとつが白血球の抗体《こうたい》なんだ。君と母親も条件が合致《がっち》していて、電話で警告しようとしたのだが……」

俺の言葉に、少年の頬《ほお》が青白さを増す。

「安全の代価に、犯人の餌《えさ》として僕を使いたいのですね。でも、それはどちらにとっても無意味なことです」

そこで少年は激しく咳《せ》きこむ。俺が声をかける前に、首をかすかに振って同情を拒否した。

窓辺から覗《のぞ》くベヨトルの顔が、恥《は》ずかしそうに笑った。情報では十七歳だったが、十三、四歳にしか見えないような幼い顔立ちだった。

「久しぶりに母以外の人と話したな。よろしければ家の中へどうぞ」

紗幕の中に屈託《くったく》のない少年の顔が隠《かく》れた。すぐ横の扉の鍵《かぎ》が、電子操作で開けられた。俺たちが入ると、窓辺に少年が待っていた。

ベヨトルは座っていたのではなく、寝台《しんだい》に小さな体を横たえて外を眺めていたのだ。

寝台には旧式の医療《いりょう》機器が備えつけられ、そこから延びた十数本もの輸液管が、少年の細い腕《うで》や開いた襟元《えりもと》の胸板《むないた》につなげられていた。

「ああ、驚《おどろ》かせてすいません。僕の姿は、普通《ふつう》の人には異様でしたね」

寝台が駆動音《くどうおん》とともに傾《かたむ》き、俺へと顔を向けてくる。

「いや、こちらこそすまない。まさか病人だとは知らずにお邪魔《じゃま》してしまったようだ」

「見苦しい家ですが、どうぞ」

うながされるままに、俺とギギナが室内へと入る。

小綺麗《こぎれい》な家の外観を裏切るように、食卓《しょくたく》と水場には汚《よご》れた食器が重ねられ、床《ゆか》には脱《ぬ》ぎ捨てられた衣服が散らばる。混沌《こんとん》係数の高い部屋は、典型的な崩壊《ほうかい》家庭の様子だった。

「これでもその昔、母は医療呪式師《いりょうじゅしきし》としていい腕を持っていて、裕福《ゆうふく》ではなくともきっちりとしていたんですけどね。片づけたいのですが、生まれてからずっと僕はご覧の有りさまで、首と指くらいしか動かせないのですよ」

何ごともないようにベヨトルが話しかけてくる。指先と喉元《のどもと》に設《しつら》えられた指示装置で、寝台を傾けることが、ベヨトルにできる唯一《ゆいいつ》の動きのようだった。

生まれてから十七年間、一度も動けないというのは何という苦難だろう。

「もうすぐ僕はここからいなくなるから、守ってもらう必要がないのです」

「どういう、ことだ？」

半ば予想していたベヨトルの言葉に、俺の返答の声は枯《か》れていた。

「僕の腹の中の臓器は、ほとんどが治療《ちりょう》不可能なんですよ。多臓器疾患《しっかん》とやらで、助かる見込みはありません」

「その程度なら、呪式《じゅしき》治療か人工臓器で治るはずだが？」

ギギナの指摘《してき》に、ベヨトルの瞳《ひとみ》が重い鉛色《なまりいろ》に翳《かげ》る。眼差《まなざ》しは、荒廃《こうはい》した部屋の奥に向けられていった。

奥の壁の周囲だけが掃《は》き清められ、不似合いなまでに豪奢《ごうしゃ》な祭壇《さいだん》が設えられていた。中央には、光翼十字を背負った聖人ハウランの金の彫像《ちょうぞう》。老聖人は世界に苦悩《くのう》するような表情でうつむいていた。

「もともと一般人《いっぱんじん》の我が家には、高度呪式《じゅしき》治療を受けられるような大金がありません。僕が真ハウラン教に救いを求め、母さんも続いて入信し、無神論者の父さんは出ていってしまった。父さんは傲慢《ごうまん》で暴力を振るう人だったから、それだけは良かったかな」

少年らしくない疲《つか》れた声で、ベヨトルが吐《は》き捨てた。

真ハウラン教派とは、イージェス教の分派の一つ。呪式と、付随《ふずい》する先端《せんたん》医療を拒《こば》むという自然主義を掲《かか》げ、本派からは黙示録《もくしろく》派と同様に異端《いたん》視され絶縁《ぜつえん》されている。

呪式を神の御業《みわざ》の一つと言いわけして限定利用する本派もどうかと思うが、徹底《てってい》的に排除《はいじょ》する真ハウラン教派にいたっては、呪式治療も人工臓器も断固として拒否《きょひ》している。

そこで俺は、ベヨトルの襟元から覗く薄《うす》い胸板の縫合痕《ほうごうあと》に気づいた。俺の視線に気づき、ベヨトルは襟元を合わせて胸元の傷痕を隠した。無遠慮《ぶえんりょ》な自分の視線を俺は恥じた。

「母さんは残った全財産を教会に寄付して、教義に基《もと》づいた大昔の移植手術を何度かしてくれました。ですが適合者と資金も限界で、最後の心臓だけはどうにもなりません」

一般家庭には、全身を人工臓器に入れかえたり咒式《じゅしき》治療をするような膨大《ぼうだい》な金はない。俺や他《ほか》の荒稼《あらかせ》ぎしている攻性咒式士《こうせいじゅしきし》にしても、高度医療の大金の工面には苦労する。

さらには昔も今も生体間の移植臓器が適合する確率は極端に低く、古い医療技術のため咒式治療や人工臓器埋設《まいせつ》よりも莫大《ばくだい》な手術費用がかかる。教義を守らなくても、ベヨトルは死を待つのみの身である。

暗澹《あんたん》たる事実に視線を落とすと、ベヨトルの手元に目が留まった。そこに真ハウラン派の真典が光学映像で展開していった。意外だったので、思わず尋《たず》ねてみた。

「君には、それでも信仰《しんこう》があるのか？」

「ええ」

返事は確信に満ちていた。

「真ハウラン教は、イージェス教の聖ハウランの伝説を基にし、作られました」

ベヨトルの細い指先が弱々しく動くと、立体映像の老聖人と文字が動きだし、真典の一節を再現していた。

「聖ハウランが道に迷った時、鴉《からす》に狐《きつね》に熊《くま》にと順々に助けられました。ハウランは恩はかならず返すと誓《ちか》って、森を後にした。何年か経《た》って、酷《ひど》い旱魃《かんばつ》で森が干上《ひあ》がった時、ハウランは動物たちに自身の肉と血を施《ほどこ》したという伝説があります。僕たちは、そんな自然との厳格な等価交換《こうかん》の実践《じっせん》を教義としています」

病床《びょうしょう》のベョトルの瞳。眼差しは、迷うことなく真っ直《す》ぐに、俺の目を見据《みす》えていた。

「僕に信仰を問うということは、あなたも不完全な世界と自分自身を信じられないのですね」

少年の問いかけが俺の心に突《つ》きつけられた。俺は少しだけベョトルに共感していたのかもしれない。俺は咒式《じゅしき》に、ベョトルは信仰に、揺《ゆ》らめく心を預けているのだ。

「母さんの過度の信仰も、僕の病気の体を思って縋《すが》ったものです。それこそハウランのように、すべてを投げだしてくれているのです。たとえ、それが原因で近代医療を受けられなくても、後悔《こうかい》はありません。僕のこの体は神の思《おぼ》し召《め》しだと思っています」

ベョトルは微笑《ほほえ》んだ。少年には似合わない明晰《めいせき》な思考が、あえて信仰に救いを求めている。

だが、俺にはベョトルを助けることはできない。共感と好意を感じていても、それ以上の関係と力の余裕《よゆう》がない。

「私のベョトルと、何を話しているのですか?」

奥から現れたのは、中年女だった。確かムルノーとかいう名前の、ベョトルの母親だろう。抱《かか》えた紙袋《かみぶくろ》を下ろし、足を引きずるようにして歩き、ベョトルの前に立つ。震《ふる》える母親の手には、医療用の魔杖鋏《まじょうきょう》が握《にぎ》られていた。回転式弾倉《だんそう》に弾《たま》は見えないので、単に凶器《きょうき》だが、それでも禍々《まがまが》しい形状だ。

「いえ、その、病床の彼をお見舞《みま》いに来ただけです」

連続殺人事件の調査とは言えず、俺は言葉を濁《にご》す。

「真ハウランの救いがあるから、ベョトルは治ります。いえ私が救います」

ムルノーの声と顔は理性的だったが、威嚇《いかく》するように大鋏《おおばさみ》が俺に向けられていた。

母たるムルノーの背後から、ベョトルが顔を覗《のぞ》かせた。何かを訴《うった》えるような双眸《そうぼう》に押され、俺は言いかえす。

「分かります。ですが、奇跡《きせき》など待たずとも、お子さんは人工臓器や呪式《じゅしき》治療で充分《じゅうぶん》に治ります。お金なら募金《ぼきん》を募《つの》って……」

「お金が問題なのではありません。あなたたちのように、汚《よご》れた機器を体内に埋《う》めこみ、自然の摂理《せつり》に反した呪式を使った治療など、ベョトルには受けさせません」

ムルノーの声は真剣《しんけん》だった。最初は資金の問題だったはずが、信仰の問題にすり替《か》えているのだろう。無意識なのか意図的なのか哀《かな》しい心理だ。

「もうお帰りいただけませんか？」

ベョトルを抱えたムルノーが、冷たい双眸を向けてくる。無力な俺をギギナが顎先《あごさき》でうながし、親子の前から辞する。

「ガユスさん、またここに来てね。お願いだよ！」

ベョトルの悲痛な声が、俺の背を追いかけた。

言葉は俺の足下で散乱し、どこかへ消えていった。

「救われないな」

事務所に戻《もど》った俺は、応接椅子《いす》に身を沈《しず》めながら言い捨てた。ギギナはヒルルカの位置が気に入らないらしく、細かく動かしては直していた。

「宗教的に正しいということで、ベョトルが死なねばならないということがか？」

どうやら独り言を聞かれていたようだ。まあ、俺も答えを欲していたのだが。

「教義に命をかけて従う極《きわ》めて原理的な行為《こうい》だが、教祖が教義を無視するような似非《えせ》宗教の信仰とは違《ちが》う。本人が納得《なっとく》しているならば仕方あるまい」

ギギナの定義はあくまで論理だ。俺の目は、ここから遠い質素な家と、その中にいるはずのベョトルとムルノー親子を見据えていた。

「うむ、この位置こそ我が娘《むすめ》ヒルルカの美しさが一番映《は》える。世の凡百《ぼんぴゃく》の椅子になど、軽々しく体を許してはならぬぞ」

目を向けると、顎の下に手を添《そ》えたギギナの前でヒルルカが安置されていた。先ほどとなにが違うのか、俺には理解できない。ついでに、椅子の処女膜《しょじょまく》の位置も分かりたくない。

「そういえばガユスは無神論者だったな」

ヒルルカを眺《なが》めながらのギギナの声。ギギナの論理飛躍《ひやく》のほどもよく分からないが、無意味な瞬発力《しゅんぱつりょく》に乾杯《かんぱい》。

「ああ、ある学者の分類によると、神という概念《がいねん》は二十三種類くらいに分けられるそうだ」無意味な分類を恥《は》じるように付けくわえる。「そして俺は、神様がいてもいなくてもいい立場だ。同様に宗教もどうでもいい」

「無神論者らしい安価で凡庸《ぼんよう》な言葉だ」

「俺にだって、神を信じるような清らかな幼年時代くらいある」

俺は応接椅子に深く身を沈める。

「両親は優しく、二人の兄貴と美しい妹が俺の誇《ほこ》りだった幼年時代。神様は俺を見守っていてくださると信じられたよ」

想《おも》いは過去へと飛翔《ひしよう》する。懐《なつ》かしく不愉快《ふゆかい》な手触《てざわ》りとともに。

「幼年時代に近所の悪餓鬼《わるがき》どもに殴《なぐ》られ、地に這《は》わされ、蹴《け》られまくった時に必死に祈《いの》った。『神様、どうして正しいことをした僕が、悪いヤツらに殴られるのですか？　神様、僕を助けてください。助けてくだされれば、僕はあなたを一生信じます』とね。一時間後には、鼻血と青痣《あおあざ》に塗《まみ》れ、信仰《しんこう》を失った無力な子供が一匹倒《ぴきたお》れていたよ」

誰《だれ》でも同じような経験をして、神の無力さに呆《あき》れて信仰を捨てる。悪餓鬼に報《むく》いを受けさせたのは、復讐《ふくしゆう》に燃える俺と、何でもできる下の兄貴ユシスの鉄拳《てつけん》だった。それでも保っていた世界と神に対する一片《いつぺん》の信頼《しんらい》は、妹の死で俺の中から完全に消えた。

後に呪式《じゆしき》と科学を習いはじめて、俺の無神論は確信となった。この世は、宇宙創世時にいいかげんに決められた物理法則で動いている。人間には何の関係もなく動くのが世界なら、不条理でとうぜんなのだと知らされた。

「だからといって、俺は別に宗教を否定はしない。現実にどうやっても救われない人間がいる以上、他人に迷惑《めいわく》をかけなければ幻想《げんそう》も自由だ。宗教とは、薬物嫌《ぎら》いのための精神安定剤《ざい》だろうよ」

唇《くちびる》が皮肉に歪《ゆが》むのは止められない。ギギナの美貌《びぼう》は椅子に向けられたままだった。

「前から言おうと思っていたが、貴様の言葉は曖昧《あいまい》だな。なにに対しても肯定《こうてい》も否定もしない」

「断定できないことばかりの世の中への順応。知性ゆえの中庸《ちゆうよう》主義だと言え」

「言いかただな。単に大物になれない性格の別名だ」

言ってはならないことを、あっさりと言うな。反駁《はんばく》だか諦《あきら》めだかが口を衝《つ》いた。

「外なる道徳に従い、内なる倫理《りんり》に従っているだけだ。俺なりにね」

「自己を信じ、律しないものに、倫理と誇りは成立しない」

ギギナの言葉が、鋭《するど》い刃《やいば》となって俺の心臓に突《つ》きつけられた。それは万人《ばんにん》に対する問いだ。

向きなおったギギナの瞳《ひとみ》が、疑問の色調に染められていた。

「私にはよく分からぬ。自己の精神と肉体以外に頼《たよ》るべきものなどありもしない。貧しいわけでもなく、愚《おろ》かなわけでもない普通《ふつう》の者がなぜ今さら神に縋《すが》る？」

「おまえには分からないだろうよ。その普通さが辛《つら》い人間が多いんだよ」

ギギナのように強い人間は前進しか考えられないのだろう。しかし、弱くて愚かな、俺のような普通の人間は何を指針としたらいいのだ？

かつての殺人事件で出会った少女、ラクシュのように、自分の人生と可能性が終わりまで見えているのは、ある種の絶望を呼びよせる。

支配者も落伍者《らくごしゃ》も等しいとしか思えない時代に、自分が自分であることの価値を見いだすのは難しい。いや、不可能なのだろう。一見、豊かで享楽的《きょうらく》な時代だが、実は全員が互《たが》いの細かな間違い探しに怯《おび》えている。容姿に服に化粧、職業に年収に仲間うちの地位の間違い探しにだ。

そんな周囲の人間がくだらなくて退屈《たいくつ》だというのは、あたりまえの感性だ。だが、自分も同じようにくだらなくて矮小《わいしょう》で愚かで、世間的に価値がないという事実に耐《た》えきれない人間が、どの時代にも一定数いる。

そして、イエッガの名を騙《かた》った少年のように、神に選ばれ、超《ちょう》能力や霊《れい》能力を得たという幻想を必要とする人間もいる。自らが、普通の人間より高次の存在だという歪んだ優越感《ゆうえつ》に浸《ひた》らねば、立つことすらできない人間が。

この世の不条理に、対症療法《たいしょうりょうほう》でなにごとかの説教は言えるが、根源的な解決は誰にも明示できない。そこで厳《おごそ》かな金管楽器の伴奏《ばんそう》とともに、神様の出番というわけだ。

信仰のない俺とて、あまりのやりきれなさに、神や真理に縋りたい時がいまだにあるのを否定しない。

一生に一度も神に助けを求めない人間などいない。

助けを求めないのは、狂人《きょうじん》か無謬《むびゅう》の人生を歩む人間だけだ。

そして後者は存在しえない。


夜のエリダナで咒式《じゅしき》強化犬の追跡《ついせき》をしていても、俺の思考は空回りしつづけていた。

「漠然《ばくぜん》としすぎていて、迷い犬など見つからぬ」

ビルの谷底でギギナが吐《は》き捨て、俺は我に返る。街のネオンを背に、感覚強化咒式《かんかくきょうかじゅしき》を停止したギギナが無言の俺を見据《みす》えていた。

「どうせ、無意味な思考をしているのだろう。鬱陶《うっとう》しいから止《や》めろ」

「ツザンも似たようなことを言っていたな」

ギギナごときに内心を見透《みす》かされるとは、苦笑《くしょう》でもするしかない。確かに俺の思考癖《へき》は病気で、脳と体に悪いのだろう。

「例の事件だが、ムルノーとベヨトルの監視《かんし》が正解なのかもしれない」気分を切りかえたいが、関連したことから離《はな》れられない。「だが、犯人はエリダナだけでなく、その近辺で動いている。他《ほか》のナーラガとハリビエが次の被害者《ひがいしゃ》という可能性もある」

退屈な臣下を眺《なが》める暴君のような、ギギナの表情。

「最初とは逆の立場だな。私が興味を無くせば、貴様は関《かか》わりたがる。どこまで性格と思考が

「ギギナ次元のおまえと三次元の俺が会話できているのが奇跡《きせき》だが、意志の疎通《そつう》はいまだ無理みたいだ。言語学者の奮起を望む」

「弱者が強者に歩みよるのが世界の掟《おきて》だ。しかし被害者の体質が共通点だというツザンの推測は悪くない。悪くはないが、確証ではない」

ギギナの指摘《してき》することは、俺も気づいていた。思考をまとめるため、携帯《けいたい》から情報を立体展開してみせる。

「ヴィネルに調べさせてみたが、他にも被害者の共通点はある。偶然《ぐうぜん》なのか全員の星座が獅子《しし》座《ざ》で、左利《ひだりき》きだ。さらには髪《かみ》の色と瞳の色が補色関係にある」

「その要素を組みあわせても、体質と同じくらいの確率にはなるし、条件はまだまだあるだろうな」

「だとしたら犯人の目的は、被害者選びの基準はなんなのだ？　これだけの短期間に連続して人を殺すほどの、激しい憎悪《ぞうお》と憤怒《ふんぬ》。対して冷静な内臓摘出《てきしゅつ》の手腕《しゅわん》が結びつかない」

俺は再び思考に沈《しず》む。ギギナも高邁《こうまい》な詩想にふける詩人の顔をしているが、たぶんなにも考えてはいない。本人が変態のくせに、変態の思考を辿《たど》るということが下手なのだ。

ギギナの頭の上に漫画《まんが》風のふきだしを付けるなら、椅子《いす》やら家具のことで一杯《いっぱい》だろう。あとは、処刑《しょけい》されている俺の姿くらいだろうな。ギギナの内心など知りたくもないが。

車が行き交《か》う音が夜のエリダナに重なり、俺たちは帰り支度《じたく》をはじめる。

そしてあることに思い至った。考えれば簡単なことだった。事件の真相などどうでもいい、だが一つの賭《か》けが成立する。

俺は携帯を操作してツザンを呼びだす。人間だか獣《けもの》だかの悲鳴を伴奏に、ツザンが出る。

「こんな夜更《よふ》けになんの用？」

「背景音楽の原因は通報しないから、一つ頼《たの》まれてくれないか？　ああ、情報屋のヴィネルを使ってでもやって欲しいことがあるんだ」

ツザンに手順と目的を説明しおえて携帯を切る。隣《となり》を見ると、誇《ほこ》り高き戦士が厳しい顔をしていた。

「警察に連絡《れんらく》して手を引くか？」

「いや、俺がやる」

ギギナの秀麗《しゅうれい》な唇《くちびる》が、内心の疑問とともに歪《ゆが》む。

「貴様は安全策をとると思ったが？」

「少し黙《だま》れ」

問題は誰《だれ》を助けるか、どうやって論理を組み立てていくかだ。そして俺の唇は笑《え》みの弧《こ》を描《えが》いた。

「俺なりの解決を優先する。もうこの事件は終わっている」

俺の決意の言葉に、ギギナが重い沈黙《ちんもく》の衣《ころも》をまとった。俺はヴァンを発進させる。

夜と地続きの翌朝、カルザール家前の路上。黒の背広に身を包んだ俺は、左手で握《にぎ》った魔杖《まじょう》剣《けん》ヨルガの刀身を鏡に、右手で青いシャツの襟元《えりもと》のネクタイを整えた。そして鞘《さや》に刃《やいば》を差し戻《もど》し、鞘ごと革帯《かわおび》から外して一回転。隣のギギナに投げて渡《わた》す。

「本当に丸腰《まるごし》で、一本の刃すら持たずに行くのか？」

片手で受け取りながら、ギギナが問うてくる。さらに腰の後ろの魔杖短剣マグナスをも、ギギナに投げて渡す。そして口を開いて、舌を出してみせる。

「俺には、この舌の刃がある。そして今はこの相棒が最大の武器になる」

「貴様が失敗することを祈《いの》る。私と屠竜刀《とりゅうとう》の闘争《とうそう》の場は、ここにはない」

優《やさ》しさの一片《いっぺん》もない相棒から身を翻《ひるがえ》し、俺は歩いていく。最後の場面に向かって。

平凡《へいぼん》な街の平凡な家、カルザール家の扉《とびら》を叩《たた》く。扉越しに、不機嫌《ふきげん》さを隠《かく》さないムルノーの声が返ってきた。

「あなたは昨日の無礼な咒式士《じゅしきし》ね。こんな時間に何の御用《ごよう》かしら？」

「ええ、今日は昨日のお詫《わ》びとベヨトルのお見舞《みま》いを兼《か》ねてやって来ました」

「私はこれから外出する用があるので、明日にでも……」

「あなたにも少しお話があるのです」

「呪式士《じゅしきし》など信用できません。ただの物見遊山《ゆさん》で来られては困ります」

ムルノーの声が硬《かた》さとよそよそしさを帯びる。

「それでは俺の個人情報を転送します。それを見て保証としてください。後で訴訟《そしょう》なりに使ってくださって結構です」

携帯を扉の個人識別機に押し当てると、ムルノーが情報を読みあげていく声が聞こえてくる。

「ガユス・レヴィナ・ソレル。チェゼル州から昨日、このエリダナに来られた。赤毛碧眼《へきがん》、身長一八三・三センチメルトル、体重七〇・五キログラムル、血液型は……」

そして隅々《すみずみ》まで読みこむ沈黙の後、カルザール家の扉が開かれ、機嫌良さそうなムルノーの顔が俺を出迎《でむか》えた。

ムルノーの顔は俺を抱《だ》きしめたいばかりの喜びを、なんとか来客への歓迎《かんげい》に変えようと耐《た》えて痙攣《けいれん》していた。

それはそうだろう。凄《すさ》まじい幸運の運び手が、自分から目の前に現れれば、ご機嫌にもなろうというものだ。

「どうぞ、紅茶をお出ししますからそこに座ってお待ちくださいな」

ムルノーが台所に向かい、俺は革張りの応接椅子に座る。

奥の部屋と違《ちが》って、最低限の家具しか置いていない応接室は綺麗《きれい》にしてあった。俺は周囲を見わたして、どこにも見あたらない姿を探す。

「あの、ベョトルはどこに？」

「え？　ああ、すでにお知りあいでしたよね。ベョトルは奥で寝《ね》ています。ですが会える状態ではありません」

頭を動かして奥を覗《のぞ》くと、窓際《まどぎわ》の寝台《しんだい》でベョトルが眠《ねむ》っていた。暗くて少年の姿は見えないが、時々苦しげな咳《せき》が聞こえる。

「……ベョトルはもう長くはありません。昨日の夜から急激に病状が悪化して、今この瞬間《しゅんかん》にでも……」

ムルノーの横顔に暗い影《かげ》が差《さ》す。ベョトルの病状についても調べはついている。

「外出の用とは、もしや病院なのでは？　でしたら俺はお邪魔《じゃま》ですから、退去しますが？」

「いえ、病院での呪式《じゅしき》治療はしていません。ただ、あの子の好きな本を買ってあげようと。でも、ベョトルから離《はな》れるよりは、ついていてあげるべきなのだと気づきました」

「呪式治療をしないという決心は、変わらないのですか？」

「ええ、本人と私の宗教、真ハウラン教の教えですから」

台所に立っていたムルノーが体ごと振《ふ》り返り、俺の視線を辿《たど》る。壁《かべ》に設《しつら》えられた豪奢《ごうしゃ》な祭壇《さいだん》と聖人ハウランの像を見ながら、ムルノーが微笑《ほほえ》む。

「昨日のように先端《せんたん》呪式医療を勧《すす》めにでも来ましたか？　残念ですが、そのようなお金は我が家にはありませんし、聖ハウランの教えに背《そむ》くことはできかねます」

「そうですか」

何の興味もなさそうに俺が答えると、ムルノーが不機嫌そうな皺《しわ》を眉間《みけん》に刻む。

「それで、あなたの信ずる真ハウラン教とは、どちらの宗教です？」

「どちらの、というと？　真ハウラン教にも、大本のイージェス教にも一つの神しかおられませんが？」

ムルノーが不思議そうに尋《たず》ねかえしてくる。

話に乗ってきた。俺は思惑《おもわく》を隠しながら、右手の人差し指と中指を立てて、中指を折る。

「宗教は大きく二つの類型に分けられます。一つは、とにかく幸せになりたいというものです。常識的な手段では幸せになれそうもないから、呪術《じゅじゅつ》や超常《ちょうじょう》手段にすがる。顔が良くなり頭も冴《さ》え、金が手に入れば解決するという即物《そくぶつ》的なものです」

次に人差し指を折って、解読を続ける。

「もう一つは、自分とは、世界とは何かという無意味な問いに答えを求めるもので、修行や神秘体験で世界に意味を取りもどそうとする。これも脳内物質のドーパミンやエンドルフィン、薬物で同じ状態を引きおこせる。どちらも同じ程度の陳腐《ちんぷ》さです」

「典型的な宗教批判ね。いいわ、若き咒式士《じゅしきし》の議論の相手になって差しあげましょう」

ムルノーの顔に、論戦への闘志《とうし》が表れてくる。

元々、ムルノーは論理を思考の基《もと》とする咒式師なのだ。真ハウラン教に帰依《きえ》した今でも、布教の尖兵《せんぺい》として熱意を傾《かたむ》けているため、乗ってくるだろうと予想したとおりだ。

「良心の大きな基盤《きばん》として、世間にとって良いことである道徳と、神や自己の美意識を基とした倫理《りんり》があります」

反論の声は、深山《しんざん》の林のように静かで清澄《せいちょう》な湖のように淀《よど》みがなかった。

「ですが、個人から倫理が消え、道徳を決めるはずの社会自体が溶解《ようかい》した現代において、良き存在であるのは難しい」

火台の上で沸騰《ふっとう》し、蒸気の悲鳴をあげる薬罐《やかん》をムルノーが手に取り、蒸らし器に湯を注いでいく。

「たとえば強力な権力を手にしたり、物陰《ものかげ》に隠《かく》れたときにまで良心的な存在でいられるのは、本当に優《すぐ》れた徳性を持つ上等な人間だけです。内部に倫理をもたらす指針として、私は息子《むすこ》に導かれて真ハウラン教を選びました」

蒸らし器から、陶杯《とうはい》に琥珀色《こはくいろ》の液体が注がれていく。かつてムルノー自身が、虚《うつ》ろな自己に信仰《しんこう》を注がれたように。

「確かに、ひとくくりに宗教が悪いと思うのは、間違いというより思考停止でしょうね。呪式《じゅしき》や科学やすべての道具と同じく、宗教にも危険な場合があるというだけ。どんな物事にも当てはまるように、本人が個別に判断するしかない」

「紅茶でも飲んで落ちついてください」

ムルノーが紅茶の入った陶杯《とうはい》を、俺の前に置く。陶器の中で薄紅《うすべに》の波紋《はもん》が揺《ゆ》れていた。

「それより話を続けます」

そこで俺は口調を本来のものに戻《もど》して、本格的な戦闘態勢に入る。

「あなたたちの教祖や教義の正しさも、さらに奥にある一神教的なものが信頼《しんらい》されている場合だけだ。背後の正しさは誰《だれ》にも保証できない」

「やれやれ、神の有無《うむ》の論議ですか？」

「神を実在するとするか、ただの名前か。ようするに普遍《ふへん》というものは、人間の抽象《ちゆうしよう》の産物にすぎないということです」

「神の実在と不在は中世の有閑《ゆうかん》階級の議論で、不在の証明はできないと結論されました。神、もしくは絶対の価値があると信じるかどうかが、信仰の有無の分かれ目なのです」

出来の悪い生徒をたしなめる教師のように、ムルノーが返答してきた。

「内部に倫理がない人間は怪物《かいぶつ》であり、勝手な倫理は妄想《もうそう》へと暴走する。道徳は公約数的な足《あし》枷《かせ》になり、また道徳という社会の視線が客観性に欠ける倫理の抑止力《よくしりよく》となる。だとしたら、真ハウラン教という規範《きはん》があってもよろしいし、あなたの言う本人の個別の判断なのでは？」

論理と信仰を備えた者として、ムルノーは強力な舌を持っていた。俺も本気で戦わざるを得ない。

あくまで俺の戦場、戯言《たわごと》に引きこんで、核心《かくしん》を衝《つ》いていく。

「あなたたちのように論理的に考える人間ほど、この世の不条理さが、善悪が分からなくなる。この世がそもそも苦難の世界なのか、それともそう考える自己の認識《にんしき》なのか」

俺はムルノーの目を見据《みす》える。だが、信仰者の瞳《ひとみ》は逸《そ》らされはしなかった。

「信仰によって、私は我が子ベョトルの難病という不条理を受け入れることができたのです。生まれや環境《かんきょう》、事故や病に苦しむ人々の『どうして他の誰でもない自分だけが苦しむ？』という問いに答えはない。神に縋《すが》るしかないのです。それとも、苦しむ人々に、あなたの苦しみは、ただの無意味な偶然《ぐうぜん》だと言えますか？」

女の瞳は、心底からの悲哀《ひあい》を滲《にじ》ませていた。その末に信仰という認識の変化を選んだのだ。

だが、それでも俺は、彼女の心を斬《き》り刻まなくてはならない。ムルノーは愚《おろ》かではない。愛する息子の病気を許容するために、考えに考えた。その末に信仰という認識の変化を選んだのだ。

「あなたたちの愚かさは、推理小説のような整合性を現実世界にまで求めていることだ。手掛《てが》かりがすべて揃《そろ》ったり、緻密《ちみつ》な計画を立てる犯人を求めるが、そんなものは物語の中だけだ。実際の世界は、無意味な偶然と不条理で溢《あふ》れかえっている。もっとも楽な方法は、神や真理という名の整然とした物語に自我を預けることだ。そうすれば何も考えなくてもいい」

ここで思考と論理を飛躍《ひやく》させる。

「あなたの真ハウラン教に対する信仰と教義の善悪は、すでに真ハウラン教の内部にいるあなたには証明できない。ある程度強力な形式体系が、その内からでは自らを真だと証明できないという不完全性定理のように」

俺の論理は、ムルノーの思考の弱点を衝いた。さらに反転、矛先《ほこさき》を揃えて攻勢《こうせい》に移る。

「自由という不自由さと、何の目的もない不条理な世界。そんな無意味性の地獄《じごく》から逃《のが》れようと、支配と陶酔《とうすい》と心理操作という別の地獄を選んでしまう。あなたの、そして人々の信仰は、それだけのことだ」

俺は、ムルノーだけに語りかけているわけではなかった。俺自身と、そして誰かへと語りかけていたのだ。

「仕事や娯楽《ごらく》や趣味《しゅみ》や性や妄想や創造は、現実の、自らのくだらなさから逃《に》げるためにある。俺の場合は呪式《じゅしき》、あなたは信仰に逃げた。だが、本当はどこにも逃げ場所などない。世界自体が救われない構造で、自己認識を変えても救われない。だけどそれが世界で現実だ」

時が流れる音が聞こえそうな長い沈黙《ちんもく》の後、ムルノーは唇《くちびる》で優雅《ゆうが》な弧《こ》を描《えが》いた。

「それはあなたの結論ですね。それでは私の、いいえ誰の信仰も揺らぎません。神を求める心には届きません！」

そのとおり。俺の言葉には熱が存在しない。凡百《ぼんぴゃく》の学者や評論家でも言える戯言にすぎない。言葉とは人間が決めた意味の羅列《られつ》。そんなものでは、苦しみ絶望した人間が必死に縋っている信仰や信念が揺らぐはずがない。相手の論理を分析《ぶんせき》して破綻《はたん》を衝く。だがそれがなんだ？

現実を、素粒子《そりゅうし》一つぶんも変えられない言葉など、俺でも鼻で笑うほどの無力さだろう。それでも俺は絶望を思い止《とど》まらせる楔《くさび》となることを望んだ。

「少しは楽しかったですわ。紅茶でも飲んで落ちついてくださいな」

「紅茶は飲まないし、あなたの用は果たせない」

「あなたは何が言いたいのです？」

「睡眠薬《すいみんやく》入りの紅茶を飲んで、あなたに内臓を、そう、最後の心臓を取られたくはないですからね」

さて、ここからが蒔《ま》いてきた罠《わな》の収穫《しゅうかく》、本当の戦いだ。

「はっきり言おう。ムルノー、おまえが連続猟奇《りょうき》殺人の犯人だと推測される」

「どこまでも面白《おもしろ》い人ですね」

ムルノーは本当に冗談《じょうだん》でも聞いているような表情だった。だが、その皮膚《ひふ》の裏にある焦燥《しょうそう》を俺は見抜《みぬ》いていた。

「被害者《ひがいしゃ》の共通項《こう》は、体内の抗原《こうげん》の一致《いっち》だった。おまえは、まだ生きている人間の医療《いりょう》情報に侵入《しんにゅう》して適合者を探しては、肝臓《かんぞう》、肺、腎臓と内臓を摘出《てきしゅつ》していた。そして内臓が死んでいく息子に移植していた」

苦い感情とともに、弾劾《だんがい》を続ける。

「この俺が適合者というのは嘘《うそ》だ。医療情報を操作して、たまたまエリダナに出張してきたという架空《かくう》の適合者を作り、俺自身をその人物として無力な餌《えさ》を装《よそお》った。そしておまえは獲物《えもの》の

ほうから来たと思い自宅へ招き入れた」

「妄想、ですね」

ムルノーの返答は冷静で、瞳も湖面の平静さを保っていた。だが、最大の幸運が嘘だと知らされ、希望に亀裂《きれつ》が入ったのはたしかだ。

「被害者はABO式のA型とB型とO型のRh＋、ベヨトルの血液型はAB型のRh＋型です。関係ありません」

ムルノーは失敗を犯した。それを見逃《みのが》す俺ではない。

「白血球の抗原が共通していれば、AB型のRh＋はABO型それぞれのRh＋と－の両方から輸血可能で臓器を受けとれる。そして他《ほか》のA型とO型の二人には適合が不可能だ。元医師のおまえが、こんな初歩的なことを知らないわけもあるまい。隠《かく》そうとして逆に露《あらわ》になることもある」

言葉の鉄槌《てっつい》に、無機質なムルノーの顔に動揺《どうよう》の亀裂が刻まれる。

「……忘れて、忘れていただけです！」

「確かに証拠《しょうこ》はないし確証もない。だが、それだけで充分《じゅうぶん》だ」

不安の色を帯びたムルノーの顔に対し、俺の唇は酷薄《こくはく》な半月の笑《え》みを浮《う》かべていただろう。

そう、真実など、いつでもどこでも、誰にもどうでもいいのだ。

「俺が適合者だと言った言葉が嘘なのは、すでに語った。だが、残る適合者のナーラガは強力な攻性呪式士《こうせいじゅしきし》で居場所も遠い。ハリビエ氏にも今朝事情を説明し、事件の解決までエリダナから遠ざかり隠れてもらった」

ムルノーの希望は微塵《みじん》に砕《くだ》かれた。自分で自分の体を支えられなくなり、倒《たお》れるように奥の部屋へと逃げていく。俺は応接椅子《いす》から腰《こし》を上げる。

名探偵《めいたんてい》の推理による謎《なぞ》解きなど、現実には無意味だ。

論理と知識ですべてのものごとを解決できると思うのは、それこそ合理主義教の妄信《もうしん》だ。それは安易に神を求める心と変わらず、真摯《しんし》な信仰《しんこう》を笑うなどできはしないだろう。

悠然《ゆうぜん》と追っていきながら、俺は残酷《ざんこく》な宣告をムルノーの背中に浴びせていく。

「臓器移植、特に心臓は、呪式《じゅしき》に頼《たよ》らないのなら、摘出して四時間以内に移植しなければ、まず成功しない。そう、今この瞬間《しゅんかん》にでも死にそうな、あなたの息子《むすこ》のベヨトルに移植するべき心臓は、絶対に手に入らない」

推理など俺の流儀《りゅうぎ》ではない。俺の流儀は汚《きたな》らしい偽《いつわ》りと罠だ。だからこそ潔癖症《けっぺきしょう》のギギナを置き去りにし、俺だけで臨んだのだ。

ヴィネルによると、俺程度が調べた情報は警察もすでに手に入れ、こちらへと急行しているそうだ。急がねばならない。

荒廃《こうはい》した部屋で、ムルノーは寝台《しんだい》に横たわるベヨトルに縋《すが》りついていた。よく見ると、ベヨトルは寝《ね》ているのではなく、寝台に革帯《かわおび》で縛《しば》りつけられていた。そして口を利《き》けないように拘《こう》束具《そくぐ》で抑《おさ》えられていた。

身動きできないベヨトルの悲しげな瞳《ひとみ》が、俺に助けを訴《うった》えかけていた。

「どうして……」ムルノーは無機質な顔のまま、虚《うつ》ろな疑問の声を発した。「どうして我が子を救う邪魔《じゃま》をするの？」

それは殺人と子供への母性愛の自白だったろう。俺は寝台のベヨトルへと視線を落とす。

「俺はベヨトルを助けたい。だからあなたが犯人かどうかは副次的なものだった。犯人だとしたら殺人の手段を遮断《しゃだん》し、人工臓器の移植を強制しにきただけだ」

「……できない」

ムルノーの顔に苦悶《くもん》の皺《しわ》が刻まれる。口から噴出《ふんしゅつ》したのは、激烈《げきれつ》な理性の声。

「それだけは絶対にできないのよ」

女の唇《くちびる》から、黒々とした告白が零《こぼ》れていく。

「それを拒否《きょひ》するからこその信仰！　あくまで自然の、生体の臓器でなければ、息子は死後も天国に行けないっ！」

ムルノーの叫《さけ》びに、俺は激情の言葉を投げかえす。

「子供のためなら、人を殺してもいいと、聖ハウランが教義を説いたか⁉　自分の行為《こうい》が間違《まちが》っているとなぜ気づかないっ⁉」

「どこの誰《だれ》が、真ハウラン教徒の教義のためにすべての臓器を移植して、自らの臓器を人工化してくれるの？　だから私は教義の解釈範囲《かいしゃくはんい》で他人から強奪《ごうだつ》するしかなかった」

　ムルノーが無知を哄笑《こうしょう》するように喉《のど》を仰《の》け反らす。

「私は教義の論理を厳守する。一人からは一つしか奪《うば》えない。一つ奪ったら一つなにかを与《あた》えねばならない。だからこの交換《こうかん》は許される」

　ムルノーが室内履《ば》きを蹴《け》り捨てる。包帯の間から、足の指の断面が見える。その狂気《きょうき》の論理が室内の空気を圧する。他者を救うためではなく、他者から奪うための代価としてムルノーは自己犠牲《ぎせい》の教義を解釈していたのだ。

　口の端から泡《あわ》を吹《ふ》いて、ムルノーが寝台の下に隠していた魔杖鋏《まじょうきょう》を振《ふ》りあげる。窓硝子《まどガラス》が砕ける音とともに、屠竜刀《とりゅうとう》を提《さ》げたギギナが応接室に転がりこんでくる。突進《とっしん》に入るギギナを、俺の手が止める。

「おまえも母親なら、被害者《ひがいしゃ》にも母親がいるということが分かるだろうが！　なぜこんなことをした⁉」

「あなたこそ傲慢《ごうまん》よ。他人の苦痛を知性から推測することはできても、まったく同じには感じられない。母親にとっては、自分の息子が、子供がすべてなのよ！」

　だが、天井《てんじょう》につきそうなほど高く掲《かか》げられた大鋏は、俺たちへと向けられることはなく、静かに閉じられた。あくまで咒式医師《じゅしき》のムルノーに俺たちに対抗《たいこう》できる力などない。だとしたら、降伏《こうふく》しかない。

「心臓を持ってこられなくてごめんね、でも、お母さんが必ず助けてあげるわ」

だが、ムルノーの双眸《そうぼう》には絶望ではなく、強靭《きょうじん》な決意の光が宿っていた。ギギナはなにが起こるのか分からず、屠竜刀の構えを崩《くず》さない。しかし俺は理解していた。

「や、めて、母さん……」

ベヨトルが身を捩《よじ》り、口を塞《ふさ》ぐ拘束具から逃《のが》れていた。

「わが子を、ベヨトルを助けるっ！　この私がっ！」

閉じられ、一振りの刃《やいば》となった大鋏は、自らの胸、乳房《ちぶさ》の間に突《つ》き立てられた。布地を貫通《かんつう》し、肋骨《あばらぼね》から胸腔《きょうこう》にまで達する深い刺突《しとつ》。

そして、凄《すさ》まじい剛力《ごうりき》で大鋏が左右に開かれていく。鮮血《せんけつ》とともに、筋肉が捻《ね》じ切られ肋骨が破砕《はさい》され、胸の悪くなる音が室内に響《ひび》く。

ムルノーの足元の血溜《ちだ》まりに、次から次へと太い血の雨が降りそそぎ、真紅《しんく》の絨毯《じゅうたん》となって広がっていく。俺やギギナの足元にまで達する膨大《ぼうだい》な出血。

激痛と出血に耐《た》えきれず、大鋏を握《にぎ》ったまま机に左手をつくムルノー。折られた肋骨が四方八方へと飛び出し、肉片《にくへん》が垂れ下がり開かれた胸腔。その内部で、脈動する赤黒い心臓が覗《のぞ》いていた。

「呪式士《じゅしきし》さん、たちにお願い。これ、を、私の心臓、をベヨ、トルに移植し、て……」

ムルノーは大鋏を握りこみ、自らの右眼窩《がんか》に突き立てた。眼球が破裂《はれつ》し、さらに捻じこむ。

慈母《じぼ》の献身愛《けんしんあい》か、宗教的熱狂《ねっきょう》か、安らかな笑《え》みのムルノーの顔が朱《しゅ》に染まる。

笑顔のままに傾斜《けいしゃ》していく母親の体をギギナが支えた。虚血《きょけつ》性心臓発作を抑えるために、ホルモンの一種のパソプレシンを生みだす咒式《じゅしき》を発動。細菌《さいきん》感染を防ぐべく、胸部の傷口を咒式で殺菌《さっきん》し、治癒咒式《ちゆじゅしき》で塞ぐ。

そう、ギギナにも、自ら前頭葉を破壊《はかい》し脳死状態になったムルノーは助けられない。

「いやだっ、母さん、そんなっ⁉」

泣き叫ぶベヨトル。俺は後ろからベヨトルの小さな体を片手で拘束。そして脇《わき》に抱《かか》えて部屋を抜《ぬ》け、外へと飛びだす。俺に並走《へいそう》して瀕死《ひんし》の痙攣《けいれん》のムルノーを運ぶギギナがいた。俺を責めるような瞳《ひとみ》をしているだろうが、無視。

一秒でも速く、瀕死の母親と子供を病院に運ばねばならない。

他《ほか》に選択肢《せんたくし》はない。

緑の廊下《ろうか》を、ベヨトルを乗せた担架《たんか》とムルノーを乗せた担架が走っていく。

二人を運んでいく医師や看護師が、生命維持《いじ》装置を作動させている。二台の担架と一行は、俺たちを突き飛ばすように駆《か》けぬけていった。エリダナ中央病院の緊急《きんきゅう》手術室に、担架が吸いこまれ、扉《とびら》が閉じられた。扉の上で不吉《ふきつ》な赤色灯が灯《とも》り、緊急の心臓移植手術が始まる。

追っていた俺たちは手術室前に立ちつくしていた。何もできることはなく、廊下に設《しつら》えられた待合椅子《いす》に座る。並んで座る俺たちの間には、硬質《こうしつ》の空気が張りつめていた。

「貴様、こうなることが分かっていて仕掛けたな。だからこそ警察にも伝えず、私の協力も求めなかった」

ギギナの問いに俺は答えないし、最低限の後悔《こうかい》しかしていない。この方法が、考えられるかぎりで最善の結果を導くと思ったからの行動だ。

俺の傲慢で勝手な命の天秤《てんびん》は、殺人犯のムルノーの命よりベヨトルに傾《かたむ》いていた。これ以上の犠牲者《ぎせいしゃ》を出さずにベヨトルの教義を尊重し、助けるためには、母親の凶行《きょうこう》を止めて自殺させ、その心臓を捧《ささ》げさせるしかない。

ベイリック警部補に事態を事故だと説明し、真意を隠《かく》さねばならないことを考えると、気が重い。

「あの家に大金があり、母親とベヨトルが教義に拘泥《こうでい》せず、人工臓器を受け入れる。どれかを選択《せんたく》していたら、誰《だれ》も死なずに済んだ。だが、それはありもしない仮定の話だ」

コンクリ壁《へき》に後頭部と背中を預ける。冷やかな平面が俺の体温を奪《うば》っていく。願わくは、俺の無力さと愚《おろ》かな罪悪感も奪っていってくれ。

「手術が成功してくれれば、それでいい」

祈《いの》るような縋《すが》るようなつぶやき。視線を水平に動かすと、ギギナの横顔が曇《くも》っていた。

「そうは思わない」

「なにを、言っている?」

「おまえの、変化を期待する賭《か》けは敗北する確率が高い。それだけだ」

核心《かくしん》を避《さ》けた会話は切断され、二人の間に沈黙《ちんもく》の羽毛が降りそそいでいく。喉《のど》まで降り積もった静謐《せいひつ》に、俺が窒息《ちっそく》しそうになった時、手術室の表示灯が緑に変わる。

車輪の音を前触《まえぶ》れに、手術室の扉が開いていく。

笑顔の医師と看護師、そして担架に横たわったベョトルの苦しげな寝顔《ねがお》があった。

手術室内部で死亡し、処置をされていくムルノーが目に入る。

その死に顔が、どこか安らかだったというのは、俺の過剰《かじょう》な感傷なのだろう。


ベョトルは真ハウラン派として、呪式治療《じゆしきちりよう》を避けたために急速な回復はできなかったが、それでも高度再生医療のおかげで一ヶ月後に退院となった。

白い壁《かべ》の外には、報道陣《ほうどうじん》が押しかけていた。被害者《ひがいしや》の遺族たちは「私の息子《むすこ》の肺を返せ!」「殺人によって助かる命なんて許せない!」と怒鳴《どな》り、憎悪《ぞうお》の人波が警察や警備員と揉《も》みあいになっている。

喧騒《けんそう》を避けて裏口へと歩む医師たちと、車椅子《くるまいす》で進むベョトル。

車椅子の軋《きし》む音が、出口を抜けて外に、そして石柱に支えられた裏口玄関に到達した。俺とギギナは石柱に背を預けて待っていた。

屋根の下と芝生《しばふ》、影と陽光の境界線。そしてついに光の中へと、車輪が乗り出した。車椅子の手摺《てすり》を握るベョトルの手に力が籠《こ》もり、上半身を浮《う》かせる。

右足の弱々しい一歩が踏《ふ》み出されて、裏庭の芝生を踏みしめる。続く左足が緑の絨毯《じゆうたん》に立つ。手摺を離《はな》れて、ついにベョトルが立ち上がっていた。

前後に揺《ゆ》れながらも、ベョトルは両足で立っていた。それは歓喜《かんき》の震《ふる》えだった。

「ああ、ああ！」

ベョトルの薄《うす》い唇《くちびる》から、深い感嘆《かんたん》の声が漏《も》れた。

「これが、外なんだ。外の世界なんだ。そして僕は生きて、立っている。これで僕の望みが果たせる……」

光の中に立つベョトルを、駆けよった人々が囲む。

「おお、ベョトルよ、君は真ハウラン教の福者に認定《にんてい》された！　あなた様こそ聖ハウラン様の再来なのです！」

裏庭に現れたのは、揃《そろ》いの白い僧服《そうふく》に身を包んだ真ハウラン派の信徒たちだった。奇跡《きせき》の人の復活への崇拝《すうはい》と憧憬《どうけい》の表情まで、全員お揃いだった。

「これぞ神と聖人の御業《みわざ》。これより他にこの世に救いなし」

どこから紛《まぎ》れこんだのか、異端《いたん》つながりなのか、説教者ユセフの黒い僧服姿まであった。信徒たちの丁重《ていちよう》で恭《うやうや》しい導きにより、ベョトルが覚えたばかりの歩みを進めていく。裏口には教団の大型車が扉を開けて、自分たちの聖人の到着《とうちゃく》を待っていた。

緑の絨毯の上を、王者のように傲然《ごうぜん》と歩いていくベヨトル。少年の歩みが停止し振り返った。

「最後にお礼を言おうと思いまして。どうもありがとうございます」

「良かったな。おまえの願いがついに叶《かな》ったというわけだ」

信徒たちに向けた清らかな微笑《ほほえ》みのまま、ベヨトルは殺意にも似た圧力を向けてくる。

徒労感に押しつぶされそうになりながら、俺は独り言めいた指摘《してき》を続ける。

「真ハウラン派に母親のムルノーが入信したのは、自発的な意志だったのか？　いや、暴力的な父親を追い出すために、ベヨトル、おまえが誘導《ゆうどう》したのだろう」

俺は虚《うつ》ろな考えを述べていく。

「さらには聖人ハウランの故事に、自分の境遇《きょうぐう》と母親を重ねさせ、毎日毎日母親に吹《ふ》きこんだのかもしれない。『ああ、聖ハウラン様みたいなことが、僕にも起こればいいのに』とでも。そう、真ハウラン派に先に入信していたのはベヨトル、おまえのほうだった」

俺の言葉にも、ベヨトルの笑《え》みは変わらない。

「いくら母親といえど子供への愛情だけでは、ムルノーはあのような凶行《きょうこう》には及《およ》べない。しかし、宗教的な使命感と熱狂《ねっきょう》を足してやればどうなるだろうか。あくまで賭けだった天秤《てんびん》はおまえの望むほうに傾《かたむ》いた」

ベヨトルは無言で立ち、俺の囁《ささや》きに耳を澄《す》ましていた。

「しかし、素人《しろうと》の杜撰《ずさん》な犯罪は必ずいつか露顕《ろけん》する。そして、殺人犯の母親が生きていては、福者としての自らの聖性が薄れる。だから考えた。俺に母親の犯行を匂《にお》わせ、失敗させ、どうにもならなくなった母親自身の心臓を捧げさせるべく誘導した」

「僕のような子供には、そんなおそろしいことなど考えもつきませんよ」

ベヨトルが初めて俺の言葉に答えた。大人の意地悪に戸惑《とまど》うような、そんな少年の顔で。胃の底に重苦しい疼痛《とうつう》を抱《かか》えつつ、俺は続けていく。

「生まれてからずっと寝台《しんだい》の上で横たわっていたおまえには、考える時間だけはあった。毎日毎日。それこそ十七年もの長さでな」

「大人の妄想《もうそう》って怖《こわ》いですね」

ベヨトルの瞳《ひとみ》が俺を見据《みす》えた。幼い顔には、静かな笑みが湛《たた》えられていた。

「母と同じ言葉を吐《は》くのは気持ち悪いのですが、どこにも証拠《しょうこ》はないですよ」

そう、ムルノーよりも必死だったベヨトルに、抜《ぬ》かりなどない。心と言葉が強力なのは、痕跡《こんせき》を残さずに人を動かし壊《こわ》せることだ。ただの音や文字が、ある力を持つのだ。

「あの時の俺は、ムルノーだけではなく、おまえに問いかけていたのだ。おまえを助けたのは、考えを変えさせるためだ。助かった命と教団での聖なる福者の地位、それがおまえの絶望を救うと思ったからだ」

ベヨトルの笑顔はまったく崩《くず》れない。

「僕は信徒どもや、死んだ母の戯言《たわごと》など心底からバカにしてますよ」

ベヨトルの顔は何一つ変化していない。

「僕や彼らには自ら立つための力も意志も金も何もない。中央が神という真空でも、互《たが》いの肩《かた》に摑《つか》まって何とか立っている。それが僕たちです」

「おまえの信仰《しんこう》は偽物《にせもの》だったということか」

「くだらない世界にくだらない人々がここまで揃うなんて、偶然《ぐうぜん》ではありえない。僕を難病の体で生まれさせ、それを治せないくせに、自殺を許さない普通《ふつう》の家庭に授《さず》けた。母親は人を殺してでも僕を生かしたかったくらいですからね。何て人を馬鹿《ばか》にした偶然だ」

少年の静かな叫《さけ》びに、俺は耐《た》えていた。

「なおかつ、それを理解できる頭脳を僕に授けるなんて、誰《だれ》かの明確な悪意がなければありえない」

ベヨトルは、形容しがたい表情をしていた。熱のない熱狂のような何か。

「だから、僕は心の底から神の実在を信じています」

それは逆向きの信仰の告白。不条理な世界だからこそ、無慈悲《むじひ》な神の存在を信じる。ベヨトルの顔に浮《う》かんでいたのは、間違《まちが》いなく熱心な信仰者の真摯《しんし》さだった。

いつかギギナが言っていた冗談《じょうだん》が、戯画《ぎが》化された信仰となって具現化していた。

ベヨトルが前方へ向きなおり手を掲《かか》げる。その青白い手の先には、善男善女《ぜんにょ》たちとその子供たちの、事態を心配する顔が並んでいた。

「僕はね、しばらく真面目《まじめ》に福者をしたら自殺します。ハウランの聖なる福者が自殺なんてしたら、彼らはどんな顔をするだろう」

信者には聞こえないようにベョトルが囁く。俺は無音の衝撃《しょうげき》を受け、ギギナの顔が苦渋《くじゅう》を具現化していた。

ベョトルは再び語りはじめた。

「真ハウラン教派のすべてが戯言だと教えてやる。おまえら無能者どもが注ぎこんだ膨大《ぼうだい》な情熱と金と時間が、無意味で無駄《むだ》だったと示し、悪罵《あくば》と嘲笑《ちょうしょう》を受けるべく俗世《ぞくせ》に叩《たた》き返してやる。そして、くだらない妄想の教義しか知らず、金も技能もない愚か者どもを受け入れる場所は、世界のどこにもないと突《つ》きつけてやる」

ベョトルの顔に広がっていたものの正体が分かった。それは無目的な激情。灼熱《しゃくねつ》の溶岩《ようがん》ではなく、深海の冷たい汚濁《おだく》だった。

「……止《や》め、ろ、ベョトル」

俺の制止の言葉はどこにも届かない。手を差し伸《の》べれば届く距離《きょり》でありながら、ベョトルには何の感慨《かんがい》も引きおこさない。

「何千人もの信徒、そして何百人もの子供たちがいる。では、全員であなたに摑まってもいいのですか？　僕を、僕たちをすべて救ってくれるなら、僕は自殺を止め、教団の夢も壊さない。

さあ、その奇跡紛《きせきまが》いの呪式《じゅしき》や、言葉の説得とやらで救ってみてくださいよ」

ベヨトルの真実の問いに打ち据《す》えられ、俺は答えを持たなかった。ギギナにも答えなどなかった。だからこそ剣舞士《けんまいし》は介入《かいにゅう》を避《さ》けていたのだろう。

俺が呪式を道具として生きるように、ベヨトルは宗教を道具として死ぬだけなのだ。それは重力で他を巻きこんで破壊《はかい》する虚無《きょむ》。

「救えないのなら、口出しをしないでください。いずれ崩壊《ほうかい》するのなら、僕の手であいつらに絶望を分けてやる。それがこの世の意志、神の真意です」

囁《ささや》きとともに悪意を隠《かく》した偽《にせ》の聖人が歩んでいき熱狂《ねっきょう》と歓呼《かんこ》をもって、信徒たちに迎《むか》えられる。そして芝居《しばい》がかった動作で両手を広げて朗々と宣言する。

「信徒の方々よ、私は母の愛ゆえの行為《こうい》とはいえ、汚濁の犯罪により蘇《よみがえ》りました。聖なるハウラン様と同じく、罪と無垢《むく》を体現する身となっては、神の御心《みこころ》に従い、この身を教団に捧《ささ》げるしかありません」

周囲を囲む信徒たちが跪《ひざまず》く。

「福者たる僕の権限をもって、あなたに救いがあるように」

ベヨトルの指先が伸ばされ、跪く老婆《ろうば》の頭に手を翳《かざ》す。

「ああ、聖ベヨトル様、ありがとうございます」

老婆は皺《しわ》を深めて歓喜の涙《なみだ》を流して、ハウラン式の光翼《こうよく》十字印を切る。他《ほか》の信徒たちも若き福者の祝福に感激して涙を流し、神と福者を讃《たた》える歌を唱和しはじめる。

人は絶望しきったままで生きていくことはできない。どんなに絶望を口にしても、生きているということは、かすかな希望に縋《すが》りついている証明なのだ。

だとしたら、ベヨトルは何なのだ？　健康な体と権力と名声を手に入れても、彼の自己と周囲への破壊の意志はなんら変わらない。

俺の胸の奥を、冷ややかな虚無が撫《な》でていく。

この世は、そんなにも生きるに値《あたい》しないのか？　この世の何ものも、どんな救いの手も彼には届かないのか？

俺はそれでもベヨトルを、俺自身を救う言葉を紡《つむ》ごうとして凍《こお》りついた。

熱狂する人の環《わ》の中から、欺《あざむ》きの聖人となったベヨトルが、俺のほうへと振《ふ》りかえった。

そして、微笑《ほほえ》んでみせた。

どこまでも、どこまでも無垢な笑顔《えがお》で。

先の闘いで多くの仲間を失ったラルゴンキン咒式事務所。その闘いと、さらに遠き過去に思いをよせたとき、青年はひとつ成長し、強くなる——

されど罪人は竜と踊る

青嵐

一等地のため、無闇《むやみ》に高い建物が規制されているイルフナン通りを上っていくと、花崗岩《かこうがん》造りの重厚な建物が見えてくる。

呪式士事務所《じゅしきし》として、エリダナでまず名前があがるラルゴンキン呪式《じゅしき》事務所。

その地下訓練場に、激突音《げきとつおん》が響《ひび》いた。

壁《かべ》に巨体《きょたい》の男が叩《たた》きつけられ、そのまま床《ゆか》に崩《くず》れおちる。手に握《にぎ》っていた模擬魔杖剣《もぎまじょうけん》がなかばから折れ、巨漢の呪式士は失神していた。

何重もの衝撃《しょうげき》吸収材で埋《う》めつくされた壁でなければ、良くて重傷だっただろう。周囲には、さらに三人もの呪式士が倒《たお》れていた。

「四人がかりでこれかよ。図体《ずうたい》だけで軟弱《なんじゃく》すぎる。たとえるなら豪華絢爛《ごうかけんらん》な大豪邸《だいごうてい》、ただし薄《うす》紙《がみ》製」

橙色《だいだいいろ》の短髪《たんぱつ》、アルリアン人特有の尖《とが》った耳に並んだ銀環《ぎんかん》。模擬魔杖剣を両手に提《さ》げたイーギー・ドリイエが、呆《あき》れたように立っている。

「し、死ぬ。ここの訓練は軍隊なみ……」

「それ以上だ！　二十四時間ぶっ続けで格闘《かくとう》訓練、というか殺しあいをさせるなんて正気じゃないっ！」

呪式訓練場は、高い天井《てんじょう》と広い床面積《ゆかめんせき》を誇《ほこ》っていた。各種の最新運動設備が並び、残り半分を格闘場が占《し》めている。

十四人の新入り咒式士《じゅしきし》たちは、疲労《ひろう》と負傷で半死半生。全員が肩《かた》で息をし、床に手をつくか伏《ふ》していた。格闘場の片隅《かたすみ》で嘔吐《おうと》しているものまでいた。

「たかが二十四時間の基礎《きそ》訓練でへばってどうするっつーの。咒式士、特に前衛は一週間は不《ふ》眠《みん》不休で戦えないと話にならねぇ」

模擬剣の峰《みね》で肩を叩くイーギーは、心底呆れたようだった。事務所の人員拡充《かくじゅう》にともない、新入りの訓練指導をしていたのだが、イーギーには、今年の新入りは実力の進展がないように思える。

「ここは天下のラルゴンキン咒式《じゅしき》事務所。他の事務所と実績が違《ちが》うのは、てってー的な個人能力の見極《みきわ》めと、集団戦闘術を叩きこむからだ」

イーギーの目が、訓練場の壁を見上げる。掛《か》かっていたのはラルゴンキン直筆《じきひつ》の書。

「つーかさ、おまえらラルゴンキン事務所の社訓の意味が分かってんのかよ？　あっこにあるように、攻性咒式士《こうせいじゅしきし》ってのは人の剣《つるぎ》で楯《たて》であるんだぜ？　死ぬ気でやれ、むしろ死んだ気でやりやがれ！」

「まあまあイーギー、そんなに厳しくしなくても」

立っているイーギーの隣《となり》、椅子《いす》に座していたのは女咒式士。亜麻色《あまいろ》の長い髪《かみ》、若い女にはない落ちついた雰囲気《ふんいき》のジャベイラ・ゴーフ・ザトクリフだった。

花瓶《かびん》を丁重《ていちょう》に脇《わき》へと移動させつつ、ジャベイラが包装紙を開けていた。現れたのは、高級感ただよう濃緑色《のうりよくしよく》の香水《こうすい》が入った瓶《びん》に、淡《あわ》い薔薇色《ばらいろ》の革靴《かわぐつ》。鼻唄《はなうた》まで歌いながら靴を足元に、香水を机に置いていくジャベイラ。訓練場の片隅の指導官室を完全に私物化していた。

「今日の訓練は、これくらいでいいんじゃない？　社訓にも『なおかつ笑顔で突《つ》き進め』ってあるでしょ？　最初からそんなに焦《あせ》る必要はないと思うわ」

優《やさ》しいとりなしの言葉。新入呪式士《じゆしきし》たちの顔に、慈母《じぼ》を慕《した》うような感情が浮《う》かぶ。イーギーは抗議《こうぎ》の瞳《ひとみ》。

「ジャベイラ、買いもの帰りで機嫌《きげん》がいいのは分かるけど、むしろもっと厳しくしないと。早めに才能と実力の見切りをつけさせてやるのも、こいつらのためだぜ？」

「うーん、それもそうね。ちょっと待ってて、今、変えるから」

「変えるってなにを？」

イーギーの疑問を無視し、ジャベイラの両手が机の引き出しに伸《の》びる。左手は、髑髏《どくろ》の徽章《きしよう》の軍の制帽《せいぼう》を頭に載《の》せる。右手は、鼻の下につけ髭《ひげ》を装着させていた。

「総員、気をつけー！」

大音声《だいおんじよう》に新人呪式士たちの背筋が伸びる。ジャベイラの瞳孔《どうこう》が一回転。戻《もど》ってきたとき、そこに温厚な女呪式士はいなかった。

「覚悟《かくご》しろよ豚《ぶた》の糞《くそ》ども！　失禁&脱糞《だつぷん》し、発狂《はつきよう》してそれを喰《く》うほどの猛訓練《もうくんれん》で、肉体どころか人格から徹底《てってい》改造してやるぞぉ。実の親や妻子でも見分けがつかないくらいになぁ！」

「ええと、ジャベイラ。見たこともない新人格が出ているんですけど？　はじめましてって言ったほうがいい？」

イーギーを無視するジャベイラ。冷血非情な女軍人の瞳が、全員の顔を睥睨《へいげい》する。

「おまえら能無しどもの口癖《くちぐせ》は『一日一人はブチ殺さないと安眠できねぇぜ、アヒャッハー！　あとジャベ大総統閣下、超万歳《ちょうばんざい》っ！』というい感じ希望」

鬼軍曹《おにぐんそう》から、軍曹の文字が取れたジャベイラの笑《え》み。傍《かたわ》らのイーギーが震《ふる》える。

「まぁ、これはこれでその、ぃぃ……」という青年の小さな小さな囁《ささや》きは誰《だれ》にも聞こえなかったり。

「さぁ、もいっちょ人格変換《へんかん》！　来たれ、もっと邪悪《じゃあく》な人格！」

ふたたび瞳孔が大回転しはじめ、正面に固定。片目を閉じて、片足を撥《は》ね上げる。

「ポンピロ、ピンピロ、アロパルパ！　魔法少女ジャベイ……」熱病に冒《おか》されたようにジャベイラが震えだし、床に手をつく。

「さ、去れ、私の忌《い》まわしき悪夢！　なかった、これはなかった人格なの！　二度と出てくるなっ！」と叫《さけ》びつつ、自らの頭を地面に叩きつける。

ジャベイラの様子に、新入咒式士《じゅしきし》たちの間に動揺《どうよう》が広がる。

「うわぁ、ここにいると、何だか人として大切なものを失いそうな気がする」

「俺、死にたくないなぁ。病気のお袋《ふくろ》もいるし……」

「おい、たとえちょっとおかしくても先輩《せんぱい》の話はちゃんと聞けっ！」

怒《いか》りのままにイーギーは手近の花瓶を摑《つか》み、防護壁《ぼうごへき》に投げつけた。陶器《とうき》が割れ砕《くだ》ける音に続いて、息を吞《の》む音。

瞬間沸騰《しゅんかんふっとう》から瞬間冷却《れいきゃく》したイーギー。青年が向きなおると、鬼のジャベイラは消えさっていた。ただ、道徳の教科書の表紙のような女の顔があった。

「……イーギー、今投げたの、その尊敬すべき私の花瓶だって分かってる？　すっごく由緒《ゆいしょ》あるパラッスス作の大事な花瓶だって……」

「ええっ⁉　ごめん、本当にごめん！」

頭を下げるイーギー。

「いい、いいって、悪意があってしたことじゃない、ないから……。そそそ、そう！　イーギーは私に気合を入れてくれたのよねっ⁉」

顔面の筋肉を痙攣《けいれん》させながら、ジャベイラは凄《すさ》まじいまでの自己欺瞞《ぎまん》を見せた。それでも全力で頭を下げるイーギー。

「ごめん、謝っても許されることじゃないけどごめ……！」

語尾《ごび》に重なるのは、背後からの不吉《ふきつ》なまでに軽い音。頭を下げると、腰《こし》に差した魔杖剣《まじょうけん》の鞘《さや》が上がる。上がった鞘は何かに当たる。音速で振《ふ》り返るイーギーの眼前で、甲高《かんだか》い音とともに瓶が割れ、香水がブチ撒《ま》けられる。

　香水は、さきほどジャベイラが愛《いと》しげに眺《なが》めていた新作の靴に降りかかる。淡い薔薇色の表面に、無惨《むざん》な濃緑色の染《し》みと強烈《きょうれつ》な香気《こうき》が広がっていった。

「ね、ねぇイーギー。わざとでしょ？　この連携攻撃《れんけいこうげき》はありえない。『全部偽物《にせもの》でした〜、本物はこっちだよ』と私を驚《おどろ》かせるどっきり落ちだと言って、お願いだから言って……」

　ジャベイラの視線は、イーギーを、そしてこの世すら見ていなかった。

「うふふ、そうよ。これは夢なのぢゃ。いーぎーが儂《わし》に意地悪をするわけがないからなぁ。あ、株の先物取引の精霊《せいれい》様が見えるぞぉふ♪　くれ、未公開株を儂にくれっ♪」

「ああ、ダメだジャベイラ、そっち行っちゃダメだ！」

　イーギーが茫然自失《ぼうぜんじしつ》のジャベイラを揺《ゆ》さぶる。だが、経済的衝撃《しょうげき》は、女の魂《たましい》を死後の楽園に連れていこうとしていた。

「全員少しは静かになさい。訓練が訓練になっていませんよ」

　戸口に立っていたのは、知覚増幅面《ぞうふくめん》で半面を覆《おお》った老咒式士《じゅしきし》。ヤークトーの一声で、広い訓練室のざわめきが静まっていた。

　上へ向かう途中《とちゅう》らしく、ヤークトーは電子書類を脇《わき》に抱《かか》えていた。

「新人が一人前に育ってもらわないと、事務所が成りたちません」

「大丈夫《だいじょうぶ》だって」

「そうそう、訓練はまだ初期段階だもの。これからが本番」

二人の分隊長の言葉に、新入り兕式士《じゅしきし》たちが苦鳴をあげる。

「六時から、オダル退役《たいえき》軍人会館の復興祝宴《しゅくえん》が開催《かいさい》されます。ジャベイラとイーギー、非番で列席する者は忘れないように」

ヤークトーが言いのこし、その場を去っていく。

手を叩《たた》き、ジャベイラが軍の制帽《せいぼう》を被《かぶ》りなおしていた。

「訓練は続くぞ！　まずは魔杖剣の分解と組み立て。三十秒でできないドン亀野郎《がめやろう》は、砂浜《すなはま》で産卵させるからなっ！」

急いで魔杖剣の分解にかかる新入兕式士たち。女軍人から半歩離《はな》れるイーギー。ジャベイラが素《す》に戻《もど》った。

「ええと、これって接触《せっしょく》感染や空気感染はしないから、引かないでね？」

「……わー、ちょっとは自覚してたんだ」

イーギーの全力の愛想《あいそ》笑い。ジャベイラの瞳孔《どうこう》がさらなる回転、鬼の瞳《ひとみ》に固定。

「さて、産卵は出るまでやらせるぞ！　最後にその上を儂が全力疾走《しっそう》！　おまえらの可愛《かわい》い卵はぐっちゃんぐっちゃんだ！」

「ダメだおまえら、まずは社訓斉唱《せいしょう》からだっ！」

訓練なのか嫌《いや》がらせなのか、よく分からないものが続くようだった。

所長室と書かれた、素っ気ない札が下がった一室。

ヤークトーが電子端末板《たんまつばん》を提出する。宙空に差しだされた報告書を、大きな手が受けとる。

掴んだのは、三人掛《が》けの応接椅子《いす》が小さく見えるほどの巨漢《きょかん》だった。

胸板《むないた》も腕《うで》も足も、ラルゴンキン・バスカークのすべてが太く巨大。まるで業務用冷蔵庫が座っているかのような量感だった。

太い指が器用に動き、光学立体映像が起動。さまざまな情報と分析《ぶんせき》が立体化。顎髭《あごひげ》を撫《な》でながら、ラルゴンキンが目を通していく。鳶色《とびいろ》の目は、情報の羅列《られつ》を見つめていた。

所長が報告を読んでいる間に、向かいの椅子にヤークトーが腰を下ろす。

机を挟《はさ》んで座る二人は、極大の巨漢と痩身《そうしん》。何かの戯画《ぎが》として描《えが》かれたかのように対照的だったが、これが二人の定位置。

ラルゴンキンの顔が上がると、ヤークトーの仮面の奥の目が迎《むか》える。

「ご覧のとおりです。社の能率が十四・三四五五％も落ち、上半期の業績も前年度より四・五〇三三％も下降しています」

「新人が一人前になっていけば、いずれ戻る範囲《はんい》だよ」

ラルゴンキンは太い笑《え》みを浮《う》かべて、書類に決裁していく。

「まだまだ先でしょうね。誰《だれ》が脱落《だつらく》するかはある程度予測できますが、誰が一人前に、さらには一流となるのかは予測できません。それに春の事件で九人の咒式士《じゅしきし》を失ったのは痛く、まだ二人が復帰できていません」

「ああ、レメデ、いや曙光の鉄槌事件の影響《えいきょう》は大きい。私たちにしろあいつらにしろ、な」

署名していくラルゴンキンの手が止まり、窓の外を眺める。そこには、平和な表の顔を見せるエリダナの街が広がっていた。

「去年の事件、パンハイマ女史の策略で戦列を離れた五人も、復帰はまだ先です」

「……あの魔女《まじょ》が静かなのも不気味だな」

ラルゴンキンの眉《まゆ》に、滅多《めった》に見られない嫌悪《けんお》感が表れていた。ラルゴンキンとパンハイマの仲の悪さは、エリダナの咒式士で知らぬものはいない。話題にしたことを後悔《こうかい》するヤークトーだが、顔の表面には反映されない。

「だからこそ、是非《ぜひ》にでもガユスとギギナが欲しかったのもあるのだが」

ラルゴンキンが室内に向きなおる。仮面に覆われた無機質な顔が出迎《でむか》えた。

「戦力低下を補うべく一時的処置を具申いたします。地方支社長に任命した、三人の分隊長を呼びもどすべきだと愚考《ぐこう》します」

「あの二人で大丈夫だ。至らぬところは、おまえが補ってくれればいい。支社長の三人もそうやって一人前となったのだ」

郷愁《きょうしゅう》の色が、鳶色の瞳に差した。

「かつて、私がそうだったようにな」

「そうでしたな」

知覚増幅面の下、老兕式士《じゅしきし》の瞳がどこか遠くを眺《なが》めていた。

轟音《ごうおん》。破砕《はさい》された煉瓦壁《れんがへき》。

爆煙《ばくえん》の尾《お》を曳《ひ》きつつ影《かげ》が走る。筋肉の束で構成される巨体、尻《しり》から生えた長い尾、そのすべてが青緑色の鱗《うろこ》に覆《おお》われていた。

赤眼を輝《かがや》かせ、異形の生物は四足獣《じゅう》のように走っていく。

辺境の沼《ぬま》に棲息《せいそく》する〈異貌のものども〉のひとつ、人頭蜥蜴《とかげ》だった。

長首の先に人間のような顔。禿頭《とくとう》の唇《くちびる》だけが耳まで裂《さ》け、肉食獣の犬歯を剝《む》きだしていた。牙《きば》は小さな子供の手首を銜《くわ》えていた。

異貌のものどもは、石壁《いしかべ》に沿って逃走《とうそう》していく。まるで何かに怯《おび》えるかのように。

再度の爆音と爆煙。そして獣《けもの》の悲鳴。

弾《はじ》かれたように異形が飛びのき、着地する。顎先《あごさき》が接地せんばかりに低い警戒《けいかい》姿勢。その左前肢《まえあし》の肘《ひじ》から先が断《た》たれており、赤黒い血液を噴出《ふんしゅつ》させていた。怒《いか》りで長い尾がのたうつ。

爆煙から、巨大な穂先《ほさき》が覗《のぞ》く。

「少しずれたか」

とぼけた重低音の声の主が、白煙から歩み出る。ランドック人らしく、二メルトルをゆうに超《こ》える巨体。おそろしく厚い胸板や太い手足を包む、鈍色《にびいろ》の重甲冑《じゆうかつちゆう》。

攻性呪式士《こうせいじゆしきし》のなかでも、鋼成系を得意とする重機槍士《じゆうきそうし》。手に握《にぎ》る魔杖槍斧《まじようそうふ》の一撃《いちげき》が、石壁ごと異形の腕を切断したのだ。

対峙《たいじ》するのは〈異貌のものども〉としては、下層の人頭蜥蜴。だが、雄牛《おうし》のごとき巨体から繰《く》りだされる前脚《まえあし》や尾は、巨猿《きよえん》の一撃をも凌駕《りようが》する。半端《はんぱ》な呪式《じゆしき》甲冑なら、肉体ごと叩《たた》きつぶすことも造作ない。

だが、呪式士《じゆしきし》は怯えていなかった。

「個人的な恨《うら》みはないが、人を害したものは許されぬ」

「おオ、おげの沼を埋《う》めタてた人間がガ憎憎《にくにく》い。だがらおげは悪ぐないいっ！」

咆哮《ほうこう》。人頭蜥蜴の叫《さけ》びが大気を振動《しんどう》させ、子供の手首が落下。間をおかずに猛進《もうしん》、一瞬《いつしゆん》で間合いが詰《つ》められた。勢いのままに前脚が振《ふ》りかぶられ、鋭《するど》い鉤爪《かぎづめ》が呪式士の頭部に向かう。

一閃《いつせん》。異形の右肘から先が消失。魔杖槍斧が縦から横へと軌道《きどう》変化。

まずは太い右腕が芝生《しばふ》に落下。苦痛を感じる間もなかったらしく、勝利の喜悦《きえつ》の表情のままの人頭蜥蜴の頭部が転がっていく。

自らの死を思い出したかのように、右腕と頸部《けいぶ》から鮮血《せんけつ》を噴出させた胴体《どうたい》。重々しい音とともに大地に倒《たお》れる。長い尾が痙攣《けいれん》するように波打ち、そして胴に続いて静かになった。

吐《は》きだされた息とともに、重機槍士の極限の集中が解かれる。巨軀《きよく》を覆う鎧《よろい》の呪式《じゆしき》を解除。重なる六角形の切り口を見せて、金属が量子分解されていく。

兜《かぶと》の面頰《めんぽお》の下から現れたのは、栗色《くりいろ》の短髪《たんぱつ》と無精髭《ぶしようひげ》。若さに溢《あふ》れる鳶色《とびいろ》の瞳《ひとみ》だった。

呪式士《じゆしきし》の柔《やわ》らかな瞳が、薄《うす》い背中を捉《とら》える。瘦《や》せた男は呪式士の横を通りすぎ、異形の死骸《しがい》と子供の手首の前に片膝《かたひざ》をつく。それは簡単な鎮魂《ちんこん》の祈禱《きとう》だった。

「死せるものに区別はないか。それとも亡《な》くなった子供のためか？」

「いえ、どちらでもありません。死者のための祈《いの》りなどなく、ただ生者の慰《なぐさ》めのためのものでしょう」

教会関係者らしい黒の僧服《そうふく》。その背中が淡々《たんたん》と語った。

元から棲息《せいそく》する〈異貌のものども〉と、人間の自然開発。境界問題は年々悪化していっている。その不条理の最前線に立っていると、巨漢《きよかん》の呪式士は知っていた。

「我ら呪式士は、どこまでも人類以外の味方にはなれぬよ」

呪式士は周囲を見回す。

敷地《しきち》には、修道士や尼僧《にそう》たちの怯えた顔が遠く並ぶ。背景の礼拝堂の頂点にある光輪十字印が、陽光を背負っていた。

一分の隙《すき》もなく教会の風景だった。光輪十字印には黄金がちりばめられ、色硝子《いろガラス》の窓は手の込《こ》んだ細工という、いささか立派すぎる教会ではあるが。

「教会の敷地だったか。血生臭《ちなまぐさ》い咒式士《じゅしきし》の俺には、もっとも似合わぬところだな」

「そうでもありません。咒式《じゅしき》や科学のもととなった数学と論理学は、厳格な神との対話から生まれましたからね」

男が立ちあがり、振り向いた。豪華《ごうか》な教会に反比例するかのように、質素な僧服を着こんでいた。

男、というより老人の顔の口から上は金属に覆われている。知覚増幅面を装着しているということは、数法系咒式士《すうほうけいじゅしきし》でもあるのだろう。老人の言うように、教会の僧侶《そうりょ》は治療《ちりょう》や論理を操《あやつ》る咒式士を兼《か》ねることが多い。

ラペトデス七都市同盟人の作法として、巨漢の咒式士は分厚い手を差しだした。

「名乗りが遅《おく》れた。俺はラルゴンキン・バスカーク。まだ駆《か》け出しの攻性咒式士《こうせいじゅしきし》だ」

「私はヤークトー・ペジメテ。ここにあるノシグス派教会の牧師。数法咒式士として管理僧も兼任《けんにん》しております」

ラルゴンキンとヤークトーが向きあう。

「そして若き咒式士よ、ここは静かな信仰《しんこう》と思索《しさく》の場所。礼儀《れいぎ》を知るなら、疾く去りなさい」

ラルゴンキンが差しだした手は、ついに握りかえされることはなかった。

「俺のネクタイはどこだ!?　犬が交尾《こうび》しているヤツじゃなくて、礼服用の白は!?」

「知るか、それよりオレの靴《くつ》はなぜ、両方右側だけなんだ!?」

「なによ、この招待状？　角と髭《ひげ》に尻尾《しっぽ》つきの私を落書きしたヤツぁ全殺しよっ！」

式典に出発するものたちで、ラルゴンキン咒式《じゅしき》事務所の前は混雑していた。

入り口前に並べられた黒塗《くろぬ》りの高級大型車内。黒背広を着こんだイーギーが、足を投げだして座っていた。

新調した魔杖剣《まじょうけん》を扉《とびら》に寄りかからせ、刀身を鏡にネクタイを結ぼうとしていたイーギー。だが、何度やっても結び目が不恰好《ぶかっこう》になる。

その隣《となり》には、夜明け色のドレスに身を包んだジャベイラが座っていた。上腕《じょうわん》まで覆《おお》う絹手袋《きぬてぶくろ》。その指先は、携帯《けいたい》を握っている。

「そ、私が帰るまでは、おとなしく待っていなさいよ。夜には帰るから。駄目《だめ》よ、他《ほか》の女に浮気《うわき》しちゃ。明日の休日は楽しみにしていなさい。一日かけて遊んであげるから。じゃね〜」

翡翠《ひすい》の耳飾《みみかざ》りが揺《ゆ》れ、携帯にうなずく。

「……………………今の、だれ？」

笑っているような、泣きだす寸前のような、イーギーの顔だった。ジャベイラは何気ない顔で返す。

「ああ、私の息子《むすこ》と娘《むすめ》」

「なあんだ良かったって、子供いたのっ!?」

「何度か話したし、写真まで見せたじゃろうが。すぐに私の母の家に逃《に》げようとするから、浮気をたしなめただけよ」

「いや、写真は見たような気もするけど、あまり見ていなかった。その、もっと綺麗《きれい》なものをいつも見ていたか……」

「ああ、すまん。肝心《かんじん》の招待状を忘れた。ちょっと取りに戻《もど》ってくる」

車から出ていくジャベイラ。一拍遅《いっぱくおく》れて追うイーギー。

「ちょっ、ジャベイラ。待てって話は……」

「イーギー先輩《せんぱい》！」

「ああ？」

車から出ようとしたイーギーの動きが、女の声で止まる。

呼びかけの主は、男のような黒背広を着こんだ、女咒式士《じゆしきし》だった。

イーギーは目の前の女咒式士と履歴《りれき》を思い出そうとする。

子鹿《こじか》のような溌剌《はつらつ》とした肢体《したい》、短めの菫色《すみれいろ》の髪《かみ》と瞳には見おぼえがある。たしかなんとかいう地方の、なんとか事務所から移籍《いせき》してきた咒式士。いつの時期の新入りかは分からないが、名前はたぶんなんとかノン。刀身を鞘《さや》に戻して時間を稼《かせ》ぎ、結論。

「ああ、リノンか。どうした？」

ようやく返事ができた。車の座席に腰《こし》を戻し、イーギーは道路に足を投げだす。

「……リャノンです。イーギー先輩、またわたしの名前を忘れたんですね……」

「ちが、違《ちが》うって。俺はリャノンと言ったって！」また失敗したと思いつつ、語尾《ごび》が跳《は》ねあがるのは止められない。慌《あわ》てて会話の方向転換《てんかん》。

「それに、そう、先輩と呼ぶのは止《や》めろ。俺とおまえは、たしか……同い年だろうが」

「あなたは第二分隊の隊長で、わたしはまだ分隊配属も決まらない新参者です。他にどう呼べばいいんでしょうか？」

言われるとイーギーも困ってしまう。分隊も同い年が一人、一つ下が一人いるだけで、あとは全員年上。めんどうなので互《たが》いを呼びすてにしている。分隊以外もみなそうだ。

「もー何でもいいよ」

「じゃ、イーギー先輩」

「はいはい」

「先輩とお話できて良かったです」

「はいはい」

イーギーの視線は、早歩きでビルに向かうジャベイラをひたすら追っていた。

「わたしも先輩みたいになれたらな、と思っているんですよ」

リャノンが溜《た》め息を吐《つ》いた。イーギーが待っていると若き女咒式士《じゅしきし》が続けた。

「これでも、わたしは故郷じゃ天才咒式《じゅしき》少女だったんですよ。それで学院に行って、同時に事務所で実戦経験も積んで、この歳《とし》で七階梯《かいてい》になり、そうとうに自信があった」

イーギーの顔が、リャノンに向き直る。

「あった、というのは？」

リャノンの口許《くちもと》がなぜか緩《ゆる》みそうになり、そして引き締《し》められた。

「……ここではわたしは最弱の咒式士《じゅしきし》なんです。なんとか入れたってだけで自信をなくして。それで同い年なのに分隊を任されるイーギー先輩に憧《あこが》れているんです」

「んー、俺って一五歳の時から、ラルゴンキンの親父《おやじ》に無理やりくっついて実戦に出てるからな。イヤでも咒式士として強くなっただけだ。おまえもそのうち慣れるよ。親父は見込みのある若いヤツが好きだから」

「そういえば先輩って、ラルゴンキン所長に……」

「口ごもる必要はないって。悪いことを聞いたわけじゃないよ。親父に拾われたことは、すっげー幸運だったと思ってる」

リャノンの気づかうような視線。苦笑いするイーギー。

「あの、わたしに何かできることはありませんか？　いえ、ぜひとも力にならせてください」

「いいって。俺、いつも元気だし」

微妙《びみょう》に女の声と意味が変化したことに、イーギーが気づくはずもなかった。

「で、そもそも何の用だ？　早く略せよ」

「あ、ええ、そう。そうですよね」

残念そうに姿勢を正していくリャノン。攻性呪式士《こうせいじゅしきし》の顔となって報告を開始する。

「ええとヤークトー副所長からの伝言です。所長がつき次第《しだい》出発。車は六台。参加者は現場と事務職が合わせて十七人。先輩が所長の車を運転するようにとのことで、わたし自身も後ろの車の運転手で参加します」

「あ、そ」

イーギーの視線の先。ジャベイラの背中は、完全にビルの中に吸いこまれていった。リャノンの瞳《ひとみ》に尖《とが》った険が宿る。

「ジャベイラさんって鈍感《どんかん》なんですね」

「え？　ああ。なに言ってんだおまえ」

イーギーは慌てて抗弁《こうべん》する。

「あれで、すごく細やかなんだ。たとえるなら、女の繊細《せんさい》さと豪傑《ごうけつ》の度胸が同居しているって感じだ」腰の左右の魔杖剣《まじようけん》の柄《つか》を弄《いじ》りはじめるイーギー。「さらにたとえるなら、興味のない対象は目に入らない競走馬なんだろうな」

イーギーが視線を上げると、怒《おこ》ったようなリャノンの顔があった。

「先輩も同じ系統の人間ですよっ」

アルリアン人の顔には疑問符《ぎもんふ》。

「はぁ？　俺は生体生成系の華剣士《かけんし》で、ジャベイラは電磁光学系の光幻士《こうげんし》。そんな違いも知らないのか？」

「っ……もういいですっ！」

リャノンは足を踏《ふ》みならし、後続に停車していた車に向かう。乱暴に扉《とびら》を開け、運転席に納まるリャノン。車に腰掛《こしか》けたまま、イーギーは一連の動作の観客となっていた。

結論。俺には女は理解できない。

イーギーは、自分が物ごとを考えるのに向かないのを自覚している。深く考えると頭痛がするのだ。それでもネクタイを直しながら、意識的に物思いに沈《しず》んでみる。

祖国たる神聖イージェス教国は、イーギーたちアルリアン人を憎《にく》んでいた。教義に反する存在だとかで子供のイーギーすら迫害《はくがい》の対象だった。大虐殺《だいぎゃくさつ》に巻きこまれる前に、両親に連れられて幼いイーギーは逃《に》げた。ラペトデス七都市同盟に亡命した両親が病死し、ラルゴンキンに拾われた。言葉にすればそれだけのことだ。

実は、両親の顔も過去の風景もあまり覚えていないので実感できない。ラルゴンキンの話と書類で知っただけだ。

拷問吏《ごうもんり》によって背中に刻まれた光翼《こうよく》十字印くらいしか、過去が事実だったと証明するものはない。それすら曖昧《あいまい》だ。

呪式治療《じゆしきちりよう》を受ければ消せるのだろう。しかし、傷痕《きずあと》を残しておくのが、両親や過去のためにいいのかなとは思っていた。

自分は過去の傷痕を忘れてしまうほど薄情《はくじょう》なのだろうか？　しかしどう考えても激情家だとも思う。……ええと、この思考の結論は。

「……ルップフェット」

イーギーはアルリアン人の魔除《まよ》けのおまじないをつぶやく。やっぱり軽い頭痛がするし、なにも結論が出ない。ネクタイの結び目も、ついにはうまく結べないままだった。

そうこうしている間に、ラルゴンキンとヤークトー一行がビルから出てくる。

ラルゴンキンの巨体《きょたい》が車に乗りこむ。その前にイーギーに快活な笑《え》みを向ける。

「イーギー、私の車の運転は任せたぞ」

少年の顔でうなずくイーギー。

そしてジャベイラとその副隊長のロップス、各分隊や事務員で参加するものが続々と車に乗りこんでいった。

六台の車が目的地へと出発していく。

緩やかな車の振動《しんどう》がラルゴンキンの体を揺《ゆ》らす。窓に映る自らの顔、そして艶《つや》やかな顎髭《あごひげ》を撫《な》でている手に気づいた。

若い時からの癖《くせ》だが、いつからなのだろう。

若き呪式士《じゅしきし》は、顎の無精髭《ぶしょうひげ》を撫でた。

盤上《ばんじょう》の駒《こま》を眺《なが》め、ラルゴンキンは活路を見いだそうとしている。黒の駒の軍勢に包囲され、白の王は孤立《こりつ》していた。

盤を挟《はさ》んだ向かい側。知覚増幅面で半面を覆《おお》ったヤークトーは静かに待っていた。

教会の敷地《しきち》、緑の芝生《しばふ》に設《しつら》えられた石の机と椅子《いす》。机上のチェルス将棋《しょうぎ》の盤を挟んで、ラルゴンキンとヤークトーが向きあっていた。

沈思《ちんし》していたラルゴンキンだが、ついに白の王の駒を倒《たお》し、打つ手なしを認めた。

「参った。あなたほどの強い指し手に出会ったことはない」

「私などたいした指し手ではありません」

午後の陽光が、二人の上を過ぎ去っていく。ヤークトーは盤上の駒をつまみつつ、述べていった。

「チェルス将棋なら、ラズエル家の御曹司《おんぞうし》のレメディウス氏は九才にして天才の名をほしいままにしています。龍皇《りゅうおう》家のモルディーン殿下《でんか》などもなかなか非凡《ひぼん》な指し手ですな。あのかたは大局を見据《みす》え、始まる前に勝っている型の指し手です」

勝負の分岐《ぶんき》点となった地点まで、駒が戻《もど》されていた。

「あなたには、大きな視点で指すという優《すぐ》れた資質がありますが、まだまだ若い」

「メーデンの婆《ばあ》さんにも言われたよ」

ラルゴンキンが苦笑《くしょう》する。苦みの成分が勝った苦笑だった。

「あのご老人は腕《うで》は立ちますが、男の器量を顔で判断する。そして何より口が悪い」

「あんたが言うかね」ラルゴンキンの口調もくだけたものになる。

「私は客観的な事実を申したまで。私自身の資格は無関係ですよ」

ラルゴンキンの太い指が、駒を弄《もてあそ》ぶ。

「しかし、俺にはこういう理詰《りづ》めだけの競技は向かないな。これで俺の何敗だ？」

「私の七十七連勝ですな」

「札遊びは俺の七十八連勝だがね」

「……確率勝負で七十八連勝とは、それは不正の告白ですよ。私には、ああいう騙《だま》しあいの競技は向きません。向き不向きはお互《たが》いさまですな」

ヤークトーが淡々《たんたん》と述べ、ラルゴンキンが苦笑する。

ここで共感の笑いが起こっても良さそうなものだが、この老咒式士《じゅしきし》は一度として微笑《ほほえ》むことはない。人当たりの良さには定評のあるラルゴンキンといえど、この老人だけは扱《あつか》いづらい。

だが、咒式士の仕事の合間に、ついここに通いつめてしまう。それで新婚《しんこん》の妻に怒《おこ》られることもしばしばなのだが。

「理詰めといえば、あなたが神と論理について語っていたことを思い出した。あれはどういうことだ？」

「古来、一神教の神は苛烈《かれつ》でした。約束をひとつでも違《たが》えれば、大災害を起こすという荒《あら》ぶる神でした。だからこそ契約《けいやく》という概念《がいねん》が発達しました。すべてを明文化し、後で解釈《かいしゃく》の違《ちが》いだったと争わないために」

滔々《とうとう》と述べるヤークトー。

「いわば神の怒《いか》りを避《さ》ける必要があるため、神の論理の穴を見つけ、自らを守る言いわけ術として厳密な思考が発生したのです。論理学や数学という思考体系も、高度なものは一神教的な思考以外からは生まれなかったでしょう。科学やその忌《い》み子たる呪式《じゅしき》は、これらの思想の継子《けいし》ですよ」

ヤークトーの声は聖職者のものであり、また数学者の言葉であった。

「平等主義、民主主義という思想も一神教からのものです。王と奴隷《どれい》の差も、偉大《いだい》な神の前には何の違いもない小さなものだとね。絶対基準を設定することから生まれるものも多いということですな」

ヤークトーの舌先が止まり、首を軽く振《ふ》る。

「少し喋《しゃべ》りすぎました。年寄りは無駄話《むだばなし》だけは饒舌《じょうぜつ》になる。反省せねばなりませんな」

「いや興味深い話だ」ラルゴンキンは顎の不精髭を撫でつつ耳を傾《かたむ》けていたが、やがてつぶやいた。

「そこまで聞くと、あなたは神を信じているようには思えない。俺には、機械の性能について品評しているようにも聞こえたが？」

鋭《するど》い刃《やいば》を突《つ》きつけられたように、ヤークトーが沈黙《ちんもく》する。

「意外に鋭い。武勇一辺倒《いっぺんとう》の男かと思いましたが、認識《にんしき》を改めねばなりませんな」

「その程度に見られていたとはね。年齢《ねんれい》と迫力《はくりょく》不足を補うために伸《の》ばしている髭が、逆に働いたか」

ラルゴンキンが続ける。

「なに、信仰心《しんこうしん》には口出ししないよ。信じることにはいろいろな形があってもいいとは思う」

「その言葉も耳に痛いですな。近ごろは教会そのものが世俗《せぞく》化しすぎました」思わず零《こぼ》れる老呪式士《じゅしきし》の慨嘆《がいたん》。「神や天使に現世利益を求めるという非論理性。それを信徒獲得《かくとく》のために教会が先導したという歴史的事実。私の信じた論理とそれに立脚《りっきゃく》した倫理《りんり》性は、もはや消えかかっています」

「教会の腐敗《ふはい》か」

ラルゴンキンがつぶやく。ヤークトーの背後にある教会も、荘厳《そうごん》を超《こ》えて華美《かび》の領域に達している。会計役のヤークトーの質素な服装から察するに、苦々しい現状なのであろう。

「もうよしましょう。このような老人の愚痴《ぐち》には、なんら意義を見つけられません」

話を打ちきるように、ヤークトーが盤を閉じる。

二人の間に緩《ゆる》やかな空気が流れる。

「話は変わるのだが、来年、俺は今の事務所から独立して、仲間と咒式《じゅしき》事務所を開こうと思っている」

独り言めいたラルゴンキンの言葉に、ヤークトーは軽くうなずく。

「それはおめでたいことですな」一拍《いっぱく》の間を置いてヤークトーが付けくわえる。「私の仮面と声からでは感情をとらえにくいでしょうが、本心から喜んでいます」

「俺は前衛咒式士《ぜんえいじゅしきし》としてはエリダナ随一《ずいいち》だと自信がある。仲間も前衛と後衛が揃《そろ》っている」

ラルゴンキンの顔に真剣《しんけん》さが足される。

「だが、全員が完全な戦闘型《せんとう》なんだ。剣や槍《やり》を振るい、爆薬《ばくやく》や雷撃《らいげき》を紡《つむ》ぐことはできても、兵站《へいたん》を整え、綿密な計画を立てられる数法系咒式士《すうほうけいじゅしきし》がひとりもいない。そこで、あなたのような咒式士《じゅしきし》が欲しいんだ」

ラルゴンキンの瞳《ひとみ》が、老咒式士を正面から見据《みす》える。直線の視線をヤークトーは静かに受け止めていた。

「失礼ながら、調べさせてもらった。皇暦四五一年のカロル討伐戦《とうばつせん》、四五七年の教会分裂阻止《ぶんれつそし》。その他数えきれない事件で戦場を分析《ぶんせき》し、咒化修道士《じゅかしゅうどうし》たちに戦術を提供したのはあなただ。何よりその知恵《ちえ》と経験が欲しい」

ラルゴンキンは腰《こし》を浮《う》かせていた。重機槍士《じゅうきそうし》の瞳に、若さの焔《ほのお》が燃えさかっていた。

「俺に力を貸してくれないか？　あなたは教会の一僧侶《そうりょ》などで終わる人間ではない」

「買いかぶりです。私は実戦や作戦立案から、すでに十年以上も遠ざかっているただの千眼士です」

「有能だったり才気のある人間は、世の中に出る義務がある」

巨漢《きょかん》の咒式士《じゅしきし》の瞳には、若さと傲慢《ごうまん》さ。そして上に立つ人間が必ず持つ、強靭《きょうじん》な磁力が宿っていた。

「世に出るのを拒否《きょひ》するのは、能力と才能を自分のためだけのものだと勘違《かんちが》いする重罪だ。すべての力は人々のためにある、俺はそう信じている。だから俺と来い、ヤークトー。それがおまえの責務だ」

ラルゴンキンの瞳の重力に、老咒式士は引きこまれていくようだった。

「……あなたには、人を引きよせる資質と実際的な力があるのを認めます。それは私には存在しない資質です。私がもっと若い時に出会っていたなら、私を使ってきた指導者があなただったなら……」

迷いを解くように、ヤークトーの首が振られる。

「いや言うまい。そう、私には賭《か》けごとはできない。特に血気盛《さか》んな若い咒式士と歩むほど危険な賭けは。私は、私の知性と経験のために無分別なことができないのです」

始めから最後まで、老咒式士の声色は平坦《へいたん》なままだった。

「若手随一という俺の虚飾《きょしょく》を見抜《みぬ》き、冷徹《れいてつ》に計算するとはね。ますますあんたが欲しくなったよ」

ラルゴンキンが男くさい笑《え》みを浮かべた。

ヤークトーの口の端《はし》に、困ったような皺《しわ》が刻まれた。


過去の残滓《ざんし》を振《ふ》りはらいつつ、壮年《そうねん》のラルゴンキンは現在に戻《もど》る。

建物の壁《かべ》と、一階回廊《かいろう》の柱に囲まれる中庭。高い天蓋《てんがい》の下、記念碑《きねんひ》といくつかの墓碑《ぼひ》を望んだ芝生《しばふ》のうえに催《もよお》された会場。

腰が折れ曲がったバルフィエ元少将の挨拶《あいさつ》のあとは、立食形式の歓談《かんだん》の場となっていた。

洗練された料理の皿が、目にも鮮《あざ》やかな色で美味を主張している。その間で、紳士淑女《しんししゅくじょ》たちが社交辞令を交《か》わしていた。

オダル退役《たいえき》軍人会館に集《つど》った紳士の一人として、ラルゴンキンは立っていた。顎髭《あごひげ》を撫《な》でる癖《くせ》のある、エリダナでも有数の堂々たる紳士として。

イーギーも人波に交ざっていた。

右手の子豚《こぶた》の腿肉《ももにく》を齧《かじ》りつつ、ネクタイを左手で緩める、いささか品の悪い紳士として。

「つーかさ、俺たち何でここに呼ばれたの？　親父《おやじ》のつきあいか、それともここに寄付でもしたのか？」

「あのなぁイーギー、本気で覚えてないなーにゃ？」

ジャベイラの苦笑いの顔。原因は、彼女のまわり、皺と白髭《しらひげ》と勲章《くんしょう》に埋もれた退役軍人たち。乳や尻《しり》に伸《の》ばされる老人たちの手を優雅《ゆうが》に払《はら》いつつ、ジャベイラが続ける。

「ここは、レメデ、いや失言。そう、曙光の鉄槌事件で破壊《はかい》された建物なーにゃ。ここに出現した禍《まが》つ式を倒《たお》した咒式士《じゅしきし》が、復興祝賀会に呼ばれるのはとうぜんなーにゃ」

「他《ほか》の隊の、しかも過去の仕事なんか、たとえるなら異次元の金利の話だ。それに俺は親父の指揮で動くだけ、あとは知らねーよ」

「イーギー、それではいかんぞ」

ラルゴンキンが間に入る。手の皿が、子供用の品のように見えてしまう。

「今は一介《いっかい》の現場指揮官でいいだろうが、私が倒れた場合、もしくは十年後には、おまえかジャベイラが跡《あと》を継《つ》ぐ必要がある。そろそろ経営や全体指揮を覚えてもらわねばならんな」

ラルゴンキンの快活な笑みに、イーギーが必死に反論。

「親父は死なないし、俺が絶対に死なせない！」

「私を見るな。私に見られるな。そろそろ世界を見て、見られるべきだ」

「なぞなぞは俺には分からねーよ」イーギーは口ごもる。「それに、もしもの時はヤークトーが所長を継ぐよ」

巨漢と青年の視線が、背後のヤークトーに集中する。千眼士は一本の棒として立っていた。右手にはプリンの皿。

「私は指導者向きではありません」

「そうは思わぬ。ヤークトーはワシらを動かす作戦を立案する参謀《さんぼう》役、向いていると思うぞ。これは歴戦の将軍たるワシの勘《かん》じゃ」

存在しない顎髭を撫でつつ述べるジャベイラ。ヤークトーの知覚増幅面の眼光が明滅《めいめつ》。プリンの斜辺《しゃへん》に対し、直角に匙《さじ》が差し入れられる。

「参謀と指導者は明確に違います。考えてみてください。あなたがたは、私の下《もと》で命を賭けて働きたいと思いますか？」

イーギーが視線を左上に向けて想像し、やがて正面に戻しつつ、力強くうなずく。

「……そりゃそーだな。たとえるなら、ヤークトーは絶対負けない賭けごとを望む人間だし」

「少しは否定しなさい。そういう無遠慮《ぶえんりょ》なところがまだまだ若いというのです」ヤークトーがプリンを口に含《ふく》む。

「うむ、数学的な美味。逆説的な感覚、それを解釈《かいしゃく》する内なる志向の喜び。人も咒式士《じゅしきし》もかくありたいものです」

老咒式士から目を戻し、頭の後ろで手を組むイーギー。口許《くちもと》からは子豚の足が覗《のぞ》いていた。

「ああ、退屈《たいくつ》すぎ。レメディウス事件関係の祝宴《しゅくえん》なら、あいつらがいねーな？　ぐだぐだ眼鏡《めがね》と刃物《はもの》バカなら、喜んでタダ飯に来そうなのに」

「イーギー！」

ジャベイラの声に険が宿る。イーギーが身を竦《すく》め、不貞腐《ふてくさ》れたように視線を逸《そ》らす。銜《くわ》えていた子豚の足を、通りすがりのウェイターの皿に投げこむ。ジャベイラの頬《ほお》は強張《こわば》ったまま。

「不用意な発言は控《ひか》えなさい。それにあいつは今落ちこんでいるの。大事な人たちを失い別れてね」

「そ、んなに怒《おこ》ることないじゃん。分かって、るよ……」感情に駆《か》られたのか、イーギーは声を張る。「……それとも、あの眼鏡のことがそんなに気になるのかよ⁉」

「そこがあなたのダメなところ。強がらない男は根性《こんじょう》なしだけど、それだけの男など歴史上のどこでも流行《はや》らないわ」

ジャベイラの持つ杯の中。葡萄酒《ぶどうしゅ》の水面《みなも》が揺《ゆ》れる。

「イーギー、考えなさい。他人が何を思い、何をして欲しいのか、自分には何ができるのか。できないなら、あなたはいつまでも今のままよ」

困惑《こんわく》しきったイーギーの表情。夕暮れに立ちすくむ少年のようだった。

「……だから、俺にはなぞなぞは分かんねーよ」

「分からないという事実を分かりなさい。正誤問題なんてバカでもできるし、一定規律内の最善手探しも、しょせんはお遊戯《ゆうぎ》なの。一人前の男なら、曖昧《あいまい》で複雑な問い、決定と創造に立ち向かいなさい」

珍《めずら》しく峻厳《しゅんげん》なジャベイラの物言い。イーギーは衝撃《しょうげき》を受けて黙《だま》りこむ。なにか言いたいが、なにも言えない。悩《なや》む青年の肩《かた》を、ジャベイラの手が引きよせる。

「嘘《うそ》よね〜。そんなには怒ってないのね〜。おねいさん、ちょっとマヂになっちゃってゴメンなのよね〜」

ジャベイラの頬がイーギーの頬にすり合わされた。

「ちょ、やめろって。そんな子供みたいなマネはやめろって！」

「にゃにぃ、遠回しに私がもう若くないと言いたいのかっ！」

「酔《よ》っていると思いたい。でもこの人、素《す》でこれだもの」

「先輩《せんぱい》はイヤがってますよ！」

割って入ったのはリャノンだった。ジャベイラが青年から離《はな》れ、若き女咒式士《じゆしきし》を見つめる。菫色《すみれいろ》の目が一直線にジャベイラを見返していた。

「リャノン、おまえなんつー余計なことを」という叫《さけ》びがイーギーの舌先で生まれ、口腔《こうこう》の外に出る前に嚙《か》み殺された。

睨《にら》みつけるリャノン。ジャベイラは、ウェイターから次の酒杯《しゆはい》を受けとっていた。

「ジャベイラさんは狡《ずる》いです。分かっていながら気づかないふりをしている」

怒《いか》りとも嘲《あざけ》りともとれるリャノンの声。

「かといって突《つ》きはなしもしない。あなたは狡い。都合のいい時だけ手元にいてほしいだけ。心が分かっていないのはどちらでしょうかね？」

余裕《よゆう》の態度で、ジャベイラは葡萄酒の杯を揺らしてみせる。

「あのね。他人の裏庭に踏《ふ》みこむ侵入者《しんにゅうしゃ》は歓迎《かんげい》されないわ。瑕疵《かし》を指摘《してき》して他人を貶《おとし》め、相対的に自らを持ちあげる。健気《けなげ》だけど、手管としても浅ましいとは思わない？」

言葉の槍《やり》の一撃に、リャノンの眉《まゆ》と目尻《めじり》が跳《は》ねあがる。そして反撃《はんげき》を紡《つむ》ごうとする唇《くちびる》からは、ついになんの反論も生まれなかった。

左右を見比べるだけのイーギーには、会話が示すものがいまひとつ分からない。自分に関して話されているのだろうが、どうも摑《つか》みどころがない。この場にいれば翻訳《ほんやく》してくれただろうに、とイーギーは生まれて初めて赤毛眼鏡の召喚《しょうかん》を望んだ。

しかし一秒後には、よけいに事態を混乱させるだけだなと気づくほどには賢明《けんめい》だった。

二人の女の間で撓《たわ》められた空気。祝賀会の弛緩《しかん》した空気のなかで、そこだけが圧縮され凝縮《ぎょうしゅく》していた。他の咒式士《じゅしきし》たちも動作のいっさいを停止。固唾《かたず》を吞《の》んで成りゆきを注視するしかなかった。

ラルゴンキンとヤークトーは傍観《ぼうかん》していた。見守ろうという合図を横目で交《か》わし、それぞれに料理を口に運んでいく。

事態を楽しんでいたラルゴンキンの顔が一転して真剣《しんけん》になる。

「なにか胸騒《むなさわ》ぎがする」

「不審《ふしん》な点はありません。強いて言えば、適切な数より、ウェイターが四人ほど多……」

応《こた》えたヤークトーの横顔が、突如《とつじょ》として青一色に染められた。

全員が振《ふ》り返ると、同じように祝宴の参加者たちが青色光のなかにいた。

光源は中庭中央の青い太陽。光を構成するのは莫大《ばくだい》な咒印《じゆいん》組成式。精緻《せいち》に組みあげられた数式が絡《から》みあい、高い天蓋《てんがい》に届かんばかりに吹《ふ》きあがる。

「咒式《じゆしき》波長を確認《かくにん》。三つ、いや四つ！　これは五月二十二日の時と同じですっ！」

ヤークトーの叫び。

ラルゴンキンの咒式士《じゆしきし》たちはすでに抜刀《ばっとう》、走りだしていた。だが、呆然《ぼうぜん》と立つ人々に阻《はば》まれ思うように進めない。その間に、天井《てんじょう》で渦《うず》を描《えが》いていた数式が分裂《ぶんれつ》。四つの流星となって落下。

青色光に包まれた四人の客が、感電するように仰《の》けぞる。続いて爆音《ばくおん》と悲鳴。突風に撒《ま》き散らされる料理や皿や中庭の飾《かざ》り。

混乱のなか、ラルゴンキンの巨軀《きよく》が跳躍《ちょうやく》していた。爆風を叩《たた》き割る巨大な魔杖槍斧《まじょうそうふ》が、二度目の爆裂《ばくれつ》を引きおこす。

逃《に》げまどう人々。ラルゴンキン事務所の咒式士たちが背後を守り、爆心地を凝視《ぎょうし》していた。

ラルゴンキンが退避《たいひ》し、イーギーやジャベイラの戦列に並ぶ。魔杖槍斧〈剛毅《ごうき》なるものガドレド〉が、青い汚液《おえき》に濡《ぬ》れていた。

〈モシアニン基の青い血液に。

「おお、同志ジグジラが消失させられた」

「運がねえ」「数式に戻《もど》って」「消えちゃっだぁ！」

「ああ、任務の時間、時間よ任務！」

多重音声とともに、爆煙《ばくえん》が晴れていく。

近くにいた咒式士《じゅしきし》たちの意志が視線だけで収束、疾走《しっそう》開始。まず機先を制し、確認は二の次というあたりまえの反射戦術。

爆音は咒式士たちの足元から響《ひび》いた。先行した咒式士たちが天高く舞《ま》う。連動して大地から飛びだす金属塊《かい》。それは鈍色《にびいろ》の人面。狂気《きょうき》の笑《え》みを浮《う》かべた幼児の顔。叫びとともに笑顔が破裂《はれつ》。空中の咒式士に数えきれないほどの礫《つぶて》が襲《おそ》いかかる。

ジャベイラが走りこんでおり、瀕死《ひんし》の部下を受けとめる。

咒式士の左足は吹き飛び、横からの爆風に加速された数百もの刃《やいば》が、腹部から顔面までに突き立っていた。完全に戦闘《せんとう》不能。

「全員、突進停止！　それぞれに防御陣形《ぼうぎょじんけい》、掩護《えんご》射撃《しゃげき》しつつ負傷者救助っ！」

ラルゴンキンの怒号《どごう》に、咒式士たちが急停止。直進していた足を芝生《しばふ》に突き立て、横移動に変化。その場に咒式《じゅしき》による楯《たて》や壁《かべ》を構築、負傷した仲間を防御陣《ぼうぎょじん》に引きこむ。

退役《たいえき》軍人たちや関係者が逃げる時間を稼《かせ》ぐべく、雷撃《らいげき》や鋼《はがね》の槍《やり》が猛然《もうぜん》と放たれる。

低・中位の遠距離《えんきょり》咒式《じゅしき》が減殺・消失。強力な咒式干渉《じゅしきかんしょう》結界の発生。弾幕《だんまく》の爆風が急速に晴れていき、侵入者の姿が現れはじめる。

「これなるは機巧《きこう》を撒《ま》く者、秩序《ちつじょ》派たる禍《まが》つ式、準爵《じゅんしゃく》のゴルッギア」

大小数百もの歯車が組み合わされ、人の形となっていた。声は、顔の位置にある時計盤《ばん》の仮面から発せられた。

「禍つ式⁉　砂礫《されき》の竜《りゅう》の置き土産《みやげ》かっ⁉」

「どうして今ごろ⁉」

「考えるよりまず行動っ！」

イーギーが生体生成系第二階位〈蔦葛縛《タックス》〉を発動。捩《ね》じりあい絡みあう緑の触手《しょくしゅ》が、宙を疾走する。

歯車の化身《けしん》を一気に捕縛《ほばく》しようとした緑の縛鎖《ばくさ》。しかし、地下からの爆風が触手を断《た》ち切る。連動して飛びでた人面型地雷《じらい》が爆裂、原形をとどめないまでに蔦《つた》を切り裂《さ》く。

「起爆《きばく》が感圧式だけじゃないのかよ！」

ゴルッギアが展開したのは、鋼成系第四階位〈燎原雷爆茎《イポ・ス》〉の呪式《じゅしき》。中庭の地下に埋設《まいせつ》された呪式地雷が相手の足を吹き飛ばす。連動して、同階位の〈燎原雷剣花《イペ・ス》〉による対人呪式地雷が上昇《じょうしょう》。七四〇もの刃を撒き散らしてとどめを刺《さ》す。二重の罠《わな》が、中庭の芝生を埋《う》めつくしていたのだ。

地雷原の防壁《ぼうへき》に、呪式士《じゅしきし》たちが突撃を躊躇《ちゅうちょ》。大規模遠隔呪式を紡ぎはじめる。

ゴルッギアが体の歯車を投擲《とうてき》し、呪式を阻止《そし》された呪式士《じゅしきし》が回避《かいひ》。その全身が緋色《ひいろ》に塗《ぬ》りつぶされた。それは広場を横断するほどの太い炎《ほのお》の帯。

「退避、防壁を捨てて退避っ！」

炎に包まれた同僚《どうりょう》に消火呪式《しょうかじゅしき》を浴びせながら、退避していく呪式士《じゅしきし》たち。

「おげは大喰《おおぐ》らい、混沌《こんとん》派の禍つ式。騎士《きし》のモズモ」「トをテクう、とヲるもウとおルもウっ！」「おメェは黙《だま》れ鳥頭、ぐぞっ、媒体《ばいたい》が悪いながらが滑舌《かつぜつ》がちょっと悪メェ」

濁《にご》った声は、三つの顔からそれぞれに発せられた。それは豚《ぶた》と鶏《にわとり》と羊の首を生やした、巨大な球体。突《つ》きでた手足も恐《おそ》ろしく太く、両手に握《にぎ》られるのは巨大な肉叉《フォーク》と包丁。

炙《あぶ》られたような肌《はだ》は、料理の豚や羊や鶏の丸焼きを媒介《ばいかい》に生まれたかららしい。

豚の口からは炎が滴《したた》っていた。モズモの胸郭《きょうかく》が膨《ふく》らみ、第二射。膨大《ぼうだい》な火炎《かえん》が、緋色の絨毯《じゅうたん》のように広がっていく。

火炎の吐息《といき》の正体は、生体生成系第二階位〈炎羅息《アーミ》〉の呪式《じゅしき》。膵液《すいえき》とともに反応して得られる脂肪酸エチルエステルと椰子油《やしゆ》を混合し、着火。大きく放射状に広がり、回りこんでくる火炎。粘性《ねんせい》のある液体が延焼を引きおこす。

たかが第二階位、九〇〇度程度の火炎といえど、禍つ式の途方《とほう》もない呪力《じゅりょく》で合成されれば、高位呪式なみの広範囲《こうはんい》と破壊力《はかいりょく》。

さらに第三射。猛火《もうか》が中庭を焼いていく。呪式士たちは、密閉式の楯や檻を展開するか、退避するしかなかった。

退路に呪式地雷があった呪式士が、また吹《ふ》き飛ぶ。降り注ぐ刃の雨を回避しようとすると、横あいからモズモの火炎を食《く》らう。

遠距離戦闘《せんとう》に切り替《か》えたジャベイラが〈光条灼弩顕《レラージエ》〉を発動。灼熱《しゃくねつ》のレーザーは干渉《かんしょう》結界を貫《つらぬ》き、禍つ式に着弾《ちゃくだん》。

金属だろうが焼きつくす熱線が、光の破片《はへん》となって散乱。標的たちの前面にあった銀の楯に防がれていた。

「私めは映し身の者、混沌派の淑女《しゅくじょ》のパラレロト。お見知りおきを私めを」

料理の銀盆《ぎんぼん》が基盤《きばん》らしき銀の楯が、上に掲《かか》げられる。円盤の下から逆さに生えた、裸《はだか》の女の上半身。投げ出された腕《うで》、銀色の肌と瞳孔《どうこう》のない眼《め》。異常さを強調するかのように、禍つ式は浮遊《ふゆう》していた。

パラレロトの防御《ぼうぎょ》は、化学練成系第五階位〈光曜攪銀紗幕《マルーパ》〉の咒式《じゅしき》。それは高電圧のイオン化された分子の膜《まく》。内部では電磁波の位相速度が極度に早くなり、電離層《でんりそう》が電波を反射するように光線が屈折《くっせつ》して弾《はじ》かれる。銀色の楯は光学兵器をほぼ無効化するのだ。

「相性《あいしょう》最悪っ！」

パラレロトがジャベイラと同じ〈光条灼弩顕《レラージュ》〉を三重発動。灼熱の光の刃が、咒式士《じゅしきし》たちの防壁を切断。悲鳴とともに、炭化した断面の腕や足が飛び跳《は》ねる。

「意趣返《いしゅがえ》しかよ！　化学練成系の熟達者でないのが悔《く》やまれるねっ！」

ジャベイラが後退した場所は、モズモの射程。

「とヲるもウうっ！」叫《さけ》んだ鶏の首が、電磁雷撃系第五階位〈雷霆散它嵐牙《アガロス》〉の咒式《じゆしき》を放射。同時に豚の炎の吐息。一〇〇〇万ボルトルの雷《いかずち》と火炎がジャベイラに殺到《さっとう》、一瞬《いっしゅん》で肉体が消し飛ぶ。

焼け焦げるのではなく蒸発したのでもなく、雷と炎の嵐《あらし》が貫通《かんつう》、敷地《しきち》で荒《あ》れ狂《くる》った。横転して回避《こ》していたもう一人のジャベイラ。石碑《せきひ》に背を預けたまま歯ぎしりし、火炎が掠《かす》めた足の応急治療《ちりょう》に入る。

〈光幻體《イリュー》〉で作った立体映像を囮《おとり》にしての退避。さらに多重発動して、仲間が標的となるのを分散させているが、防戦一方で誰《だれ》も反撃《はんげき》に移れていない。

傍《かたわ》らに逃《に》げていたリャノンを発見する。新人咒式士《じゆしきし》は魔杖剣《まじょうけん》も抜《ぬ》けずに震《ふる》えていた。

「怖《こわ》いか、お嬢《じょう》ちゃん？」

焼け焦げたドレスの布地を、足から剝《は》ぐジャベイラ。凍《こお》っていたリャノンが跳ねおきる。

「ちが、違《ちが》いますっ！」恐怖《きょうふ》からの反発。そして悔恨《かいこん》へと移行する表情。「でも、でも、わたし、何もできない。実戦を何度も潜《くぐ》りぬけたはずなのに、体が動かない。悔《くや》しい！」

「ハっ、喋《しゃべ》れるようにはなったね。ま、禍《まが》つ式、しかも騎士や準爵《じゅんしゃく》ほどになれば、竜《りゅう》と同じくらい強力な〈異貌のものども〉だ。まだ死んでいないだけ、あんたは強運」

咒式の炸裂音《さくれつおん》と禍つ式の怒号《どごう》、咒式士たちの雄叫《おたけ》びと悲鳴が飛び交《か》う。

「しっかし、こちらのやるべきことを、向こうに完全にやられているとはね」

苦々しい思いを吐《は》き捨てるジャベイラ。

ゴルッギアの鉄壁《てっぺき》の地雷原が接近を封《ふう》じ、さらに歯車の刃《やいば》を放つ。パラレロトの防壁が厄介《やっかい》な光学咒式《こうがくじゅしき》を無効化、反撃する。そしてモズモの三重の猛襲《もうしゅう》が大型咒式を阻止し、肉叉と包丁を振《ふ》るう。

一体一体はそこそこの強敵。だが、互《たが》いが互いの能力の不足を補い連携《れんけい》してくると、〈大禍《アイ》つ式《オーン》〉の子爵級にも匹敵《ひってき》する戦力。ラルゴンキンが先制攻撃《こうげき》で一体を滅《ほろ》ぼしていなければ、さらに手がつけられなかっただろう。

大禍つ式どもが、オダル退役《たいえき》軍人会館に召喚式《しょうかんしき》を設置していた予備兵力なのだろうが、誰が起動させたのだ？

優先性の低い思考を排除《はいじょ》。ジャベイラはさらなる〈光幻體《イリュー》〉で立体映像を作る。モズモとパラレロトの咒式攻撃が囮に命中。禍つ式が悔しげな唸《うな》り声をあげる。

パラレロトが重力力場系第二階位〈重偏覚《グラミ》〉を発動。空間のわずかな重力偏差《へんさ》から質量を感知。視覚との差分から実態を識別し、パラレロトは金切り声をあげる。

「あそこ本体、本体あそこっ！」

「おめえはちょろ」「ちょろとめんどヲてくウ」「だから殺ずっ！」

モズモの胸郭が膨張《ぼうちょう》、三つの口から火炎と雷、鋼《はがね》の槍《やり》が吐きだされる。ジャベイラとリャノンに迫《せま》る死の吐息。

回転。走りこんできたイーギーがジャベイラとリャノンを抱《かか》え、横転していく。

他《ほか》の咒式士《じゅしきし》たちの掩護《えんご》射撃の間に、回転して距離《きょり》を稼《かせ》ぐイーギー。回転の終点で女たちを突き放す。

勢いのままに転がるリャノン。即座《そくざ》に起きあがったジャベイラ。

「イーギーっ！」

前方には、鋼の槍が突《つ》き立ち、炎《ほのお》の小鬼が踊《おど》り狂うイーギーの後ろ姿。振《ふ》り向いた横顔には、精悍《せいかん》な笑《え》み。

「無、傷で助けられれば、カッコよ、かったんだけど、な。だけど俺、不器用すぎる、からなぁ……」

搾《しぼ》りだすような声の後、イーギーは負傷と火傷《やけど》の激痛に呻《うめ》いた。身を折り曲げつつ、燃えあがる礼服を脱ぎすてる。下の防刃《ぼうじん》シャツも破れており、裸の背中が露《あらわ》になった。

四肢《しし》を地についた白い背には、無惨《むざん》な傷で描《えが》かれた光翼《こうよく》十字印。それは世の無慈悲《むじひ》さの烙印《らくいん》だった。

ジャベイラは後悔《こうかい》した。気づかない演技をし遠ざけても、イーギーは彼女のために死地に飛びこむ。強さを求める青年は、天へと伸《の》びる樹木のように真っ直《す》ぐだったのだ。

「ルウラップフェットっ！」

アルリアン人特有の尖《とが》った耳を震わせ、イーギーが叫ぶ。五指が芝生《しばふ》を摑《つか》む。

「俺はまだルップフェットなのか⁉　攻性呪式士《こうせいじゅしきし》になった今になっても、なにも分からず、誰も救えないほど無力なのかよ⁉」

地に伏《ふ》したイーギーは、立ちあがれなかった。

イーギーの叫びの前景。呪式士《じゅしきし》たちが隊伍《たいご》を組み、禍つ式どもに呪式《じゅしき》を浴びせていく。すべての動作は組織的で効率的だった。

「キュベレリとダラゴー、ロップスは防壁《ぼうへき》の構築。ヘブラントは負傷者の治癒《ちゆ》。シリーンは退路を塞《ふさ》げっ！」

ラルゴンキンの叫《さけ》びと、飛翔《ひしょう》してくる歯車を魔杖槍斧《まじょうそうふ》が弾《はじ》く音が重なる。巨軀《きょく》の背後には、左右を呪式士に守られたヤークトー。

「具申します。ダラゴーはモズモの包丁により足を切断、ヘブラントの治癒呪式《ちゆじゅしき》で三十四秒前後に復帰予定」

「ダラゴーの代わりにシリーンが前進、そこで防げ、意地でも外に出すなっ！　無辜《むこ》の人々が守れないなら、おまえたちが呪式士などと私が名乗らせぬっ！」

ヤークトーの知覚増幅面、六つの複眼が戦場を分析《ぶんせき》。判断材料を提供されたラルゴンキンの的確な指示が飛ぶ。すでに一般客《いっぱんきゃく》は事務員によって退避《たいひ》させられていた。

金属音。ラルゴンキンの魔杖槍斧と、ゴルッギアの射出した歯車の刃が、何度も打ちあう。

反撃に紡《つむ》がれたラルゴンキンの爆裂呪式《ばくれつじゅしき》。爆風の余波を護衛の二人が楯《たて》となって防ぎ、ヤークトーも腕《うで》を翳《かざ》して防ぐ。

爆風と熱で一瞬《いっしゅん》だけ感覚遮断《しゃだん》。老呪式士《じゅしきし》が巨大質量の消失を感知した刹那《せつな》、轟音《ごうおん》。

ヤークトーが横手を見ると、護衛の呪式士たちが宙を舞《ま》っていた。芝生を穿《うが》つ爆心地には、巨大な球体、モズモの体がそびえ立っていた。

一・九〇四三トーンの巨体にもかかわらず、一気に地雷原《じらいげん》を飛翔してきたのだ。とうぜん、無防備な飛翔など、呪式士たちの呪式《じゅしき》の餌食《えじき》。全身に突き立った鋼の槍や熱線に爆裂《ばくれつ》の傷は、モズモといえど軽傷ではない。

全身を自らの青い血液に染め、それでも六つの瞳《ひとみ》は獰悪《どうあく》に輝《かがや》いていた。

「ヤークトーっ！」

陣形《じんけい》を抜《ぬ》けられたと気づいたラルゴンキンの叫び。しかしゴルッギアが歯車を連射し、後退を許さない。

モズモの殺意の目を、老呪式士の人工眼が弾きかえす。

「強引《ごういん》な突破《とっぱ》戦術。この場での成功確率は三三・〇七八五から三六・四〇〇三％。危険が多すぎて感心はしません。ですが敵軍の弱点および指揮中枢《ちゅうすう》の破壊《はかい》、そこだけは及第点《きゅうだいてん》ですな」

「おめえが作戦を作り、全員に情報を与《あた》え」「あのでっかいのが指揮し、士気を高めでいるるう」「まずは悪い入れ知恵《ぢえ》をするおめえをごろすっ！」

それぞれの口で叫んだモズモ。巨大肉叉《フォーク》が振り下ろされ、反射的に交差した両腕で受ける老呪式士《じゆしきし》。嵐《あらし》の中の木の葉のように、吹《ふ》き飛んでいくしかなかった。

ヤークトーは中庭の柱に側面から激突《げきとつ》。知覚増幅面が叩《たた》きつけられ、亀裂《きれつ》を生じる。

「も、物語などであれば、知的な分析、をした人物が大兵を打ち負か、す、は、はずなのですが。現、実はやはり、腕力《わんりよく》です、な」

ヤークトーの唇《くちびる》から言葉と鮮血《せんけつ》が漏《も》れる。禍《まが》つ式にかぎらず、〈異貌のものども〉の超腕力を、後衛の千眼士ごときが回避し防ぐことは不可能。咄嗟《とつさ》に巨大肉叉の軌道《きどう》を演算で見切って後退したが、柄《つか》が掠《かす》っただけで現状のように身動き不能。両腕の筋肉断裂、左上腕の骨折。広背筋の中規模損傷と肋骨《ろつこつ》四本の亀裂。重い脳震盪《のうしんとう》。

次の瞬間には、自分は意識を失うだろうと冷静に分析し、予測どおりにヤークトーの意識は途切《とぎ》れた。

黴臭《かびくさ》い臭気《しゆうき》がたちこめる部屋。石壁《いしかべ》と石床《いしゆか》、雑然とした礼拝用具に祭壇《さいだん》。明滅《めいめつ》する寂《さび》しい蛍《けい》光灯《こうとう》が、すべてを照らしていた。

この地下室に閉じこめられてから、どれほどの時間が経過しただろうか。

自らの問いに、ヤークトーはすぐに答えられた。四十四時間四十四分と四十四秒。時間・分・秒のすべてがそろうという、美しい数字の配列。

数列が変化するのを感じながら、ヤークトーは粗末《そまつ》な椅子《いす》に座っていた。

人工の瞳の先には錆《さ》びた鉄扉《てっぴ》があった。外の左右には、屈強《くっきょう》の咒化《じゅか》修道士が立ち、ヤークトーが逃《に》げださないように見張っている。知覚増幅面の知覚のひとつ、重力感知装置は残酷《ざんこく》なまでに事実を示していた。

これほどの時間がかかっているのは、自分を生かすか殺すか迷っているのではあるまい。司教たちは、自分を事故死に見せる方法と罪を転化する方法を探しているのだろう。高級酒を片手に、膝《ひざ》に娼婦《しょうふ》でも乗せながら。

石階段を下る足音。いよいよ処刑《しょけい》の時らしい。

足音に続いたのは打撃音《だげきおん》。鋼《はがね》の擦《す》れる音と、刃《は》が打ちあわされる金属音。最後に鉄扉が内部へと吹き飛ばされる。

体当たり一つで鉄扉を破ったのは、完全装甲《そうこう》された咒式士《じゅしきし》の巨体。

血《ぬ》に濡れた面頬《めんぽお》が撥《は》ね上げられる。焦燥感《しょうそう》に溢《あふ》れたラルゴンキンの顔が現れた。

「情報屋が言った時には信じなかったが、あなたが捕《と》らわれているのが事実とはな。とにかく急いで脱出《だっしゅつ》するぞ！」

巨体を出入り口に戻《もど》すラルゴンキン。しかしヤークトーの腰《こし》は、一ミリすら椅子から離《はな》れていなかった。

「なぜ逃げない⁉」

「なぜ、とは？」

「教会の不正経理を告発しようとした者が、あんたが処刑されるのはおかしいだろうがっ！　逃げる以外に何をするのだ⁉」

「逃げません」

背筋を伸《の》ばし、手を両膝に据《す》えたまま、ヤークトーは返答した。

「なぜなら私が潔白で正しいからです」

老咒式士は続けた。

「冤罪《えんざい》で私を殺せば、彼らが間違《まちが》っていることが証明されます。抗告《こうこく》も弁明も許されぬ宗教裁判、法的な裏付けのない拉致監禁《らちかんきん》と死刑。それらは私の死後に各種報道機関に届けられ、告発文書に絶大な説得力を持たせます。そうなれば教会の腐敗《ふはい》は一掃《いっそう》されます」

人工眼を貫《つらぬ》き、決意の光が発せられた。

「そう、彼らがいかなる冤罪を企《たくら》もうと、私の死、その不在こそが罪の動かぬ証拠《しょうこ》となるのです。だから逃げることはできません」

悲憤《ひふん》も激情もなく、ただ冷厳な鋼の論理だけがあった。

気圧《けお》されたようにラルゴンキンの唇が動く。

「どう、してそこまで？」

「それがもっとも効果的だという論理と倫理《りんり》の帰結だからです。そしてこの場所、咒化《じゅか》修道士の警戒網《けいかいもう》から脱出することは不可能。私の事情と論理に他者は関係ない。あなた一人でなら四三・〇九六七％で脱出可能なので、逃走《とうそう》することをお薦《すす》めします。以上証明　終了《しゅうりょう》」

素っ気ないまでの返答。ラルゴンキンは説得して老咒式士《じゅしきし》を動かそうと考え、即座《そくざ》に無駄《むだ》な考えだと放棄《ほうき》した。

「あなたは、いや、あんたは真っ直《す》ぐすぎる。はっきり言えば無意味な使命感だ」

唇を噛《か》みしめ、ラルゴンキンは思考する。眼前のヤークトーは、まるでひとつの数式のような頑迷《がんめい》さだった。

だが、ラルゴンキンの太い唇に不敵で不遜《ふそん》な笑《え》みが浮《う》かびあがる。

「……と、深刻ぶる必要はない。そのくらいはお見通しだ。実は第二の道があるからこそ、ここに来た」

魔杖槍斧《まじょうそうふ》が回転、石突《いしづ》きが床に突き立てられる。

「ここの教会の咒化《じゅか》修道士どもを全員倒《たお》し、あんたを救う」

「確率はおそろしく低いですな」

ヤークトーは淡々《たんたん》と返す。

「咒化修道士たちは、鍛《きた》えあげられた教会の武力。いくら高位咒式士で、若手筆頭の実力者とはいえ、あなた一人では十八人を倒せない。全勝する確率は二九・七八一四％」

「たしかに、俺もそんな低確率に賭《か》けるほどバカではない。だが、俺がここに侵入していることは報道機関に伝えてある。騒動《そうどう》になれば仲間も踏《ふ》みこんできて、それで勝てる」

　ヤークトーは可能性を試算し、結果を述べるとともに軽く首を振《ふ》る。

「……それでも三九・二〇一四％ですな」

「そしてヤークトー。あんたが俺を補助してくれればどうなる？　教会随一《ずいいち》の数法咒式士《すうほうじゅしきし》たるあんたが、だ」

「……それでもまだ五〇・〇〇二九％」

「座して死ぬより、半々でも生きる目に賭けるべきだ。もし失敗して俺も死ねば、死体のおまけがついてくる。ムダに大きいからな、さぞ隠しにくいぞ？」

　胸を叩《たた》くラルゴンキンは何かが変化していた。若き咒式士《じゅしきし》は豪気《ごうき》に笑う。

「私についてこいヤークトー。私は危険な賭けは一度しかやらせない」

「咒式士にそのような安全な仕事などありません。あなたの発言の有効率は〇・〇二九五％ですな」

「あんたは知性の力で悲観主義だ。だが、人は意志の力で楽観主義となるべきだ。言っておくが、私は仲間を死なせない主義でな。私があんたを気絶させてでも救おうとする確率は、何％になると思う？」

　ラルゴンキンとヤークトーが対峙《たいじ》する。やがて引きむすんだ唇《くちびる》から、ヤークトーが言葉を吐《は》き出す。

「……理論ではない場合、こういう断定的なことを結論としたくないのですが、そちらの確率はかぎりなく一〇〇%に近いでしょうな」

老咒式士《じゅしきし》の口角に、初めて淡《あわ》い笑みのようなものが浮かぶ。

「ならば一度だけ賭けてみましょう。この場の本命馬は誰《だれ》の目にも明らかですからね」

ヤークトーが決然と席を立つ。ラルゴンキンが魔杖槍斧を構えなおす。

「さて行きますか、ラルゴンキン所長」

「行くぞ、ヤークトー副所長」

二人の咒式士が扉《とびら》を抜《ぬ》け、歩きだした。


知覚増幅面《ぞうふくめん》が再起動。

「起きたか、ヤークトー」

聴覚《ちょうかく》に続いて視覚の復旧。栗色《くりいろ》の髪《かみ》と髭《ひげ》。ラルゴンキンの精悍《せいかん》な横顔。象の瞳《ひとみ》は前方の戦場を睨《にら》みつけている。咒式《じゅしき》による金属の保護具がヤークトーの負傷を支えていた。

「戦況《せんきょう》は？」とは聞かず、ヤークトーの知覚増幅面は分析《ぶんせき》を開始していた。

「論理戦術式を展開。各咒式力の数値化」

単純な数値化だと、九階梯《かいてい》のダラゴーの咒力《じゅりょく》係数は重傷で六・五五、同階位の軽傷のシリーンは七・五五。一〇階梯のロップスは一一・〇九。同階位のキュベレリは一〇・八七。そして戦意喪失《そうしつ》したリャノンと意識不明のヘブラント、もともと戦闘向《せんとう》きではないうえに重傷のヤークトー自身、呪式《じゅしき》展開不能の呪式士《じゅしきし》四人は戦力外の〇となる。

背中に負傷しているが、十二階梯のイーギーの呪力《じゅりょく》係数は三〇・六九。足を傷《いた》めたジャベイラで三一・四六。後方の十三階梯のラルゴンキンは軽傷で四二・五〇。

イーギーは大地に手足をついていた。負傷で意識が朦朧《もうろう》としきっている。リャノンの「先輩《せんぱい》、立ってください！」という悲鳴が聞こえるが、どこか遠い異国の言葉のようだった。分からない。立ちあがるべきなのだろうが、タチアガルとはどういうことだったっけ？

ヤークトーの思考は続く。禍《まが》つ式側の呪式力《じゅしきりょく》は、人間とは比較《ひかく》できないほどの呪力と、その呪力で不死身に近い体を形成・維持《いじ》していることから計測しにくい。

無理にでも数値化すると、ゴルッギアが二六八・七六。モズモで二五七・五六。パラレロトは二三八・八四。質的合計は七六五・一六。

目眩《めまい》がするほどの固体能力差。旧式戦艦《せんかん》と弩級《どきゅう》戦艦ほどの圧倒《あっとう》的な生物としての差。

だが、損害は兵力比の二乗に比例して生じ、劣勢《れっせい》側が圧倒的被害《ひがい》を受けるという、集中効果の法則たる第二次法則をもとにした呪式戦闘方程式だけでは不完全にすぎる。同時に一騎《いっき》討《う》ちの法則たる第一次法則をもとにした呪式戦闘方程式も、個々の場面で成りたつ。さらにそれ以上の分析値と解析式《かいせきしき》が必要。

個々の体術・剣技《けんぎ》、咒式能力《じゆしきのうりよく》。それぞれの位置・体勢、地形・気候。可視光線、赤外線や紫《し》外線《がいせん》による映像、質量による空間の歪《ゆが》み。すべての数値と分析式が、空中に展開。

知覚増幅面の六つの瞳の明滅《めいめつ》が終了《しゆうりよう》。

「対応戦術九〇七九三種を立案。低・中勝率戦術八九三〇四種を排除《はいじよ》。高勝率戦術一四八九種をラルゴンキン所長に転送」

情報を体内咒信機《じゆしんき》で受けとったラルゴンキン。網膜《もうまく》と鼓膜《こまく》で処理しつつ、戦場を睨む。勝利を確信した将軍の横顔。

「八九四六九号と九〇四三二号、九〇七五四号戦術が私好みで気に入った」

「唯一《ゆいいつ》最善、ではありませんが、それらが最適でしょう。まことに良い判断かと」

ヤークトーがラルゴンキンと同種の、しかし控《ひか》えめな笑《え》みを返す。魔杖槍斧《まじようそうふ》〈剛毅《ごうき》なるものガドレド〉が旋回《せんかい》。石突《いしづ》きが床石《ゆかいし》に下ろされる。

「総員、ヤークトーの通信に連結、戦術を受けとれ。そして私の号令とともに一気に片づけるぞっ!」

全員が戦術を受けとり、従う態勢に入る。ラルゴンキンのさらなる大号令。

「総員、立ちあがれ! 我らは勝つ以外に許されぬっ!」

イーギーの鼓膜に、ラルゴンキンの叱咤《しった》が叩きつけられた。ただの一声で、背筋に鋼《はがね》が通り、心臓が熱く脈打つ。全身に意志と血液が行きわたり、急速に意識が晴れていく。

「社訓斉唱《せいしょう》。我らは何ぞ⁉　そこで這《は》いつくばり、許しを請《こ》うものか⁉」

ラルゴンキンの怒号《どごう》。返されるは重なる咆哮《ほうこう》。

「否《いな》！　断じて否！　我らは咒式士《じゅしきし》、ラルゴンキンの攻性咒式士《こうせいじゅしきし》っ！」

地に伏《ふ》したイーギーの顔が跳《は》ねあがる。

「我らは、理不尽《りふじん》を切り刻み、不条理を刺《さ》し貫《つらぬ》き、非道外道《げどう》の徒を粉砕《ふんさい》するっ！」

青年の瞳に映ったのは、魔杖剣を掲《かか》げ、咒式《じゅしき》を紡《つむ》ぎはじめる他の咒式士たち。横手には立ちあがろうとするリャノンの姿。すでに傍《かたわ》らで戦闘態勢を整えていたジャベイラ。

「我らは、無意味の上に意味を打ち立てるっ！」

全員がラルゴンキン社の訓示を唱和していた。ジャベイラがイーギーを見据《みす》える。

「イーギー、爺《じい》さんの作戦は聞いただろっ⁉　斬りこみ隊長のあんたが道を開かなくてどうするんだっ⁉」

それは傷ついた男を心配する優《やさ》しい女ではなく、凛々《りり》しい戦士の言葉と横顔。逡巡《しゅんじゅん》していたイーギーの口許《くちもと》に、同種の不敵な笑みが刻まれる。

最前線に立つラルゴンキンの背中。背後も見ずに、宣誓《せんせい》がなされる。

「咒式士《じゆしきし》ならば、ラルゴンキンの攻性咒式士《こうせいじゆしきし》ならば、壊《こわ》して倒《たお》して、なおかつ余裕《よゆう》の笑顔で突き進めっ！　人の剣《つるぎ》として楯《たて》として、ただひたすらにっ！」

「応っ！」

吐《は》き出されたのは怒号。〈左利きのレグルスス〉で咒式《じゆしき》を紡ぎ、イーギーは疾走《しつそう》。地雷原《じらいげん》を駆《か》け抜《ぬ》けていく、橙色《だいだいいろ》の髪の残像。

イーギーにはよく分からない。イージェス教国での迫害《はくがい》と拷問《ごうもん》。故国から追われ父母とのあてどのない旅、その果ての両親の死。

悲しいことだが、過去は過去だと思うだけ。

放たれた矢のように、イーギーは走る。

ゴルッギアの無機質な目が驚愕《きようがく》に見開かれる。走るイーギーの足元で、地雷がひとつも爆発《ばくはつ》しないのだ。

地下の地雷内のトリニトロトルエンなどは漏出《ろうしゆつ》しやすく、二酸化窒素《ちつそ》などの副産物が含《ふく》まれる。それを感知した咒化《じゆか》シロイヌナズナの白い花は、赤い色素たるアントシアニンの赤紫に染まる。生体生成系第三階位〈雷示顕菜《ウマサゴ》〉の咒式の前には、地雷原の赤と安全地帯の白とが一目《いちもく》瞭然《りようぜん》。

自らの防壁《ぼうへき》の無力化を悟《さと》ったゴルッギア。モズモが慌《あわ》てて前進。

「総員、イーギーの掩護《えんご》！」

モズモが三重の息を吐きだそうとするより、ラルゴンキンの指令のほうが早かった。キュベレリの〈銀嶺氷凍息《クローセール》〉による液体窒素の槍《やり》が、豚《ぶた》の口に激突《げきとつ》。氷点下数十度まで冷やされたアルコールと椰子油《やしゆ》が落下していく。ロップスは鋼の槍を鶏頭《けいとう》の嘴《くちばし》に命中させ、雷撃咒式《らいげきじゅしき》を阻《はば》む。羊頭は何とか鋼の礫《つぶて》を吐きだしたが、シリーンの〈磁界反障楯《トルパ》〉の前に凶器《きょうき》は制止させられる。

イーギーには難しい。ラルゴンキンに引きとられたこと。ジャベイラとの出会いと背中を合わせて戦う日々。なぜか寄ってくるリャノン。

難しいが、変化を求められてもどうしていいか考えられない。

光線のように真っ直《す》ぐに、イーギーは走った。

「知るか、俺は俺だっつーのっ！」

イーギーが必殺の間合いに入り、モズモが巨大肉叉《きよだいフォーク》で迎《むか》える。

〈左利きのレグルスス〉で刃《やいば》を受けとめ、巨腕の内側を切り裂《さ》きつつ半回転するイーギー。前面で双剣《そうけん》を畳《たた》み、跳躍《ちょうやく》。交差させていた双剣を外へと開き、豚と羊の脳天を断《た》ち割る。鶏《にわとり》の首を踵《かかと》でブチ折り、さらに飛翔《ひしょう》。

羊と鶏の首は即死《そくし》したが、脳を零《こぼ》しながらも豚の頭部がイーギーを追尾《ついび》。

その時、新調した〈右廻りのラカッド〉が振《ふ》りきられ、咒式《じゅしき》が発動。大地や傷口から噴《ふ》きあ

がる緑の奔流《ほんりゅう》、縛鎖《ばくさ》がモズモに襲《おそ》いかかる。

それは巨大な荆《いばら》。全身の動きが完全封鎖《ふうさ》。三つの首の口が強制的に閉じられ、三種の吐息《といき》まで封じられる。

荆は、バラ科の植物が持つ、青酸配糖体のアミグダリンやプルナシンとその加水分解酵素《こうそ》を高濃度《こうのうど》で大量に含む蔓《つる》だった。

モズモに刺さった棘《とげ》から、青酸配糖体とその加水分解酵素が注入。両者が反応して青酸を血中に遊離《ゆうり》させる。遊離青酸はミトコンドリアの呼吸酵素たるシトクロムオキシダーゼを失活させ、生体活動の根本たるアデノシン三燐酸《さんりんさん》の産生を阻害《そがい》し、死に至らしめる。

口から青黒い血を吐く、眼前のモズモのように。

荆による標的の強制停止、数百もの棘《とげ》、さらに猛毒《もうどく》という三段構えの咒式《じゅしき》。生体生成系第六階位〈荆棘封縛緑獄檻《アムドウシャ》〉の前では、あらゆる生物が死に絶える。

倒れていくモズモを背景に、イーギーが着地。

「俺には難しいことは考えられないな」

イーギーの背中の傷が、風に晒《さら》される。

今までラルゴンキンの親父《おやじ》しか見えていなかった。だが、偉大《いだい》さの下から歩きださなければならない。それから……。

「ま、とりあえず走ってから考える。考えても分からないからさらに全力疾走。行動に優《まさ》る考えなし。たとえるならそれがイーギー流」

イーギーの不敵な笑《え》み。モズモの死体が灰塵《かいじん》に還元《かんげん》されていく。地雷原につづく砲台《ほうだい》と剣士の無効化で、呪式士《じゅしきし》たちが突撃《とつげき》。

「おおお、モズモが消失するとは!?」

自らの体から歯車の刃を取りだしたゴルッギアと、呪式士たちが衝突《しょうとつ》。禍《まが》つ式の振るう刃が呪式士たちを弾《はじ》きとばす。

それでも立ち向かう呪式士たちの血飛沫《ちしぶき》の背後、ジャベイラが呪式を展開していた。

「よくぞ私の時間を稼《かせ》いだっ！　いざ、人格大変換《だいへんかん》っ！　来たれ戦闘《せんとう》用人格よっ！」

瞳孔《どうこう》と体が大回転。背筋を反らしたとき、なぜか逆光の影《かげ》となって服が破れた。光が去った後には、全身が桃色《ももいろ》フリルな衣装《いしょう》に包まれたジャベイラ。顔はうつむいていた。

「うわあ、あれってハズレ人格の魔法《まほう》少女っ!?」「変身の物理的原理が不明っ！」「途中《とちゅう》で裸《はだか》になって、しかも暗転する意味が分からないけど、お子さまへの教育的には分かったり!?」

「……でも、年増の裸に興味ないから、まったく残念じゃないっ！」

呪式士《じゅしきし》たちが絶望の叫《さけ》びをあげると、ジャベイラの口から蒸気が吐《は》きだされる。

「黙《だま》れ、蛆虫《うじむし》どもっ！　口先だけのその他大勢はマスかいて寝《ね》てろっ！」

白煙《はくえん》の向こうからは、残忍《ざんにん》な猛獣《もうじゅう》の瞳《ひとみ》。剝《む》きだされた真珠色《しんじゅいろ》の犬歯。

「ピピルパ、ポポロパ、アロパルパっ！　超弩級《ちょうどきゅう》魔法少女が推・参っ！　やっと出れたぜぇ！

むしろ私こそが本体。そして理性全廃棄《ぜんはいき》・兇力億倍《じゅりょく》、超開眼っ！」

魔杖剣《まじょうけん》〈光を従えしサディウユ〉がジャベイラの頭上で旋回《せんかい》。魔杖剣にはなぜか宝石や翼《つばさ》が生えていた。切っ先には禍々しい三重の組成式。

ゴルッギアは猛然《もうぜん》と突進してきていた。金属を多く含む自らの体は、半端《はんぱ》な咒式《じゅしき》など防ぐと見切っての突撃。振りかざされるのは、自らが丸ごと入るほどの特大歯車。

「ふわふわふぁんし〜、どりどりどり〜み〜、ぷりぷりぷりち〜！」

ジャベイラが奇天烈《きてれつ》に反り返って咒式発動。桃色の光を背に、魔杖剣がゴルッギアに向けられる。

「裏闇《うらやみ》魔女っ子流、虐殺殲滅奥義《ぎゃくさつせんめつおうぎ》っ！　ぢぇのぢぇのぢぇのさいどっ♥」

先端《せんたん》からは何も発生していないように見えた。だがしかし、ゴルッギアの動きは停止していた。

ジャベイラの傍《かたわ》らを勢いのままに五歩ほど進み、禍つ式の巨体は止まった。握《にぎ》っていた歯車が、鈍《にぶ》い音をたてて落下。

ゴルッギアの目と口、鼻や耳と体のあらゆる穴が、青い血液を垂れ流していた。眼球はすでにこの世を見ていなかった。

電磁放射系第六階位〈戮殺死過線熙煌《ヴァレファオール》〉の咒式。それは、位相空間内でタングステンやタンタルなどの金属に、電磁気力で高エネルギーに加速した膨大《ぼうだい》な陽子を衝突させ、原子核《げんしかく》を破砕《はさい》。

発生した中性子が連鎖反応を起こし、膨大な量の高エネルギー中性子線を生みだす。

それらに指向性を持たせて放射すれば、急性放射線障害により対象は即死。装甲《そうこう》や防壁《ぼうへき》などの無生物にはほとんど損傷を与《あた》えず、生物のみを絶命させる不可視の呪式《じゅしき》。ゴルッギアの金属の体といえど、生体脳や神経系を死滅《しめつ》させられては意味がない。

軍事拠点攻撃《きょてんこうげき》用の強力な殺戮《さつりく》呪式を、さらに三重展開したのだから。

「あなたの心、つーか体ごと大虐殺《だいぎゃくさつ》っ♥」

ジャベイラが片目を閉じ、桃色の舌を出す。

背景のゴルッギアの巨体が揺《ゆ》らぎ、踏《ふ》みとどまる。低い姿勢からの体当たりを開始。死滅していく意識をかきあつめ、体を崩壊《ほうかい》させながらも最期《さいご》の特攻《とっこう》。

ゴルッギアの顔の装甲に、ジャベイラの振《ふ》り下ろした拳《こぶし》がめりこむ。金属の仮面が粉砕《ふんさい》。青い血の飛沫《ま》が舞う。

拳が抉《えぐ》られ、半回転したゴルッギアの頭部が大地に叩《たた》きつけられるっ！　あまりの衝撃に胴《どう》体《たい》が跳《は》ねあがり、そして重々しい音とともに沈《しず》んだ。

ゴルッギアの体が完全に跳ねあがらなかったのは、頭部をジャベイラの拳が貫通《かんつう》し、大地に縫《ぬ》いとめていたため。拳に撃《う》ち抜かれた頭部からは、汚泥《おでい》のような薄青《うすあお》い脳漿《のうしょう》が零《こぼ》れていく。

崩壊の中心点を撃ち抜かれては、ゴルッギアの重装甲も意味がない。それは、前衛職《ぜんえいしょく》の呪式《じゅしき》士《し》ですらありえないほどの正確無比な急所打ち。まさに死神の嗅覚《きゅうかく》と拳の合わせ技《わざ》。

ゴルッギアの体が灰塵となり、それすら保てなくなって量子分解されていく。唇《くちびる》から蒸気を吐きだすジャベイラ。吊《つ》りあがった瞳には、極大の殺意。

「きゃわいい勝利の仕種《しぐさ》を邪魔《じゃま》するなよ、ビチグソ垂れの万年前座ごときがっ！」

耳が痛いほどの静寂《せいじゃく》に気づくジャベイラ。周囲の咒式士《じゅしきし》たちが唖然《あぜん》としていた。

「……ええと」凍《こお》りつく仲間の視線に、ジャベイラが迷う。表情の急速変換。瞳に星と銀河を宿しつつ舌を出し、頭をこづく。

「てへ、勝っちゃった♡」

「うわーっ、ジャベ姐《ねえ》さん最高っ！」「魔女っ子最強っ！」「俺を、その剛腕《ごうわん》で抱《だ》いてくれええっ！」

咒式士たちの歓声《かんせい》があがる。魔法少女は目を閉じ、力強すぎる拳を突《つ》きあげる。

「我、不敗にして絶対無敵なり！」

猛々《たけだけ》しい漢《おとこ》の拳だった。


イーギーとジャベイラが死闘《しとう》を制した遠景。円盤《えんばん》のパラレロトと相対するラルゴンキン、そしてヤークトーがいた。

ラルゴンキンの魔杖槍斧《まじようそうふ》が旋回し、逆さの禍《まが》つ式の腕《うで》が吹《ふ》き飛ぶ。返された穂先《ほさき》が円盤の端《はし》を切断する。

浮遊《ふゆう》したまま後退するパラレロトが、多重レーザーを放つ。軌道《きどう》を見切ってヤークトーが退《たい》避《ひ》。他の咒式士《じゅしきし》が追撃《ついげき》に移ろうと突進《とっしん》。爆煙《ばくえん》が去りゆくと、禍つ式の姿は消えていた。

全力で中庭を逃亡《とうぼう》していたパラレロト。

「ああ、アムプーラ様は、ヤナン・ガラン様はどこです？　私めに命令をくださいませ命令を私めにぃっ！」

料理や机が散乱し、いくつもの大穴が穿《うが》たれた会場を、禍つ式は必死に逃《に》げる。

剣技・遠距離《えんきょり》戦闘をこなすモズモと、地雷原《じらいげん》を敷《し》き堅固《けんご》な体を誇《ほこ》るゴルッギア。主戦力の二体を失い、遠距離・反撃の掩護《えんご》型たるパラレロトだけでは勝てる見込みがないのだ。

出口に立ちふさがる影《かげ》。あまりに大きく、あまりに分厚い巨体《きょたい》。完全装甲のラルゴンキンの先回りだった。

「アムプーラとヤナン・ガランは、すでに我らが滅《ほろ》ぼした。おまえたちは〈夜会〉に遅《おく》れてきた間抜けだ。自らの世界に還《かえ》るがよい」

「我らは禍つ式。揺らがぬひとつの数式。大禍つ式のかたがたに与えられた命令を、全体のために間違《まちが》いなく果たす存在！」

大地に接しそうな頭部から絶叫《ぜっきょう》するパラレロト。銀色の目が、悲しく輝《かがや》いていた。

「使命はひとつ、夜会のために、咒式士の咒力《じゅりょく》を集めることとっ！　さぁ、私めにおまえの咒力と命を寄越《よこ》しなさい私めにぃっ！」

「哀《あわ》れな。すでに無意味な命令に、それでも従うしかないとは」

パラレロトの突進。光学咒式《こうがくじゆしき》を連射しながら猛進《もうしん》してくる。レーザーに装甲を貫《つらぬ》かれながらも、魔杖槍斧を肩口《かたぐち》に構えるラルゴンキン。

「だが私も退けぬ。咒式士《じゆしきし》として、人の矛《ほこ》と楯《たて》としての責務と覚悟《かくご》がある」

大瀑布《だいばくふ》の一撃《いちげき》。パラレロトの円盤に〈剛毅《ごうき》なるものガドレド〉の斧《おの》が叩きつけられる。同時に化学練成系第五階位〈曝轟収斂錐波《アミ・イール》〉が発動。擂鉢《すりばち》状の指示式によって収束するヘキソーゲンの超威力《ちょういりょく》が、パラレロトの全身を下っていく！

円盤から逆さに下がった女の肉体まで、爆裂《ばくれつ》の刃《やいば》が疾走《しっそう》。真っ二つどころか、一気に爆散！その下の中庭まで貫通。轟音《ごうおん》とともに大穴を穿つ。

爆風の余波が、ラルゴンキンの顎髭《あごひげ》をなぶる。

「おまえたちは個々の存在に見えるが実は全体と前例に従う存在でしかない。そうであるかぎり、人類は負けぬ。負けるわけにはいかんのだ」

ラルゴンキンの宣告。パラレロトの破片《はへん》は、灰となって散華《さんげ》していった。

鎧《よろい》を解除するラルゴンキンの隣《となり》に、いつの間にかヤークトーが控《ひか》えていた。

灰の雪がヤークトーの肩に降り、そして吹き流されていった。寂《さび》しいものでも見るように、ヤークトーは散りゆく塵《ちり》を最後まで眺《なが》めていた。

老咒式士の顔が前に戻《もど》され、ラルゴンキンと向かいあう。顔にはいつもの無表情。

「しかし最後の締《し》め、おいしいところは必ずラルゴンキン所長がもっていきますな」

「それが華《はな》、所長の人徳というやつだ」

「やれやれ。あなたには、どこかにまだ子供っぽさが残っていますな。ああ、報告を忘れていました」

重傷で動くのも辛《つら》いはずのヤークトーが背筋を伸《の》ばす。

「ラルゴンキン所長に戦術と戦果報告。ラルゴンキン咒式士《じゆしきし》事務所の咒式力《じゆしきりよく》の質的合計は一四〇・七一。質×量×量とすると、我らの総合咒力《じゆりよく》係数は六八九四・七九。禍つ式側の質的合計は七六五・一六。同様の計算で総合咒力係数は六八八六・四四。我らの総合咒力係数から、禍つ式たちのそれを引くと、八・三五。その平方根で約二・八八九六三六六五五三五。最後の戦闘《せんとう》の七人の咒式士から、その理論値を引き、約四・一一〇三六三三四四六五人が絶命するほどの咒式《じゆしき》損害率。もっとも単純な咒式戦闘方程式においてですが、重傷六人に軽傷が一人というのは予測範囲《はんい》内の損害ですな」

ヤークトーが腰《こし》の後ろで手を組む。

「さて、以上で第一九〇五場における戦術方程式の展開、および証明終了《しゆうりよう》」

老咒式士の厳《おごそ》かなまでに静かな声で、死闘の終幕が告げられた。

「昔からおまえの話は長い、長すぎる」

ラルゴンキンが長大な魔杖槍斧を肩に担《かつ》ぐ。

「だが、昔のヤークトーなら、大きな被害《ひがい》を出す戦いなど最初から拒否《きよひ》するはずだ。おまえも変わったのさ」

「たしかに」ヤークトーの口許《くちもと》が引き締められる。「このような大損害が出る戦いに巻きこまれるなど、千眼士として恥《は》ずかしい堕落《だらく》。後方支援《しえん》の私が巻きこまれた時点で、戦術的に足手まとい。大きな失態でした」

「……少し訂正《ていせい》する。おまえはあまり変わってないよ」

ラルゴンキンが笑う。

「最初の予測どおり、あなたは危険な賭《か》けをこれから何度もするのでしょうね」

「おまえの演算能力で勝てると出た場合だけはな。頼《たよ》りにしているよ。いわば私だけがいまだにな」付けくわえるラルゴンキン。「おまえの演算で、我が事務所が良い事務所であるという確率はどうなるかね？」

ヤークトーが思考に沈《しず》む。何気ない問いに、真剣《しんけん》に悩《なや》みはじめているようだった。

ラルゴンキンの顔の先には、部下の咒式士《じゅしきし》たちの姿。肩を貸そうとするリャノンだが、歩きだすイーギーに追いつけない。

ジャベイラはかすかに微笑《ほほえ》んでいた。桃色《ももいろ》の光に輝く、魔法《まほう》少女の衣装《いしょう》のままで。イーギーは笑っていた。

「ちょっとそのカッコはアレだけど、やっぱジャベイラは強いよ」イーギーが息を吸う。意を決したらしく続ける。「あの、もう勢いで言うけど、俺はジャベイラのことが……」

「……違うな。私はジャベイラではない」

ジャベイラの酷薄《こくはく》な笑《え》み。声まで微妙《びみょう》に変化していた。

「今の私は魔法少女ジャベイガっ！　原理不明なクソきゃわいい力で世界を滅ぼす、絶対の破《は》壊者《かいしゃ》なりっ！」

暴れだすジャベイラを、イーギーが慌《あわ》てて止めに入る。

羽交《はが》い締めにしたジャベイラが、呪式《じゅしき》を紡《つむ》ぎはじめた。イーギーは迷いの表情。それでも最終手段しかないと苦渋《くじゅう》の決断をした。

イーギーは息を吸いこみ、そしてジャベイラの耳へ呪《のろ》いの言葉を吹《ふ》きこむ。

「ジヴーニャが来る、ジヴーニャが来るぞぉ」

「ひぴぎひいっ⁉」

魔女の全身から、無意味な桃色の光が一瞬《いっしゅん》で霧《む》散《さん》。そしてジャベイラは芝生《しばふ》に膝《ひざ》をつき、胎《たい》児《じ》のように丸まる。指をしゃぶりながら譫言《うわごと》をつぶやく。

「ひいいっ、ジヴは、ジヴだけはイヤあぁっ！　黒き魔女皇様、私をお許しくださいませっ！心を、私の心を殺さないでっ！」

一言で元のジャベイラの人格と声に戻《もど》ったようだ。

「だ、だいじょうぶだって、ジヴーニャはいないから」

「ホント？　ホントにジヴいない？　悪魔いない？」

イーギーを見上げるのは、闇《やみ》の力に怯《おび》えるいたいけな幼児の瞳《ひとみ》。

「いないって、ほら、まわりをよく見て」

イーギーに手をとられて、ようやくジャベイラが立ちあがる。

自らの狂態《きょうたい》に、頬《ほお》を桜色に染めるジャベイラ。咳《せき》をひとつして囁《ささや》く。

「………今のなしね」

「え？　あ、うん」

「よかっ……ぱべろぱっ!?」落ちついたとみえたジャベイラの表情が凍《こお》りつく。眼球が反転し、凶悪《きょうあく》な意志が瞳に戻ってくる。

「魔法少女たるジャベイガ様が、この程度で消えたとでも思ったのか！　暗黒の支配者ジヴーニャ様の下僕たる、この我が！　このマヌケどもれろれろぱっ!?」

ジャベイラが自らの肩《かた》を抱《だ》いて震《ふる》えだした。

「去れっ、去りやがれ、このアホ人格、ジヴの恐怖《きょうふ》の刻印め！」

「わた、私はいつか帰ってくる。人の心に悪と憎《にく》しみがあるかぎり、ジヴーニャ様の闇の力で私は何度でも蘇《よみがえ》るのげろらるぱぱっ!?」

自らの肩に爪《つめ》を立て、ジャベイラが立ちつくしていた。どうやら、本体の人格が辛《から》くも勝利を収めたようだ。ジャベイラは泣きだしそうな顔をしていた。

「というか、ジャベイガって安易な人格は、私の人格として決定済みなのっ⁉　恥ずかしい技《わざ》名《めい》を叫《さけ》びながら呪式《じゆしき》って⁉　丸ごとすべてが人として失格でしょ！　こいつめ、この諸悪の根源めっ！」

譫言を叫びながら、自らの頭を全力で殴《なぐ》っているジャベイラ。

「出てこいこのボゲっ、主人格たる私と一対一で勝負しろっ！　ブチ殺してやるっ！」

ついには魔杖剣《まじようけん》で自らの脳髄《のうずい》を抉《えぐ》りだそうとするジャベイラ。「それだとジャベイラも死ぬって！」イーギーが慌てて再度の制止に入る。もつれあう二人が芝生に伏《ふ》す。

ラルゴンキンの視線にも気づかず、イーギーとジャベイラは芝生の上で向き合っていた。早馬のように荒《あら》い二人の呼吸。

「…………………………またまたごめん」

「いいよ。これもあれもジャベイラだし」

イーギーの苦笑い。見直したようにジャベイラが微笑む。

「見上げるだけの瞳が、見回すようになってきたね。ま、そのうち考えるわ」

「え、何を？」

イーギーが聞き返すと、途端《とたん》にジャベイラの表情が漂白《ひようはく》されていった。無言で立ちあがったあと、イーギーに氷点下の瞳を向ける。

「……あんた、やっぱりもう少し考える癖《くせ》をつけたほうがいいニョロよ」

イーギーが「何を考えるんだよ?」と言うのを、無視して歩きだすジャベイラ。疲労《ひろう》し負傷した他の呪式士《じゆしきし》たちも、肩を貸しあって立っていた。全員がラルゴンキンのもとへと歩みはじめる。

先頭のジャベイラの足が止まった。

「あ……、思い、出した。思い出してしまった」

全員が注視すると、女呪式士の瞳は空虚《くうきよ》だった。イーギーがおそるおそる尋《たず》ねる。

「どう、したジャベイラ?」

「……私が変身した時」

ジャベイラの双眸《そうぼう》に火が灯《とも》され、そして瞬時に燃えさかる業火《ごうか》となった。

「……私が変身した時、年増の裸《はだか》に興味ないって言ったやつ、一歩前に出ろ」

全員の動きが止まる。互《たが》いに恐怖に引きつる顔を見合せ、黙《だま》りこむ。

「……オレ様法廷《ほうてい》で全員有罪&即刻死刑《そつこくしけい》。虐殺呪式《ぎやくさつじゆしき》発動もオレ様的に許可。ふわふわふぁんしー、どりどりどりーみー……」

桃色《ももいろ》の光が溢《あふ》れだし、全員が必死に制止にかかる。武器まで取りだして制止するものまでいるが、ジャベイラの猛反撃《もうはんげき》に弾《はじ》きとばされる。

その一人として顎《あご》を蹴《け》り飛ばされたイーギー。白目を向いている青年を、絶妙《ぜつみよう》の位置どりで受けとめるリャノン。

女の唇《くちびる》には、してやったりな笑《え》みが浮《う》かんでいた。「やっぱアレ聞こえてたのか。ま、いいや。結果的に先輩《せんぱい》とうまい感じだし♪」と、膝の上にイーギーの頭を載《の》せていた。

「強烈《きょうれつ》な個性の女より、かいがいしい平凡《へいぼん》な女らしさに男は弱いのよね。あ、先輩の寝顔《ねがお》ってかわいい〜♪」

リャノンは目を回しているイーギーの髪《かみ》を撫《な》でる。悪戯《いたずら》を思いついた菫色《すみれいろ》の瞳《ひとみ》。

「これって好機⁉　えい、唇を奪《うば》っちゃえげごばばらっ⁉」

「誰《だれ》が強烈な個性女じゃあっ！」

口づけしようとしたリャノンの頬に、ジャベイラの回し蹴りが決まる。吹《ふ》っ飛ばされ、回転し、起きあがったリャノン。

手を煽《あお》って挑発《ちょうはつ》するジャベイラがいた。

「わしゃ、そーゆー女、私って可愛《かわい》いんですよ、と演出する腹黒い女が気に入らん」

「それって、できない女の僻《ひが》みですね」

ジャベイラの顔へ、リャノンの予備動作なしの鉄拳《てっけん》。鼻血を出すジャベイラが笑顔を作る。微笑《ほほえ》みのまま、無言の中段回し蹴りがリャノンの脇腹《わきばら》にブチこまれる。体を折り曲げ、胃液を吐《は》きだすリャノン。それでも笑顔だった。

互いに不気味なほど朗《ほが》らかな笑顔で、しかし一言も発しない女たちが対峙《たいじ》する。ジャベイラは無差別猟奇《りょうき》殺人にたかぶる荒鷲《あらわし》の構え。対するリャノンは保険金狙《ねら》いで親殺しをする獅子《しし》の構え。

怯《おび》える咒式士《じゆしきし》たちの眼前で、殴りあいが開始。

数十発の殴打《おうだ》。肝臓《かんぞう》に拳《こぶし》がめりこみ、顎《あご》が打ちぬかれる。その一撃一撃が必殺の拳。

交差する渾身《こんしん》の鉄拳。互いの拳が、互いの顔を捉《とら》えていた。

「あんた、前衛職だったようだね。ホントに、ほんのちょっとの少しだけ見直したよ。気に入らなさかげんは、まったく減らないけど」

「ジャベイラさんこそ、後衛のくせにちょっといい拳すぎますよ。でも仲良くする気は、まったくありません」

二人の女が不敵に笑い、そして倒《たお》れた。同僚《どうりよう》の咒式士たちが慌《あわ》てて治癒《ちゆ》咒式《じゆしき》を発動。

イーギーは幸せそうな顔で失神したままだった。

騒動《そうどう》を見物する鳶色《とびいろ》の瞳。苦笑いとともに、顎髭《あごひげ》を撫でるラルゴンキン。

「どうやら、我が息子《むすこ》は女の扱《あつか》いが絶望的に下手だ。そして女運がいいのか悪いのか」

優《やさ》しい瞳は気絶する青年を眺《なが》めていた。

「それでも、私を見つめるだけの時代はとうに過ぎ去っていたのだな。追いついてほしいが、いつか追いこされて寂《さび》しくなるのだろうな」

大きな足が芝生《しばふ》を踏《ふ》みしめ、部下たちのもとへ歩きだす。ヤークトーが思案顔のままに続く。

「これぞ我が事務所、ラルゴンキン咒式事務所の気風だ。そうだろうヤークトー？」

「そうですな。そして我らラルゴンキン事務所が良い事務所である確率は……」

ヤークトーが笑いもせずに告げる。

「……九五・〇一八七％ですな」

「そこは一〇〇％と言うべきだろうが」

「一〇〇％などと断言することは千眼士には不可能ですし、言わせたいのがみえみえでして。それでも少しおまけをしておきました。揺《ゆ》らぎ悩《なや》み迷う。その楽しさの分量だけ」

笑うラルゴンキンと謹厳《きんげん》実直な態度を崩《くず》さないヤークトー。

ヤークトーは周囲に人がいないことを確認《かくにん》。さらに聞こえないように体内通信でラルゴンキンに語りかける。

「しかし所長。なぜ今になってレメディウスの予備禍《まが》つ式が作動するのでしょう？　時限式発動としてはどうも時期がおかしいのです。かといって、術者たる組織はすでにエリダナから一《いっ》掃《そう》され、貴重な戦力資源を我らに向ける意味がありません」

ラルゴンキンの瞳孔《どうこう》が細まる。

「証拠《しょうこ》はない。だが証拠を何ひとつ残さない手口。この悪辣《あくらつ》さだけで一人の咒式士《じゅしきし》に絞《しぼ》れる」

視線は斜《なな》め上方に向けられていた。オダル退役《たいえき》軍人会館の窓を貫《つらぬ》き、夜のエリダナ市街へと。

遠いビルの上。電飾《でんしょく》看板の美女の笑顔の前。毒々しい人工光を背に、何人もの人影《ひとかげ》が集《つど》っていた。
棘《とげ》の生えた首輪をはめた咒式士《じゆしきし》の男女。全員の首輪から鎖《くさり》が延《の》び、その端《はし》を人影が握《にぎ》ってい
た。
真紅《しんく》の下駄《げた》、続く病的に白く艶《なま》めかしい足。鮮血色《せんけつしよく》の東方衣装《いしよう》の襟元《えりもと》は、乳房《ちぶさ》が半ばまで覗《のぞ》く
ほど乱れていた。顔の上半分は、電飾の逆光となって確認できない。
唯一《ゆいいつ》見えるのは、長い焰《ほのお》のような髪と、血色の唇。その残忍《ざんにん》で驕慢《きようまん》な笑み。
隣《となり》に控《ひか》える背広の秘書の残念そうな顔。
「パンハイマ様、どうやら罠《わな》は不本意な結果となったようです」
「マラキア、おまえがとびきりの無能だからぢゃ」
影の女が一本の鎖を引っ張る。秘書のマラキアが影に引き寄せられ、迎《むか》えたのは女の白い指。
両目にパンハイマの人差し指と中指が突《つ》き入れられた。眼球が破壊《はかい》され、そのまま眼窩《がんか》に指
を引っかけ、顔を下げさせる。迎えたのは女の膝《ひざ》。顔面を破壊されて倒れるマラキア。
「あ、ありがとうございます、パンハイマ様！　私のような豚《ぶた》に、気高きあなた様の手で触《ふ》れ
ていただけるとは、無上の喜びっ！」
両の眼球と鼻骨を破砕《はさい》されても、喜びの声をあげるマラキア。残る咒式士たちも、むしろ熱
っぽい羨望《せんぼう》の視線を向けていた。秘書の股間《こかん》の布地が、激しい勃起《ぼつき》を示していた。
「おまえが『人間なんか、絶滅《ぜつめつ》するか禍つ式に支配されればいい。むしろ自分が禍つ式になり

たい』などというアホどもを使うからだ」

朱塗《しゅぬ》りの下駄が、マラキアの股間に突き刺《さ》さる。鈍《にぶ》い音をたてて膨《ふく》らんだ布地が折れ、仰《の》け反る秘書。男の太い絶叫《ぜっきょう》。

「ああ、思考力はなくても悲鳴だけは一人前だのぅ。黙《だま》れクソ無能」

パンハイマの踵《かかと》が捻《ひね》られ、睾丸《こうがん》までつぶされる。さすがに激痛に失神するマラキア。しかし女主人の命令に絶対服従し、悲鳴はあげなかった。

「なれど、レメディウス召喚式《しょうかんしき》の解析《かいせき》と発動に、どれだけの大金と手間をかけたと思っている。あの場所でしか発動しえない、絶好の罠だったというのに」

踏みつけたままのパンハイマ。部下の血に濡《ぬ》れた指先を垂らし、遠くを見据《みす》える。凍《い》てつく怒《いか》りに歪《ゆが》む、女呪式士《じゅしきし》の口許《くちもと》。遠く退役軍人会館の中から見上げる目。

ラルゴンキンとパンハイマの意志が交錯《こうさく》する。

「……まあよい。こちらの戦力は何ひとつ失われていない。それに、さすがに二度はうまくいかないということぢゃな」

パンハイマの舌先が延ばされ、鮮血に濡れた指先を舐《な》める。

「そう、あの時のようには、な……」

真紅の唇《くちびる》が、禍々しい円弧《えんこ》を描《えが》く。

「さて、次はどの邪魔者《じゃまもの》を破滅《はめつ》させてやろうか。愚《おろ》かで無能な弱者を踏みつぶし、増殖《ぞうしょく》を防ぐ。

支配者の義務で強者たしなみも大変なものぢゃ」

真紅の衣《ころも》を翻《ひるがえ》し、パンハイマは去っていく。焔の髪《かみ》に、部下の咒式士《じゅしきし》たちが奴隷《どれい》のように続いていく。失神した秘書も、首輪の鎖で曳《ひ》かれていった。

後には、笑《え》みの残像だけが漂《ただよ》っていた。

あとがき

六巻は短編集です。長編がメンドくさい人は、三巻もそーなのでそっちからどうぞ。残念、どっちにしろメンドくさいです。

という感じで浅井ラボです。ちみっ子たちが親しめるような名前にしたのですが、全無視されました。自分の能力からの計算では、現在でやっと二巻が出たてなんですが、嘘《うそ》予定でした。

そんな私に、編集部は親切にも原稿《げんこう》データを二ヵ月遅《おく》れで届けてくれました。理由としては「ダメだ、いつものように、ヤツには無理の上にも無理をさせねばならない。それこそがバストーニュ戦線に散った戦友との約束なのだから！」という、眼帯で頬《ほお》に傷のある軍人風なのを希望。フッーに遅れないほうがいいですけどね。

ブッダですら三回目には怒《おこ》るのですが、六回の無理に耐《た》えた私の我慢《がまん》強さは、単位でいうと2BF（1BF＝1ブッダフェイス＝人類における我慢限界値）。

いや、思いつきの新単位を言いたかっただけなんですけどね。

ええと、あとがきに書くほどの私事が起こるヒマもなし。少しは良いことが起こってほしいです。寄っておいで。ほら怖《こわ》くないし痛くしないから。お友だちのしあわせと幸運も連れておいで（瞬間《しゅんかん》風速で日本一さびしい文章）。

まだスペースがあるのですか？　あーもーまた解説という文字稼《かせ》ぎでゴマカすので、ゴマカされてください。過酷《かこく》な真実より優《やさ》しい嘘のほうがいいとか言うじゃないですか。つまりそれ。

「朱の誓約」（餡《あん》かけ四巻前、広東《カントン》風）

ばーさんが頑張《がんば》る。このあたりから私のクラッシュ開始で、書いた記憶《きおく》がない。

「覇者に捧ぐ禍唄」（この密室トリックの犯人は四巻前、そうあなたなのです）

題名的に、竜《りゅう》が出なさすぎなのもマズいと思って。出たら出たでこんな扱《あつか》いですが。

「演算されし想い」（みんな、オラに四巻前を分けてくれ！）

連載《れんさい》時には四・五巻の微妙《びみょう》な前フリにしていたのですが、単行本派には無意味なしかけでした。行方《ゆくえ》不明の前フリも多いです。

「打ち捨てられた御手」（王大人《ワンターレン》、四巻前確認《かくにん》！）

苦しい現況《げんきょう》は、私が小説をナメすぎていることに対する天罰《てんばつ》ではないです。ないと信じたいです。狂信者《きょうしん》ですよ。金食乳尻教《かねしょくちちしり》の。

「青嵐」（ヂャイアンがボクをイジめるよぅ。助けて五巻後えもーん）

アクション不足を補ってみました。やっぱりおっさんとジジーが頑張る。あとは、普通の短編より長くて早し最上《もがみ》川。

「……これは解説ですか？」「はい。とても解説です」と、どんな疑問も英語の教科書テイストで答えれば大納得《なっとく》。我ながら、あとがきがいらない小説の上位だと思います。本当に。

協力。担当…K。助言…榊一郎、長谷敏司、仁木健。脚本《きゃくほん》協力…J子&Y子。科学考証協力…亜留間次郎、Coreander。諸々緊急協力…曠野、N山、進藤あすか、NAC、寒椿sao、N・T・B・B、N、W、S、T。応援《おうえん》…公式放任機関の方々。御告《おつ》げ…ムハジャキン・トントゥク（敬称略《けいしょうりゃく》）。

最近の萌《も》えワード。某《ぼう》S○Eの月例会にて、作家のS田誠氏が積極発言したのに対し、ゲンドウポーズの御大《おんたい》が「S田、空気読め」と、発言どころか存在ごと全却下《きゃっか》。

機会があればまたどこかで。

〈初出〉

朱の誓約　「ザ・スニーカー」二〇〇三年一〇月号
覇者に捧ぐ禍唄　「ザ・スニーカー」二〇〇三年一二月号
演算されし想い　「ザ・スニーカー」二〇〇四年二月号
打ち捨てられた御手　「ザ・スニーカー」二〇〇四年六月号
青嵐　書き下ろし

されど罪人《つみびと》は竜《りゅう》と踊《おど》るⅥ
追憶《ついおく》の欠片《かけら》
浅井《あさい》ラボ

角川文庫 13625

平成十七年一月一日 初版発行
平成十八年三月一日 五版発行
発行者——井上伸一郎
発行所——株式会社角川書店
東京都千代田区富士見二—十三—三
電話 編集(〇三)三二三八—八六九四
営業(〇三)三二三八—八五二一
〒一〇二—八一七七
振替〇〇一三〇—九—一九五二〇八
印刷所——暁印刷 製本所——千曲堂
装幀者——杉浦康平

定価はカバーに明記してあります。

S 165-6 ISBN4-04-428906-9 C0193

角川文庫発刊に際して

角川源義

第二次世界大戦の敗北は、軍事力の敗北であった以上に、私たちの若い文化力の敗退であった。私たちの文化が戦争に対して如何に無力であり、単なるあだ花に過ぎなかったかを、私たちは身を以て体験し痛感した。西洋近代文化の摂取にとって、明治以後八十年の歳月は決して短かすぎたとは言えない。にもかかわらず、近代文化の伝統を確立し、自由な批判と柔軟な良識に富む文化層として自らを形成することに私たちは失敗して来た。そしてこれは、各層への文化の普及滲透を任務とする出版人の責任でもあった。

一九四五年以来、私たちは再び振出しに戻り、第一歩から踏み出すことを余儀なくされた。これは大きな不幸ではあるが、反面、これまでの混沌・未熟・歪曲の中にあった我が国の文化に秩序と確たる基礎を齎らすためには絶好の機会でもある。角川書店は、このような祖国の文化的危機にあたり、微力をも顧みず再建の礎石たるべき抱負と決意とをもって出発したが、ここに創立以来の念願を果すべく角川文庫を発刊する。これまで刊行されたあらゆる全集叢書文庫類の長所と短所とを検討し、古今東西の不朽の典籍を、良心的編集のもとに、廉価に、そして書架にふさわしい美本として、多くのひとびとに提供しようとする。しかし私たちは徒らに百科全書的な知識のジレッタントを作ることを目的とせず、あくまで祖国の文化に秩序と再建への道を示し、この文庫を角川書店の栄ある事業として、今後永久に継続発展せしめ、学芸と教養との殿堂として大成せんことを期したい。多くの読書子の愛情ある忠言と支持とによって、この希望と抱負とを完遂せしめられんことを願う。

一九四九年五月三日